W0413744

Diane Lee Wilson

Ich ritt ein Pferd, so weiß wie eine Wolke

Oyunas Welt

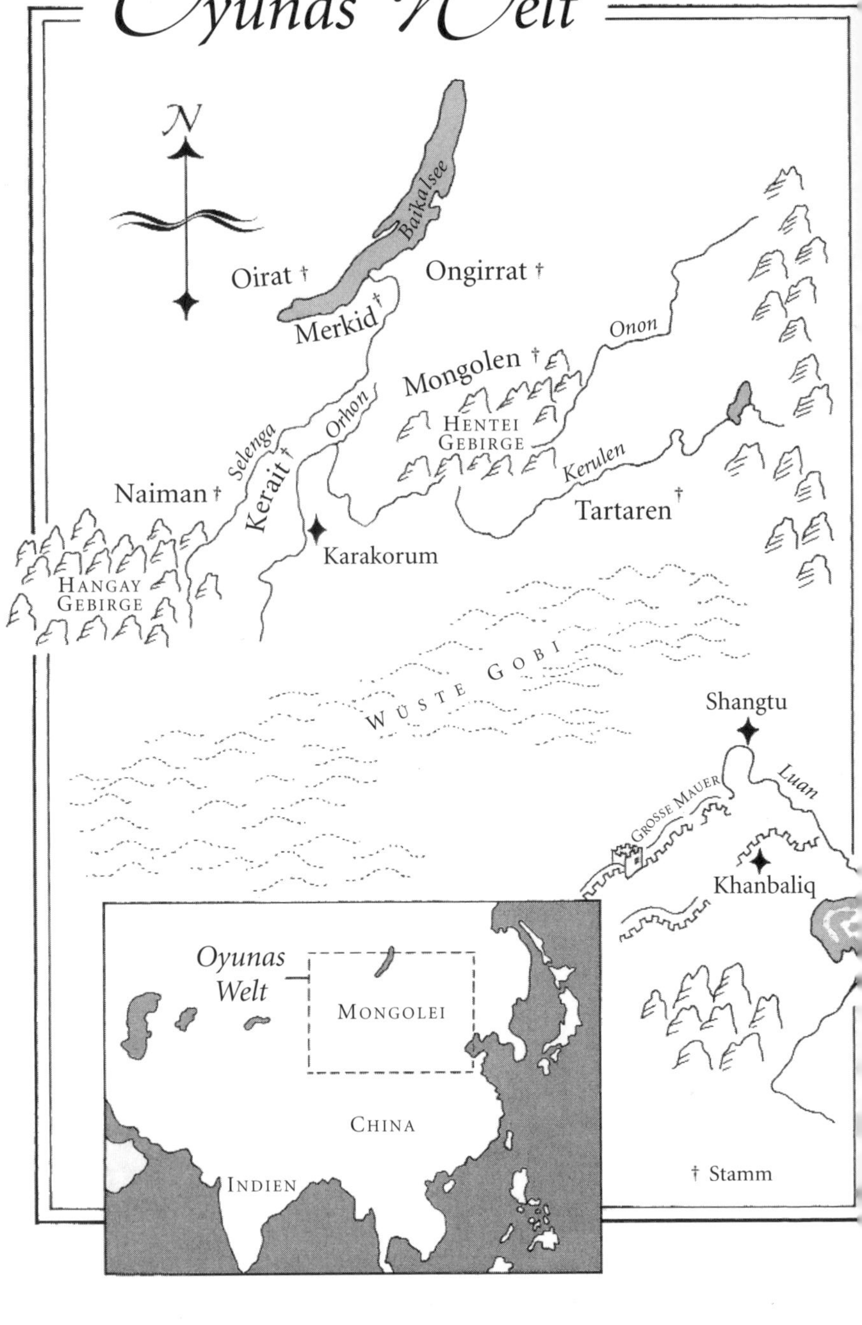
N
Baikalsee
Oirat †
Ongirrat †
Merkid †
Onon
Mongolen †
Orhon
Selenga
Hentei Gebirge
Kerulen
Naiman †
Kerait †
Tartaren †
Karakorum
Hangay Gebirge
Wüste Gobi
Shangtu
Luan
Grosse Mauer
Khanbaliq
Oyunas Welt
Mongolei
China
Indien
† Stamm

Diane Lee Wilson

Ich ritt ein Pferd, so weiß wie eine Wolke

Übersetzt aus dem amerikanischen Englisch
von Sabine Rahn

Ravensburger Buchverlag

Meiner lieben Freundin Florence Caldwell gewidmet, die ihre Begeisterung für Pferde mit mir geteilt und mich damit angesteckt hat.

Die Deutsche Bibliothek – CIP-Einheitsaufnahme

Ein Titeldatensatz für diese Publikation ist bei Der Deutschen Bibliothek erhältlich

Die Schreibweise entspricht den Regeln der neuen Rechtschreibung.

3 2 1 01 02 03

Die amerikanische Originalausgabe erschien 1998 unter dem Titel „I Rode a Horse of Milk White Jade“ bei Orchard Books, New York
© 1998 by Diane Lee Wilson

© 2001 Ravensburger Buchverlag Otto Maier GmbH für die deutsche Textfassung
Umschlagillustration: Ulrike Heyne
Redaktion: Carola Henke

Printed in Germany

ISBN 3-473-34394-3

www.ravensburger.de

Inhalt

Außerhalb der Stadt Hangchou in China, im Jahre 1339

„Großmutter! Du bist gekommen!“

„Natürlich bin ich gekommen.“

„Aber es ist so weit, und dein Bein …“

„Reden wir nicht über das, was nicht zu ändern ist. Wie geht es ihr?“

„Ich weiß nicht. Nicht so gut, glaube ich. Sie ist den ganzen Tag im Kreis gegangen.“

„Im Kreis.“ Die Frau mit dem faltigen Gesicht nickte. Sie schloss die papierdünnen Augenlider und sah dann in die grauen Augen mit den goldenen Sprenkeln. „Das ist gut. Kreisen bedeutet Glück. Kreise … beschließen eine Reise.“

Mit wackelndem Kopf öffnete die in schwere Gewänder gehüllte alte Frau den Riegel und humpelte in die dunklen Schatten des Stalls. Sie zog das zitternde Mädchen in das duftende Gras, das in einer Ecke aufgeschichtet war. Gemeinsam betrachteten sie die geschwollenen Seiten der Stute, die mit gespitzten Ohren dastand und erwartungsvoll in die Nacht hinausstarrte.

„Siehst du?“ Ein knotiger Finger kam unter dem ausgefransten Ärmel des tiefblauen Seidengewandes hervor. „Sie weiß, dass sie auf den richtigen Zeitpunkt warten muss. Wir wollen mit ihr zusammen warten.“

Die alte Frau öffnete ihr Gewand und zog das junge Mädchen zu sich ins Warme, dann fuhr sie fort: „Deine Mutter sagte, dass du vielleicht einige Fragen hast – über das, was in der Vergangenheit geschah?“ Ein Seufzer, der wie eine schwache Brise durch trockene Blätter raschelte, schwebte durch die Dunkelheit. „Das ist sehr, sehr lange her … es war eine ganz andere Zeit, sogar ein anderes Land. Aber vielleicht, ehe die Nacht vorüber ist …“

Die weißen Ohren der Stute zuckten vor und zurück, während sie versuchte die leisen Stimmen einzufangen, die in ihrem Stall wisperten. Aber die Frau flüsterte ihre Geschichte nur für ihre Enkelin, deren kleiner Körper sich in ihren Arm schmiegte. Es war der neunte Tag des neunten Monats, und der Mond war voll. Die Zeit war gekommen.

Die schwarze Stute

Ich weiß nicht mehr, an welchem Tag es geschah. Ich erinnere mich, dass die Erde unter meinem Rücken warm und der Schmutz unter meinen Fingernägeln weich war. Es muss also Juni gewesen sein, vielleicht auch Juli, denn die Sommermonate sind flüchtige Besucher in der Mongolei.

Ehe Hände mich hochrissen, ehe die Stimmen sich klagend mit meiner vereinten – in diesem kurzen Moment des absoluten Chaos, in dem alles ruhig wird –, stand die Stute da. Ich lag auf dem Rücken, ein heulendes, hilfloses Kleinkind – sie senkte ihren Kopf zu mir herab und liebkoste mich mit ihrem weichen Maul. Als ob plötzlich die Nacht hereinfiele, schob ihr großer, dunkler Kopf den blassen Himmel weg, denn sie war alles, was ich in diesem Augenblick sehen konnte.

Der warme Atem aus ihren riesigen Nüstern blies sanft über mein Gesicht. Seidiges, weiches Fell gespannt über knochigem Licht und Schatten, große, feuchte Augen, in deren Tiefe ich mich verlor. Wie schwarzes Wasser in einer mondlosen Nacht verbargen sie, was hinter ihnen lag, und zogen mich dennoch atemlos hinein. Ich glaube, in diesem Augenblick hielt ich den Atem an und hörte sogar auf zu weinen.

Dann hob die Stute ihren Huf, direkt über meinen Kopf, und ging weiter. Jetzt wählte sie ihre Schritte vorsichtig, als ob sie fürchtete, eine Blume zu zertreten. Doch da war schon etwas zertreten – mein Fuß.

Mit dem pulsierenden Schmerz kam auch das Blut und mit dem Blut die Schreie. Ich erinnere mich, dass meine Mutter meinen Fuß schnell in ein blassblaues Seidentuch hüllte – Blau, die Farbe des Glücks. Trotzdem sickerte das Blut durch, warm und feucht, ich konnte es riechen. Es ist der gleiche Geruch wie bei der Geburt eines Zickleins, wenn es aus dem Mutterleib in deine Hände fällt. Der Geruch der Geburt.

Es war meine Geburt ins Reich der Pferde.

Zwielicht ist Zauberzeit

„Oyuna! Komm von der Tür weg!“ Ich hörte die Sorge in der Stimme meiner Mutter, aber die Pferde galoppierten am Horizont und meine Augen folgten ihnen, auch wenn meine Füße es nicht vermochten. Ich spürte, dass sie an meinem Del zog, und versuchte ihre dickköpfige siebenjährige Tochter, deren Zopf aufgegangen war und die nun ihr Haar wie eine lange schwarze Mähne schüttelte, zurück in das Ger zu ziehen.

„Hier“, befahl sie und schloss meine Finger einen nach dem anderen um einen langen hölzernen Löffel. „Du rührst die Suppe.“

So wie ein neugeborenes Baby sorgfältig gewickelt wird, und jede Lage Filz, in die es gehüllt wird, es vor Wind und Wetter schützt, so hatte meine Familie auch um mich einen Schutz vor der grellen Welt gewickelt, deren Lachen ich nur hören konnte. Da ich meinen Fuß jetzt ungeschickt hinter mir herzog, wie einen Klumpen Fleisch, der an meinem Knöchel hing, wurde ich in die schützenden Wände unseres Gers gehüllt. Und dort musste ich bleiben.

Morgens humpelte ich im gedämpften Licht des Gers hinter meiner Mutter her, darauf beschränkt Hausarbeiten zu erlernen. Nur in ganz wenigen Augenblicken wurde es mir gestattet, blinzelnd in den hellen Sonnenschein hinauszutreten, um Wasser vom Fluss zu holen, rasch eine Ziege zu melken oder fette Stücke Aaruul auf unserem schrägen Dach zum Trocknen auszubreiten.

Rühren. Es stand immer ein Topf zum Umrühren auf dem Feuer: vor sich hin köchelnder Hammel, eindickender Jogurt oder brodelnder Tee. Damals war ich noch ein kleines Kind, das schief neben dem Feuer hockte, den hölzernen Löffel fest in meiner kleinen Hand. Doch ich erinnere mich, dass ich schon damals fühlte – nein, ich wusste, dass ich dort nicht hingehörte. Du gehörst zu den Pferden, flüsterte eine Stimme in mir. Und mein ungeduldiges Herz pochte leise seine Antwort.

Wenn meine Finger nicht einen Löffel umklammerten, hielten sie eine Nadel. Ich lernte die Risse in den Seidendels meiner Mutter und meines Vaters zu flicken. Und als meine Stiche regelmäßiger wurden, überließen mir auch andere Mitglieder meines Ail ihre zerrissene Kleidung. „Zu viel zu tun!“, sagten sie lächelnd. Ich durfte mich damit beschäftigen. Die Götter hatten mich wenigstens mit geschickten Händen gesegnet. Manchmal fragte ich mich, ob die Traurigkeit, die ich in das Del nähte, sich auch auf seinen Besitzer übertrug – wie ein Schatten, der ihn in die Steppe begleitete.

Und dann waren da natürlich auch noch die Schläge. Vier Stunden täglich – bis mir die Schultern schmerzten – schlug ich mit dem dicken Stock das Ayrag in dem ausgebeulten Ziegenledersack. Tag für Tag drückte ich den Stock durch die schaumige Stutenmilch und wartete, dass sie zu dem Getränk fermentierte, das mein Vater und seine

Brüder so sehr mochten. Das war meine anstrengendste Aufgabe – bis ich entdeckte, dass man das Schlagen in Hufschläge verwandeln konnte: Taram, Tam, Tam, Taram, Tam, Tam, Taram, Tam, Tam …

Dieser Rhythmus erweckte mein Herz wieder, ließ es bocken. So sehr, dass ich mich abends, wenn mein Vater seinen Kopf durch die Türöffnung steckte, auf ihn stürzte. Ich rieb mein Gesicht gegen den Ärmel seines braunen Seidendels und saugte den süßen, schweißigen Geruch der Pferde ein. Und ich bettelte, mit ihm gehen zu dürfen.

„Lass mich mit dir reiten!“, rief ich.

Seine harten Finger wuschelten durch mein schwarzes Haar. „Nein, Oyuna“, antwortete er dann und schüttelte den Kopf. „Du bist unsere einzige Tochter und du bist uns viel zu kostbar. Wir können nicht zulassen, dass dich wieder ein Unglück findet. Bleibe lieber im Ger. Du bist einfach nicht für das Reiten geschaffen.“

Er versuchte mir diese Worte anzulegen wie Fußfesseln. Aber auch ich schüttelte meinen Kopf. Nein! Und später runzelte ich die Stirn über meinen verkrüppelten Fuß und überlegte, was meine Eltern sehen mochten, das mir verborgen blieb. Während ich unentwegt an Pferde dachte und daran, was ich gerne tun wollte, schienen meine Mutter und mein Vater nur an mein Bein zu denken und daran, was ich alles nicht tun konnte. „… Unglück … Unheil …“, hörte ich sie miteinander flüstern. Sie wisperten ihre Worte ins Feuer und beobachteten schweigend, wie der Rauch aufstieg und mit ihren Gebeten aus dem Ger flog.

All die Jahre nach „dieser Zeit“, wie meine Mutter es nannte, saß eine ausgestopfte Filzpuppe, die in das blutige

Seidentuch gekleidet war, mit dem sie damals meinen zerquetschten Fuß umwickelt hatten, oben auf der angemalten Holztruhe in unserem Ger. Einer ihrer Füße war rot gefärbt. Oh, wie ich diese Puppe hasste!

Vor jeder Mahlzeit, ehe einer von uns einen Bissen essen durfte, wurde ihr ein Essens- und Getränkeopfer in das starre Gesicht geschmiert. Mutter und Vater beteten zu der Puppe mit dem roten Bein, dass mein Bein heilen möge. Mit den Jahren wurde das Gesicht der Puppe dunkel, fleckig, und es stank nach Essen. Doch mein Bein blieb verkrüppelt.

Ungefähr einmal jeden Mond zog unser Ail zu neuen Weidegründen. Unterwegs begegneten uns oft andere Klans. Jedes Mal, wenn Ochsenkarren am Horizont auftauchten, duckte ich mich, denn das bedeutete, dass ein weiterer Trommeln schlagender, weiß gekleideter Schamane meinen Fuß untersuchen würde. Ein weiteres Mal würden Gebete gesprochen, Beschwörungen gesungen und stinkende, brennende Salben in mein Fleisch gerieben werden. Und Opfer dargebracht. Erst als ich älter war, erfuhr ich, dass die schwarze Stute, die auf meinen Fuß getreten war, auf den Befehl eines Schamanen hin getötet worden war. Es war ihr Blut, mit dem sie den Fuß der Filzpuppe rot gefärbt hatten. An dem Tag, an dem ich das erfuhr, konnte ich nichts essen. Bei den Mahlzeiten kniete ich gegenüber der Puppe mit dem schmutzigen Gesicht, und jeder Bissen blieb mir im Hals stecken.

Bei einem dieser Treffen der Klans fiel mir ein Junge auf, der stolz auf einem braunen, tänzelnden Pferd saß. Um den Hals des Pferdes war ein schimmernder Schal aus himmelblauer Seide gebunden. Ich zupfte am Ärmel meiner Mutter und deutete auf ihn.

„Dieser Junge hat im langen Rennen auf dem Festival gesiegt", erklärte sie flüsternd und beugte sich zu mir herab. „Seine Mutter sagt, dass er und sein brauner Wallach schneller galoppiert sind als hundert andere. Und deshalb hat er die Siegerschärpe und viel Glück gewonnen. Glück für seine Familie und für seinen Klan."

Sie richtete sich auf. Es entging mir nicht, dass sie genau beobachtete, wie die Mutter des Jungen den Hals des braunen Pferdes tätschelte und ihrem Sohn auf die Schulter klopfte. Nichts wollte ich mehr, als dieses stolze Lächeln auch in das Gesicht meiner Mutter zaubern. Doch dann senkte ich meinen Blick auf den verdrehten Fuß in seinem Filzstiefel und fühlte nur noch Scham. Ich zog meine Nase kraus und streckte die Zunge raus.

In dieser Nacht und viele Tage und Nächte danach duckte ich mich demütig unter dem gehässigen Blick der rotbeinigen Puppe. Ich fing an, selbst an die Gebete meiner Eltern zu glauben. Bestimmt hatten die Götter mir wirklich das Zeichen des Unglücks aufgebrannt. Deshalb stand mir auf dieser Welt nur ein einziger Platz zu: im rauchigen Halbdunkel des Gers zu kauern, bei jeder vorüberziehenden Wolke zu erschrecken und die anderen zu beobachten, wie sie auf dem Rücken schneller Pferde über die Steppe galoppierten. Meine Kindheit schien von dem bestimmt zu sein, was ich nicht tun konnte.

Doch eines Tages in der Abenddämmerung entdeckte ich, was ich tun konnte. Ich hinkte durch das Gras, um einen Wasserbeutel zu füllen, und erspähte einen Wallach, der am Fluss trank. Mit angehaltenem Atem blickte ich über meine Schulter und sah, dass alle mit gebeugten Köpfen in ihre Arbeit versunken waren, die sie noch vor Einbruch der Dunkelheit erledigen wollten.

In diesem dämmrigen Augenblick hatte ich das Gefühl, als seien das Pferd und ich die einzigen Lebewesen an einem fernen Ort, an dem alles möglich war. Ich musste es einfach versuchen. Und in diesem Zwielicht war alles möglich!

Vorsichtig legte ich den Beutel auf die Erde. Ich sprach den Wallach an. Er hob den Kopf, drehte seine Ohren in meine Richtung – Wasser tropfte von seinen Lippen – und sah mich an. Langsam humpelte ich auf ihn zu. Ich legte meine Hand auf seine moosig weiche Nase und pustete ihm in die Nüstern. Er blies mir seinen warmen Atem ins Gesicht. Mit den Händen strich ich über seine Stirn, fuhr unter seiner dicken Mähne am Hals entlang zum Widerrist. Dann ergriff meine linke Hand ein Büschel seiner Mähne. An seinen warmen Körper gelehnt stieß ich mich einmal, zweimal vom harten Boden ab und schwang mein verkrüppeltes Bein über seinen Rücken. Endlich frei!

Ein Gefühl des Glücks stieg in mir auf und erblühte zu einem breiten Lächeln. Endlich war ich da, wo ich hingehörte.

Eine Entdeckung – eine Entscheidung

Jetzt konnten mich keine Fußfesseln mehr halten. Sobald meine Mutter mir den Rücken zuwandte, stahl ich mich von meiner Arbeit davon, um mich auf einen Pferderücken zu schwingen und über die Steppe zu jagen. Und meine lauten Freudenschreie mischten sich mit dem Echo der Hufschläge.

Mein Vater seufzte und meine Mutter war verärgert. Doch schließlich schlugen sie den Türteppich unseres Gers zurück und entließen mich in die Welt dort draußen. Meine Mutter sorgte sich immer noch, dass das Unglück mich irgendwie wieder finden würde. Also hängte sie mir einen geflochtenen Lederriemen mit einem kleinen Pferd aus milchig grüner Jade um den Hals. Sie sagte, sie hätte es von ihrer Mutter, einer Schamanin, bekommen und es habe die Kraft, mich zu beschützen. Nun war sie einverstanden, mir auch die Arbeiten außerhalb des Zeltes beizubringen: Dung sammeln, die Schafe kämmen, bei der Geburt der Tierjungen helfen … Ich arbeitete hart. Wirklich. Aber mein Herz donnerte immer mit den Pferden über die Steppe. Damals fürchtete ich mich nicht mehr vor Unglück, denn selbst wenn es in der Steppe auf mich warten sollte, würde ich ihm einfach davongaloppieren.

Eines Tages, in meinem zwölften Frühling, erstand mein Vater Gerstenmehl, das ziemlich teuer war. Meine Mutter und ich waren in unserem Ger und kneteten den Teig. Durch den Rauchabzug schimmerte der blaue Himmel wie ein unerreichbarer Edelstein. Ich sollte dabei helfen, den Teig zum Braten zu kleinen Kugeln zu rollen. Aber an so einem Tag, an dem der Wind seine Geheimnisse jedem sanften Hügel anvertraut, im Schatten zu knien …

„Oyuna!“, schimpfte die Stimme meiner Mutter. Doch als ich aufblickte, sah ich, dass ihre braunen Augen blitzten. „Gerstenkuchen sollen rund sein, so wie diese hier. Deine sehen eher aus wie …“, sie blinzelte und schüttelte den Kopf, „… wie Pferdehufe! Was soll denn dein Vater sagen, wenn wir ihm heute Abend Pferdehufe vorsetzen?“ Ihr perlendes Lachen mischte sich mit meinem, denn wir beide konnten Vater lebhaft vor uns sehen, wie er sich mit der Hand an die Stirn schlug und den Göttern zurief, sie hätten ihm wohl ein Pferd statt einer Tochter geschenkt.

Mit einer raschen Bewegung strich meine Mutter die klumpigen Pferdehufkuchen zu sich herüber. „Tza, tza, tza!“ Sie deutete mit dem Kopf hinter mich. „Dann nimm eben den Korb und sammle Dung für das Kochfeuer. Und sei keine Schildkröte! Es wird regnen.“

Mit einem Freudenschrei schlang ich die Arme um die Hüfte meiner Mutter und stolperte nach draußen.

Die Nachmittagssonne schien mir in die Augen, als ich mich bückte, um den großen Korb zum Dungsammeln aufzuheben. Tengri, der blaue Himmelsgeist, freute sich, er spielte mit sanften Windstößen in meinen Haaren und ließ meine geflochtenen Zöpfe hüpfen. Mit froh klopfendem

Herzen nahm ich den Korb wie einen Sattel auf meinen Rücken und hielt die breiten Lederträger fest vor meiner Brust. Dann begann ich mit einem leisen Wiehern meine Arbeit – ein treues Pferd, wenn auch ein lahmes. Ich wusste, wäre ich wirklich ein Pferd gewesen, wäre ich eher Mittagessen für die Hunde gewesen als ein Arbeiter für den Klan. Mein langer Seidendel, der die gleiche gelbbraune Farbe hatte wie das Untergefieder des Flughuhnes, streifte raschelnd die roten und lilafarbenen Blumen, die ihren würzigen Duft zitternd dem leichten Wind anvertrauten. Ich humpelte dankbar auf den kleinen Hügel zu, auf dem die Pferde grasend den Tag verbracht hatten.

Schon jetzt war abzusehen, dass dieses Jahr mein bisher glücklichstes zu werden versprach. Endlich gehörte ich dazu. Mein Blick fiel auf meine Finger, die das Lederband umschlungen hielten. Ich blickte hinter die verfärbten Nägel und die rissige Haut und sah Hände, die wussten, wie man einem Schaf half, ein nasses, zitterndes Lamm zu gebären, Hände, die wussten, wie man den weichen Bauch einer Ziege kämmt, ohne an der Haut zu ziehen, und die sich gerade lang genug zwischen ein trinkendes Fohlen und die Stute drängen konnten, um ein bisschen Stutenmilch in einen Lederbeutel zu melken. Ich hatte mein Unglück abgeschüttelt, dachte ich stolz. Die Schamanen kamen nicht mehr. Sogar meine Verwandten ließen mich nun unter sich arbeiten, ohne mit dem Finger auf mich zu deuten.

Mein Atem ging schwer nach dem Anstieg und ich blieb stehen, um ein wenig auszuruhen und zu sehen, wie weit ich gekommen war. Im Tal unter mir standen die fünf runden weißen Gers meines Ails, alle mit der Türöffnung nach

Süden, wegen des Glücks. Die langen grünen Schatten legten sich bereits schützend über sie. In der anderen Richtung graste unsere Schafherde. Die Schafe sahen aus wie kleine, runde Wölkchen im grünen Gras. Dahinter erkannte ich meine Onkel, die schon die Ziegen zum abendlichen Melken zusammentrieben.

Am Horizont hockte sprungbereit wie ein Raubtier ein langes Band blauschwarzer Wolken, und ich wusste, dass ich den Dung rasch sammeln musste, sonst würde das Feuer in unserem Ger heute Nacht nicht lange brennen.

Wie ich mit dem schwankenden Korb auf dem Rücken den Hang nach oben humpelte, ähnelte ich wahrscheinlich eher einem kleinen Kamel. Doch in meiner Fantasie war ich ein Pferd, das auf dem Hügel Halt machte und witterte, ob irgendwo eine Gefahr drohte – ein wütendes Wildschwein, dessen gelbe Hauer den Bauch eines gefallenen Tieres aufreißen konnten, oder ein hungriger Wolf mit langen Reißzähnen, der das Gras auf der Suche nach einer leichten Beute durchstreifte. Ich wandte meinen Kopf und lauschte, ob ich irgendwo das tiefe Grollen eines Leoparden hören konnte, der vielleicht mit peitschendem Schwanz auf der Lauer lag. Doch nur ein harmloses Miauen drang an meine Ohren.

„Bator!“, rief ich, als ich das kleine getigerte Kätzchen erblickte, das sofort begann unsichtbare Fäden zwischen meinen Beinen zu weben. „Was machst du denn so weit hier draußen?“

Als Antwort sprang Bator auf meine gefütterte Seidenhose und kletterte mit Hilfe seiner nadelscharfen Krallen aufwärts. Ich hatte den kleinen Kater vor zwei Monden halb verhungert hinter einem der Ochsenkarren hervorgezogen und ihn Bator getauft, was soviel heißt wie: „Held“. Nun, ich weiß natürlich, dass niemand sonst auf die Idee käme, einem Tier einen Namen zu geben, aber für mich war Bator irgendwie mehr als nur ein Tier. Er stolzierte immer um-her und verkündete der Welt laut miauend seine Erfolge. Obwohl er an diesem Tag mit all der Zielstrebigkeit und dem Mut, den sein Name erwarten ließ, an meinen Hosen emporkletterte, nahm ich ihn hoch und kuschelte seinen pelzigen Körper unter mein Kinn. Dann hielt ich ihn vor mein Gesicht.

„Was willst du, hm, Kleiner?“ Wieder jammerte das getigerte Wesen und schloss dabei vor Anstrengung seine grünen Augen.

„Ach, so ist das? Aber ich kann jetzt leider nicht spielen. Ich muss arbeiten. Außerdem wird es sicher bald regnen, wir müssen uns also beeilen!“ Mit großer Anstrengung streckte Bator ein Vorderbein. Die kleinen Zehen am Ende gingen über in fünf kleine rosafarbene Kissen. Er miaute laut. Ich kicherte. „Ja, ich kann mir vorstellen, dass deine Füße nach dieser langen Wanderung müde sind. Wie wär’s mit einem kleinen Ritt in meinem Korb, bis ich fertig bin?“ Vorsichtig setzte ich ihn in den Korb auf meinem Rücken. Doch noch ehe ich einen Schritt machen konnte, war Bator schon auf meine Schulter gehüpft und miaute in mein Ohr.

„Ich weiß gar nicht, was du hast, du kleiner Quälgeist. Wenn du nicht getragen werden willst, dann musst du eben laufen.“ Ich setzte das sich windende Tier wieder auf den Boden. Ohne sich umzudrehen und laut miauend stürmte Bator durch das hohe Gras.

Und plötzlich war es mir klar. Vom ersten Tag an, seitdem ich mich um diesen kleinen Kater kümmerte, konnte er mir irgendwie immer verständlich machen, was er wollte. Und jetzt teilte er mir mit, dass etwas nicht stimmte und dass ich ihm folgen sollte. Ich warf noch einen Blick auf die dunklen Wolken, die sich am Horizont zusammenbrauten, dann drehte ich mich um und folgte ihm.

Bators Schwanz war im hohen Gras kaum zu erkennen, aber sein lautes Miauen führte mich. Vor uns, das wusste ich, lag ein ausgetrocknetes Flussbett voller Felsen. Bators Miauen verstummte am Ufer. Als ich hinter dem Kater herankam, sah ich den Grund seiner Sorge. In dem verkrusteten, spinnenwebartig getrockneten Schlamm lag eine der Ziegen unseres Ails. Ihr Bauch war geschwollen, so fortgeschritten war ihre Trächtigkeit, und ein winziger Huf an einem spindeldürren Beinchen lugte unter ihrem Schwanz hervor. Als sie mich sah, hob die Ziege ihren Kopf und blökte herzerweichend. Ihr Schrei ging im ersten Donnergrollen unter. Hilflos ließ die Ziege ihren Kopf wieder auf den harten Boden sinken und lag schwer atmend da, ihre rosafarbene Zunge leuchtete im Dunkel des geöffneten Mauls.

„Oyuna! Komm jetzt zurück!" Die ferne Stimme meiner Mutter klang gegen den aufkommenden Wind über die Steppe. Aber der Sturm jagte hinter ihren Worten her. Dicke Regentropfen prasselten auf uns drei nieder.

Als ich mich umdrehte, stolperte ich und ein stechender Schmerz durchzuckte meinen Fuß, als mir ein Schwall kalter Regen ins Gesicht schlug. Mein Herz klopfte wie wild, als ich erkannte, dass ich gegen den Sturm nicht anrennen konnte. Meine Tagträumereien hatten mich verführt, weiter zu gehen, als ich es an einem so bedrohlichen Tag hätte tun sollen – mit meinem verkrüppelten Fuß.

Die Ziege blökte angstvoll.

Wieder hörte ich die Stimme meiner Mutter: „O-yu-na!"

Aber ich hatte meine Entscheidung gefällt.

Mit einem Blick über die Schulter ließ ich den Korb fallen und rutschte auf den scharfen Kieselsteinen die Uferböschung hinunter.

„Das war das letzte Mal, dass ich die Stimme meiner Mutter gehört habe."

Selbst nach all den Jahren trugen diese Erinnerungen eine so lebendige Traurigkeit in sich, dass der alten Frau die Worte im Hals stecken blieben. Sie hustete. Dieses explosive, rasselnde Geräusch erschreckte die dickbauchige Stute, die alarmiert schnaubte. Etliche Minuten lang atmeten Mensch und Tier schwer und räusperten sich geräuschvoll. Schließlich, als ihr Hals wieder frei war, schüttelte die alte Frau den Kopf und schnaubte wie die Stute.

„Das Leben ist eigentümlich, Enkeltochter!", sagte sie gedankenverloren. „Man weiß niemals, wann man etwas zum letzten Mal tut. Da trinkt man Tee mit einem guten Freund, man redet über dieses und jenes und dann, viele Jahre später, blickt man zurück und stellt fest, dass es das letzte Mal war." Sie schwieg und senkte ihren Blick. Als sie wieder sprach, zitterte ihre Stimme. „Es gab noch so viel, was ich ihr sagen wollte." Mit zitternden Fingern zog sie den Jadeanhänger aus den Falten ihrer Kleider hervor. Der milchig grüne Stein war zu einem galoppierenden Pferd geschnitzt, dessen lange Mähne und Schweif im Wind wehten. „Ich kam nie dazu, ihr dafür zu danken“, flüsterte sie.

Die Frau schwieg, und ihre wässrig grauen Augen starrten ins Leere. Das Mädchen, das immer noch in die Arme der Großmutter gekuschelt lag, wartete respektvoll. Dann forderte sie sie auf, weiterzuerzählen.

„Was war passiert?“, fragte sie. Keine Antwort. „Was war passiert?“, fragte sie noch einmal, diesmal so eindringlich, dass die weiße Stute die beiden Menschen mit ihren schwarzen Augen anblickte und auch wartete.

In der alten Frau ging eine Veränderung vor. Sie streckte ihre Hände vor sich und das Mondlicht schien auf die gefleckte Haut, die schlaff von den geschwollenen Gelenken hing. „Diese Hände haben mehr Gutes bewirkt als mein Fuß Böses, das kann ich dir versichern!“, sagte sie ärgerlich. Beunruhigt hob das Mädchen den Kopf aus dem Schoß der Großmutter. „Was hätte ich denn tun sollen?“, fragte die alte Frau in die Dunkelheit hinein.

Mit großen Augen wiederholte das Mädchen schüchtern ihre Frage: „Was war denn passiert?“

Die alte Frau ließ ihre Hände sinken und versteckte sie wieder in den dicken Falten ihrer Kleidung. „Die Ziege und ihr Junges blieben beide am Leben. Meine Mutter starb. Ein Blitz. Das Unglück, das Unheil … Mein Vater und ich wurden natürlich dafür bestraft.“

Blitze!

Meine Leute fürchteten Blitze weit mehr als jede andere Naturgewalt. Im Frühling und im Sommer schießen die Blitze ohne die geringste Vorwarnung vom Himmel. Sie brennen sich in die Haut der Erde und fangen sich die Seelen unserer Hirten und Tiere. Der Regen, den sie bringen, ist natürlich willkommen, aber dass eine solche Grausamkeit dieses Geschenk begleiten muss! Wer könnte zählen, wie viele Leben sie von der Steppe gefegt haben? Sicherlich hunderte, vielleicht sogar tausende von Leben werden in allen Jahreszeiten von Blitzen aus dem Schoß ihrer Familien geraubt.

Einmal, als ich noch sehr klein war, kam gegen Mittag ein Sommersturm auf und überraschte die Hirten meines Ails. Ich schaute durch die Tür unseres Gers. Ich kann immer noch den dornigen Blitz vor mir sehen, der über den dunkelvioletten Himmel kratzte. Er schoss geradewegs zur Erde und knisterte und krachte dabei so laut, dass ich von der Tür wegrannte und mir die Finger in die Ohren steckte. Dann kam ein donnernder Knall, der den Boden unter meinen Füßen erschütterte.

Meine Mutter packte mich sofort an der Hand und zog mich zu den Pferden. Andere rannten mit uns, niemand achtete auf den Wind, der uns Erde und Blätter ins Gesicht schleuderte.

Noch ehe wir die Pferde erreichten, bemerkte ich diesen eigenartigen verbrannten Geruch. Ich erinnere mich, dass meine Mutter mich hochhob und versuchte mein Gesicht an ihre Brust zu pressen. Aber ich hatte sie schon gesehen: Die leblosen Körper von drei Pferden und zwei meiner Vetter lagen grotesk dahingestreckt am Fuße des Hügels. Ich konnte nicht anders: Zwischen den Fingern meiner Mutter hindurch starrte ich auf die verbrannte Kleidung, die angesengten Mähnen und die gespaltenen Hufe. Und ich konnte nicht aufhören zu zittern.

In der Nacht, als ich in dem Flussbett bei der Geburt des Zickleins half, fuhren die Blitze überall um uns herum zu Boden. Jeder Blitz erhellte in meinem Gedächtnis dieses schreckliche Bild von den toten Körpern, deren Seelen vom Blitz gestohlen worden waren. Ich hatte solche Angst! Dann brach der Himmel auf und überschüttete uns mit Hagel. Der kleine Bator hatte sich auf meinem Schoß zusammengerollt, zu meinen Füßen häufte sich das Eis, und ich mühte mich ab, das glitschige Zicklein auf die Welt zu holen. Als der Hagel in einen peitschenden Regen überging, zog und zerrte ich immer noch, mit blutigen Händen und heißem Atem. Endlich riss ich mit den Fingernägeln den Geburtssack von der kleinen schwarzen Nase. Das Tierkind machte seinen ersten keuchenden Atemzug, und ich zitterte am ganzen Körper.

Erst da bemerkte ich das braune Wasser, das über meine Filzstiefel stieg. Wir mussten weiter nach oben und zwar sofort! Mit einem Sprung vorwärts packte ich das mit kleinen Löckchen bedeckte Zicklein. Durch diese plötzliche Bewegung fiel Bator von meinem Schoß ins schlammige Wasser. Mit empörtem Miauen kletterte der kleine Kater die Uferböschung hinauf, ließ sich im Dunkeln nieder und beobachtete mich. Das Ziegenkind blökte ängstlich und strampelte so sehr, dass ich fast das Gleichgewicht verloren hätte. Ich schaffte es, mich auf einen Felsen zu ziehen. Gefährlich schwankend hob ich das Tier über meinen Kopf und schob es ans rutschige Ufer. Die Ziegenmutter war schon wieder auf den Beinen und stürmte ihrem Neugeborenen hinterher, wobei sie meinen Schoß als Trittbrett benutzte, um das Ufer in zwei Sprüngen zu erreichen. Bis ich mich taumelnd und schwankend am Ufer hochgezogen hatte, waren meine Hände zerschrammt und meine Fingernägel eingerissen und schwarz. Aber wir hatten es geschafft. Und zwar gerade noch rechtzeitig, denn im nächsten Augenblick hörte ich schon die Fluten kommen. Als ich vorsichtig über den Rand spähte, sah ich, dass schäumendes Wasser über den Felsen brauste, auf dem ich gerade eben noch gestanden hatte.

Später in der Nacht, als der Sturm sich zu einem eintönigen Regen abgeschwächt hatte und die Ziege mit ihrem Kind auf der Suche nach ihrer Herde blökend in der Dunkelheit verschwunden war, zitterte ich noch immer. Ich stopfte Bator in mein Del, und die Wärme, die von seinem kleinen Körper ausging, tröstete mich, als ich vorwärts stolperte, um meine Leute zu suchen. Obwohl meine Zähne vor Kälte und Furcht klapperten, war ich glücklich, weil ich einem neuen Lebewesen auf die Welt geholfen und den Blitzen mutig standgehalten hatte.

Da auch in deinen Adern ein wenig Mongolenblut fließt, weißt du sicherlich, dass Mong mutig bedeutet. In dieser Nacht war ich sehr stolz darauf, eine Mongolin zu sein.

„Oyuna!“, hörte ich meinen Vater in der Dunkelheit vor mir rufen. „Oyuna! Wo bist du?“

„Ich komme!“, rief ich zurück. An dem aufgeregten Ton in seiner Stimme war ich schuld, weil ich in diesem Sturm draußen geblieben war. Aber wie er sich freuen würde, wenn ich ihm erzählte, dass …

„Oyuna! Dir ist nichts geschehen!“ Die starken Arme meines Vaters schlossen mich ein, hoben mich hoch, sodass meine Füße über dem Boden baumelten. Er drückte mich so fest, dass Bator sich aus meinem Kragen herauswand und in die Dunkelheit sprang, um alleine nach Hause zu laufen.

„Oh, Oyuna, Oyuna!“, schluchzte mein Vater. Seine Schultern wurden von tiefen Seufzern geschüttelt und seine Umarmung wurde noch fester. „Ich dachte schon, dass ich auch dich verloren hätte!“

Noch nie zuvor hatte ich meinen Vater weinen sehen. Damals empfand ich das als eine Schwäche, und ich wollte, dass er aufhörte. Ich wollte, dass auch er mutig ist. Also wand ich meinen Kopf aus seiner Umarmung und sagte: „Vater, es geht mir gut. Ich war zu weit von unserem Ger weg, als der Sturm uns – Bator und mich – überraschte, und ich wusste, dass ich mit …“ – ich schnitt eine Grimasse und deutete mit dem Kopf auf meinen verkrüppelten Fuß – „dass ich zu langsam war, um rechtzeitig ins Lager zurückzukommen. Aber ich habe eine Überraschung für dich, Vater: Ich habe nämlich einer Ziege geholfen auf …“

„Oh, Oyuna, Oyuna!“, stöhnte mein Vater und drückte mein Gesicht wieder in seine Arme zurück. Langsam sank er zu Boden, bis ich stand und er kniete. Seinen Kopf hatte er an meiner Schulter vergraben, sodass meine Nase direkt hinter seinem Ohr war. Ich erinnere mich genau, dass es dort genauso muffig roch wie zwischen den Zehen eines Hundes. Bis heute denke ich jedes Mal an diese Nacht, wann immer ein Hund seine Pfote in meinen Schoß legt, und dann sinkt wieder diese große Trauer in mein Herz.

„Deine Mutter ist tot.“

„Nein“, sagte ich. „Ist sie nicht. Das kann nicht sein!“

Mein Vater sah mir mit trübem Blick in die Augen und nickte. „Der Sturm … Der Blitz.“ Er sprach zwischen atemlosen Schluchzern. „Deine Mutter ging hinaus, um …“

„… um nach mir zu suchen“, beendete ich seinen Satz, und die entsetzliche Erkenntnis quetschte alles Leben aus meinem Herzen. Es war also meine Schuld. Sie hatte natürlich gewusst, dass ich mit meinem verkrüppelten Fuß nicht so schnell zurück in die Sicherheit des Gers laufen konnte. Und statt durch den Sturm zurückzuhumpeln, war ich lieber bei der Ziege geblieben. Jetzt war meine Mutter tot. Mein Fuß zog wirklich das Unglück an!

Bis zum Morgen hatte man alle Schuld für den Blitz, der in unser Ail gefahren war, mir und meinem Vater zugeschoben. Und unseren Tieren. Und all unserem Besitz. Wir mussten etwas wirklich sehr Böses getan haben, sagten die Ältesten, wenn wir die Götter so verärgert hatten, dass sie uns mit einem Blitz straften. Jetzt waren wir unrein.

Während ein Onkel davongaloppierte, um einen Schamanen zu suchen, der die Reinigungszeremonie vornehmen konnte, bereiteten die Frauen meines Ails die Beerdigung meiner Mutter vor.

Stumm auf den kalten, matschigen Boden gekauert beobachtete ich, wie sie die steifen Gliedmaße meiner Mutter in einen buttergelben Seidendel kleideten. Über die Arme zogen sie ihr eine reichbestickte, farblich dazu passende Weste. Über ihren Schal befestigten sie eine schwere Silberkappe, von der glänzende schwarze Haarzöpfe und glitzernde Silberanhänger baumelten, die mit gelbem Bernstein und blauen Saphiren verziert waren. Ich hatte sie nie zuvor so elegant gekleidet gesehen. So hätte sie bei ihrer Hochzeit ausgesehen, wurde mir gesagt.

Dann gruben die Frauen ein Loch in den Boden und legten meine Mutter hinein. Neben sie wurde ihr Sattel gelegt, ihre Suppenschüssel, ein Kochtopf mit Wasser, Hammelfleisch und eine Tafel Teeblätter. Ich war froh, dass sie in der anderen Welt wenigstens genug zu essen haben würde. Dann wurde eine graubraune Stute mit ihrem säugenden Fohlen zu dem Grab geführt. Nach einem festen Schlag auf die Stirn fielen die beiden Tiere auf die Knie – tot. Beide wurden in das Grab gezogen und neben meine Mutter gelegt. Jetzt würde sie immer Milch zu trinken haben. Nachdem Erde auf die Leichen gehäuft und das Gras darüber festgetreten worden war, wurde das Lieblingspferd meiner Mutter, eine graue Stute, getötet. Das Fleisch wurde für das Abendessen beiseite gestellt, während das Fell mit getrocknetem Gras ausgestopft wurde. Diese riesige wabbelige Erscheinung wurde dann an einer langen Stange hoch in den Himmel gezogen. Meine Mutter sollte nicht in die andere Welt laufen müssen.

Einen halben Tag später saß ich, immer noch stumm, neben meinem Vater auf unserem Ochsenkarren. Unser Ail zog ein kleines Stück weg von dem frischen Erdhügel zu einem sichereren Platz. Ich sah über meine Schulter, wie das Grab meiner Mutter immer kleiner wurde. Der frische Nachmittagswind blies durch die Mähne des toten Pferdes. Und das Fell, das noch weich und feucht war, bewegte sich, als ob Muskeln sich darunter anspannen und bewegen würden. Ob meine Mutter wohl schon in die andere Welt galoppierte?

Auf den weiß gekleideten Schamanen mit seiner Trommel und einem Stab, an dessen Spitze ein haariger Ochsenschwanz hing, trafen wir im nächsten Tal. Unter seinen donnernden Anweisungen wurden zwei riesige Feuer entzündet. Zum Schlagen seiner Trommel wurde neben jedem Feuer eine Lanze in die Erde gestoßen und ein langes Seil dazwischen gespannt. An diesem Seil hingen ausgestopfte Filzpuppen – eine für jede Gottheit, deren Segen wir brauchten. Schon hatten meine Verwandten in den Singsang eingestimmt. Mein Vater und ich warteten in unserem Ochsenkarren, auf den unsere wenigen Habseligkeiten gepackt waren. Unser Ger hatten wir zurückgelassen. Es stand nun einsam in der Steppe; das Bett meiner Mutter und einige ihrer alten Kleider waren darin zurückgeblieben. Niemand würde es wagen, diese unreinen Dinge zu berühren. Sie blieben dem Wind überlassen, der durch sie hindurch blasen und sie mit der Zeit fortwehen würde. Mein Vater hatte mir sogar den Jadeanhänger vom Hals genommen und ihn in den Schlamm geschleudert, ehe er mich auf den Ochsenkarren scheuchte.

Die Frauen unseres Klans standen in doppelter Reihe zwischen uns und den Feuern. Auch sie warteten mit ihrem eintönigen Singsang, die Köpfe dem Schamanen zugewandt. Ich hatte den zitternden Bator in meinen Armen und hielt ihm die Augen zu, damit er sich nicht aufbäumte. Der alte weiß gekleidete Mann bat um Ruhe, und als nur noch das Knistern der Feuer zu hören war, schüttelte er seinen Stab gegen den Himmel.

Mein Vater sprach mit unserem Ochsen, erst ruhig, dann schärfer, weil das Tier nervös den Kopf schüttelte und laut muhte. Jedes Mal, wenn seine langen Hörner gegen den eigenen Körper schlugen, konnte ich das Weiße in seinen Augen sehen. Nach einem weiteren Zuruf meines Vaters legte sich das Tier schließlich in sein Geschirr – immer noch die Hörner schüttelnd – und die Frauen nahmen ihren Singsang wieder auf und bespritzten uns mit Wasser. Wir fuhren unter dem Seil hindurch. Eine der Filzpuppen streifte meinen Kopf und ich bekam eine Gänsehaut. Aus den Augenwinkeln sah ich, dass es der Gott der langen Reisen war, der mit der Adlerfeder in seinem schwarzen Filzkörper wie wahnsinnig über meinem Kopf tanzte. Ich fühlte Übelkeit in mir aufsteigen. Was hatte das zu bedeuten?

Aber jetzt war nicht die Zeit, sich darüber Gedanken zu machen, denn wir fuhren zwischen den beiden Feuern hindurch. Unser Ochse brüllte vor Angst. Die Hitze brannte mir auf der Haut. Kaum waren wir den orangefarbenen Flammen entkommen, entwand Bator sich meinen Armen und floh ins Gras. Ich kletterte vom Karren und half meinem Vater auch unsere Pferde, Schafe und Ziegen unter dem Seil und zwischen den beiden Feuern hindurchzutreiben. Es war keine einfache Aufgabe, die Tiere zum Feuer zu locken, das kann ich dir sagen, und als der Schamane endlich erklärte, wir seien nun gereinigt, ging die Sonne schon unter, und ich war in Schweiß gebadet.

An diesem Abend feierte unser Klan mit dem Schamanen, sie lachten und sangen, als ob die Welt völlig in Ordnung wäre.

Aber mein Vater und ich waren ausgeschlossen und lagen unter dem Sternenhimmel. Nur eine Armlänge von mir entfernt sah ich, wie die Decke, die mein Vater sich über das Gesicht gezogen hatte, zitterte. Halb ersticktes Stöhnen – wie von einem verwundeten Tier – kroch unter der Decke hervor und verlor sich in der Dunkelheit.

Wo waren meine Tränen? Schlaflos warf ich meine Decke von mir und stolperte davon. Meine Füße fanden den Pfad aus zertrampeltem Gras, den die Räder der Ochsenkarren hinterlassen hatten. Während der Mond über den Himmel zog, folgte ich wie betäubt den feuchten Spuren über die Steppe zurück zu dem verlassenen Ger. Als ich näher kam, fing ich an zu zittern. Mit einem Auge beobachtete ich wachsam das graue Geisterpferd, das bewegungslos in den Himmel sprang. Ich fiel auf die Knie und durchsuchte das Gras rund um das Grab meiner Mutter. Als meine Finger den kleinen Jadeanhänger fanden, brach ich in Tränen aus. Den gesamten Weg zurück ins Lager schluchzte ich und hielt das kleine Pferd, das ich von meiner Mutter bekommen hatte, fest umklammert. Als ich wieder unter meine Decken schlüpfte – den Jadeanhänger unter meinem Del verborgen –, wurde der Himmel schon wieder grau. Erschöpft, aber immer noch schlaflos starrte ich mit verquollenen Augen auf die wenigen Sterne und suchte alle Schuld bei mir.

Am folgenden Tag, als unser Ail weiterzog, mussten wir mit unserem Ochsenkarren und all unseren Tieren ganz am Schluss gehen. An jenem Tag und an allen folgenden fraßen unsere Pferde, Schafe und Ziegen das von den anderen zertrampelte Gras.

So ging das die nächsten drei Monate. Mein Vater und ich waren immer die Letzten, die sich einen Platz für unser kleines Ger suchen durften, das wir aus Resten zusammengestückelt hatten, und wir waren auch die Letzten, die Wasser aus dem Fluss schöpften. Meine Verwandten waren freundlich, sprachen sogar tröstende Worte zu mir, aber niemand wagte es, mich zu berühren oder zu umarmen.

Wie sehr habe ich meine Mutter damals vermisst! Mein Herz war schwer wie ein Stein.

Ich arbeitete hart, um in ihre Fußstapfen zu treten. Ich stand vor Sonnenaufgang auf, sammelte Dung, entzündete das Kochfeuer, kochte Tee und melkte unsere Stuten. Nachdem mein Vater unser Ger verlassen hatte, kämmte ich die Ziegen, rührte das Ayrag, schlug Butter und melkte die Stuten ein zweites Mal. Aber so sehr ich mich auch bemühte, der Tarag brannte an, der Aaruul wurde schimmelig und das Hammelfleisch war faserig und geschmacklos. Tag für Tag scheiterte ich aufs Neue, und die Verantwortung dafür gab ich allein meinem Fuß. Ich fühlte förmlich, wie das Unglück über mir lauerte – wie eine Katze über einem Mauseloch –, als warte es nur darauf, sich auf mich zu stürzen.

Und mein Vater saß nach Sonnenuntergang schweigend und mit niedergeschlagenen Augen da.

Flucht

Damals haben die Pferde mich gerettet.

Nicht bis zur Dämmerung, sondern bis es richtig dunkel war, wartete ich. Bis das Abendessen vorüber und die Schüsseln wieder abgewaschen waren. Bis mein Vater seine Pfeife geraucht hatte und eingeschlafen war. Bis ich mich mit angehaltenem Atem hinaus in die Nacht stehlen konnte.

Suchend ertasteten meine Hände eine dicke Mähne, und schon schwang ich mein Gewicht vom Boden, stieß mich heftig ab, um endlich frei zu sein. Meine Knie fanden schnell die vertraute Nische hinter den warmen Muskelsträngen. Ein eindringliches Flüstern in verständnisvolle Ohren und schon trugen schnelle Hufe mich davon.

Ich kann nicht sagen, über wie viele Hügel unter wie vielen Sternen wir Nacht für Nacht dahinrasten. Gebückt über einen kräftigen Pferdehals hoben und senkten sich meine von Trauer niedergedrückten Schultern mit jedem donnernd ausgreifenden Schritt. Ich vergoss salzige Tränen und bot erst die eine, dann die andere Wange dem Wind dar, damit er sie trockenlecken möge.

Nacht für Nacht galoppierten wir über die verdunkelte Brust von Itugen, der Erdgöttin. Aber ich konnte ihm nicht entgehen. Ich trug mein Unglück in mir, es war mit mir an das Pferd geklammert. Nur allmählich ließ ich mein Herz in dünnen Streifen hinter mir herflattern, wo es sich drehte und in der Sonne des folgenden Tages trocknete.

Oft saß ich wie ein Schatten im Mondlicht am Horizont und starrte auf die stillen Gers. Und ich schwor, sollte sich je eine Möglichkeit ergeben, würde ich mein Unglück weit, weit wegbringen.

Die Nacht birgt Überraschungen

Nachdem wir drei Monate am Ende unseres Zuges gereist waren, nahm mein Vater sich eine neue Frau.

Während dieses dritten Mondes hatte ich gespürt, dass eine Sorge an ihm nagte, obwohl er selten mit mir sprach und mich nur zweimal während dieser Zeit gebeten hatte, ihm die Innereien von Wölfen, die er erlegt hatte, zu kochen. Meine Mutter hatte mich vor langer Zeit gelehrt, dass es bei Bauchschmerzen helfe, die Innereien eines Wolfes zu essen. Schließlich kann so ein Wolf alles hinunterschlingen, von Gras bis zu schon seit vielen Tagen toten Schafskadavern – und es schadet ihm nie. Deshalb schnitt ich die glitschigen Innereien, die mein Vater mir brachte, bereitwillig klein und kochte sie in Wasser, damit sein schmerzender Bauch die Stärke eines Wolfes erlangen würde. Und während ich den brodelnden Topf umrührte, grübelte ich, was mein Vater vor mir verbergen mochte. Am Ende des Sommers waren die Schafe geschoren und die Ziegen gekämmt. In unserem Ger waren die Wollbündel hoch gestapelt und warteten darauf, eingehandelt zu werden. Da brach mein Vater sein Schweigen.

„Das Hammelfleisch schmeckt besonders gut heute Abend, Oyuna“, sagte er. Ich straffte meine Schultern, um mich auf das vorzubereiten, was er mir sagen würde. Denn obgleich ich einige wilde Zwiebeln ausgegraben und zum Eintopf gegeben hatte – meine Zunge hatte schon selbst geschmeckt, dass das Fleisch, das ich zubereitet hatte, so geschmacklos war wie immer. Ich beobachtete, wie mein Vater seine Hand in den Topf senkte, ein fettiges Stück Hammel herausfischte und es in den Mund stopfte. Er kaute geräuschvoll und schluckte. Dann teilten sich seine Lippen im Feuerschein zu einem Grinsen. Wenn ein Hund hinter deinem Rücken ein unschuldiges Lamm gerissen hat, grinst er auf dieselbe Weise: mit zurückgezogenen Lippen, hängendem Kopf und wedelndem Schwanz.

„Ich habe eine Überraschung für dich", begann er stockend. „Nein, Oyuna, ich zähle noch einmal. So sicher wie das Kamel zwei Höcker auf dem Rücken trägt, ich habe zwei Überraschungen!"

Seine Stimme wurde vor Aufregung höher. „Zuerst, ich werde … Nein, das kommt später. Zuerst, Oyuna, will ich dir sagen, dass du im nächsten Mond mit mir zum Festival nach Karakorum reisen wirst." Mein Vater lehnte sich zurück, hoch gewachsen und stolz, und beobachtete, wie die Aufregung mein Gesicht erhellte, so wie die Sonne das Land in ein warmes Licht taucht.

Karakorum! Meine Gedanken galoppierten wie benommen. Jahr für Jahr hatte ich den Geschichten gelauscht, die von jenen mitgebracht wurden, die die große, von einer Mauer umgebene Stadt besucht hatten – die einzige dieser Art in der Steppe. Dort, im blauen Schatten des Hangay Gebirges, stand sogar ein Palast, der einst vom Khan selbst benutzt worden war und von einer steinernen Schildkröte bewacht wurde, die so groß war wie ein Pferd. Zelte in jeder Farbe standen überall, groß genug, um mehr als tausend Menschen zu beherbergen. Und in der Mitte erhob sich ein aus Silber getriebener Baum, um dessen Stamm sich vier goldene Schlangen wanden. Alles, was man tun musste, so hatte man mir erzählt, war, diesem Baum zu sagen, mit welchem Getränk man seinen Durst löschen wolle, und schon würde aus dem Maul einer der Schlangen Ayrag, Wein oder mit Honig gesüßter Hoal in eine silberne Tasse gespien. Und jetzt würde ich, Oyuna vom Stamm Kerait, dorthin reisen und all diese Wunder mit eigenen Augen sehen!

„Und dann, Tochter …“, setzte mein Vater an, schloss den Mund jedoch wieder und klopfte mit seiner hölzernen Schale energisch an den Rand des Topfes, um meine Aufmerksamkeit zu erlangen. Ich bemühte mich, meine Gedanken zu sammeln.

„Ja, ich höre zu“, sagte ich.

„Und dann, Tochter“, fuhr er fort, „will ich dir meine andere Überraschung erzählen: Du wirst nicht mehr viele Tage alleine kochen müssen.“

Er lehnte sich wieder zurück, grinste und wartete darauf in meinem Gesicht lesen zu können, dass ich verstanden hatte. Aber die Ungeduld ritt ihn an diesem Abend und als mein Gesichtsausdruck verständnislos blieb, lehnte er sich wieder vor und fügte hinzu: „Ich habe eine neue Frau gefunden. Eine neue Mutter für dich.“ Dann schaufelte er sich schnell einige tropfende Fleischstücke in den Mund, eins nach dem anderen. Mit seinen braunen Augen blickte er mir nervös und hoffnungsvoll ins Gesicht.

Mein freudiges Lächeln wurde kalt. Die Geister, die eben noch in Richtung Karakorum geflogen waren, fielen auf den harten Boden zurück. „Eine neue Mutter“, hatte er gesagt. Ich wollte keine neue Mutter. Meine Mutter war tot.

Ich wollte auf der Stelle aus dem Ger stürmen. Stattdessen nickte ich steif zu den Worten meines Vaters und erhob mich ruhig.

Wie aus der Ferne beobachtete ich, dass meine Hand das Fleisch aus meiner Schale zurück in den Topf wischte. Ohne sie sauber zu lecken, stellte ich sie zur Seite. Ich drehte mich um und richtete meinen Blick fest auf den glatten hölzernen Griff des Schöpflöffels, der Wasser in einen anderen Bronzetopf schöpfte. Irgendwie bewegten sich die Füße unter mir, als ich den Topf zum Feuer trug und auf die Kohlen stellte. Mit dem Rücken zu meinem Vater kniete ich viele tränenblinde Minuten auf der Erde und suchte die Tafel von Teeblättern. Das Schweigen im Ger war so vollkommen, dass ich bei jedem hastigen Atemzug sogar den Seidenstoff über meiner Brust rascheln hören konnte.

Mein Vater aß weiter. Er beendete seine Mahlzeit, ohne noch einmal zu sprechen. Schließlich leckte er seine Schale sauber und stellte sie beiseite. Dann zündete er seine Pfeife an. Die Luft im Ger wurde immer dicker vor lauter Rauch und unausgesprochenen Gedanken. Ich saß meinem Vater gegenüber am Feuer und starrte abwesend an ihm vorbei auf das blauweiße Muster einer Satteldecke. Ich sehnte mich danach zu entkommen, mich auf dem Pferderücken im kalten Nachtwind durchpusten zu lassen und über diese Neuigkeiten nachzudenken. Ich blickte nach oben und sah den Mond über das vom Rauchloch unseres Gers eingerahmte Stück Himmel ziehen. Wollte mein Vater denn heute gar nicht schlafen gehen?

Zug um Zug saß er nachdenklich und mit ernstem Gesicht neben dem Feuer, ab und zu zündete er seine Pfeife wieder an und dachte weiter nach. Aus lauter Verzweiflung und um einen Haltepunkt für meine unruhigen Gedanken zu finden, nahm ich mir ein zerrissenes Del auf den Schoß und begann zu nähen.

„Da gibt es noch eine weitere Überraschung, Oyuna." Die Worte ließen mich zusammenschrecken. Seine Stimme war nun ganz ruhig. All seine Freude war verflogen.

Als ich zu ihm hinüberschaute, sah ich, dass die harten Züge seines Gesichtes weicher wirkten. Er sah fast schüchtern aus. Diesmal sprach er mit gesenktem Kinn, was seine Worte dämpfte, und ich musste ihm mein Ohr zuwenden, um ihn zu verstehen.

„Auf dem Festival …" Mein Vater hustete und verbrachte die nächsten langen Sekunden damit, sich zu räuspern. Mein Herz pochte. „Auf dem Festival", fuhr er schließlich fort, „werde ich mit dem Ongirrat-Stamm auch über einen Gefährten für dich sprechen, Oyuna."

Wenn ich vorhin das Gefühl hatte, als wären all meine Lebensgeister auf den harten Boden gestürzt, dann zerbrachen sie dort nun in eisige Splitter. „Du bist jetzt zwölf, nicht wahr? Es ist längst Zeit. Und es gibt niemanden, der besser mit Pferden umzugehen versteht als die Ongirrat. Warum sonst tragen sie den Namen der schnellen kastanienfarbenen Pferde, die sie züchten? Auch du, meine Tochter, hast eine ganz besondere Hand für Pferde. Du wirst ihren Reichtum mehren."

Mein Vater kramte in seinem Del, während er sprach. Kurze Grunzer begleiteten seine Suche. Dann bedeutete er mir mit seiner Pfeife näher zu kommen. Zögernd stand ich auf und hinkte um das Feuer herum. Ich hockte mich neben ihn, mein Kinn hatte ich wie er auf die Brust gesenkt. Mein Vater öffnete seine Faust. Auf seiner Handfläche schimmerte im Feuerschein meine Mitgift: lange silberne Ohrringe mit leuchtender Koralle und Perlmutt.

„Ich werde mein Bestes für dich tun, Oyuna", sagte mein Vater. „Ich will tun, was ich kann, um eine gute Partie für dich zu arrangieren. Aber du musst verstehen ..." Er suchte nach Worten und gab sich dabei Mühe, seine Augen auf das Gesicht seiner einzigen Tochter zu richten und den Blick nicht unter meine Hüfte gleiten zu lassen. Seine Stimme sank tiefer – was seine Augen nicht durften. Unbeholfen drückten seine großen Hände die Ohrringe in meine kleinen Handflächen. In der Stille unseres Ger schloss er einen meiner Finger nach dem anderen um die Ohrringe. Tränen schossen mir in die Augen – in seine auch, aber niemand von uns beiden blinzelte. Wir verstanden beide. Mit meinem verkrüppelten Fuß würde es nicht einfach werden, einen Ehemann zu finden.

Nein! Nein! Nein!, schrie es in meinem Kopf. Ich wollte aufspringen, aber meine Beine bewegten sich nicht.

Einen endlos währenden Moment saßen mein Vater und ich neben dem Feuer. Schließlich ließ er meine Hand los, legte den Arm um mich und zog mich an sich. Die Bewegung war steif und mein Vater gänzlich ungeübt darin, die Umarmungen und Küsse einer Mutter zu schenken. An diesem Abend versuchte ich seine Bemühungen anzuerkennen, aber ich war wie betäubt. Und schließlich, nachdem ich viele lange Atemzüge an ihn geschmiegt das schnelle Paffen seiner Pfeife mitgezählt hatte, was Ausdruck für unser beider Unbehagen war, hob ich den Arm meines Vaters von meiner Schulter und kehrte auf die andere Seite des Feuers zurück. Ich legte die Ohrringe in meinen Schoß, nahm die Näharbeit wieder auf und fädelte die Nadel durch die gepolsterte Seide. Ich stach mich sofort in den Finger. Die Tränen, die in meinen Augen gewartet hatten, liefen mir die Wangen herunter. Meine Schultern sanken zitternd nach vorne, als ich an der salzigen Wunde saugte.

„Ich werde dir auch ein Pferd schenken, Oyuna. Eins, das du dir selbst aussuchen kannst." Zuerst begriff ich diese Worte, die wie durch einen Schleier zu mir schwebten, überhaupt nicht. Aber als ich ihre Bedeutung erfasste, spürte ich, wie meine Trauer zusammen mit dem Rauch aus dem Rauchabzug des Gers hinausflog. „Beim Festival darfst du dir ein Pferd aussuchen", sagte mein Vater, „unter denen, die dort zum Verkauf oder zum Tausch angeboten werden. Ich will sowieso einige neue Pferde kaufen. Also kannst du dir auch eins aussuchen. Das Pferd, das du haben möchtest, Oyuna, das soll mein Geschenk sein."

Durch meine Tränen blickte ich meinem Vater ins Gesicht und hinter der ledrigen Maske sah ich nun eine eigentümliche Zärtlichkeit und wusste tief in meinem Herzen, dass er trotz all seiner scheinbaren Ungeschicklichkeit sein Bestes tat, um gut für mich zu sorgen. Ebenso ungeschickt taumelte ich um das Feuer und überraschte ihn, indem ich ihm meine Arme um den Hals warf und ihn fast mit meiner Freude erstickte. Mein Vater wedelte in gespieltem Schmerz mit den Händen, stöhnte, grunzte und jaulte. Aber als er sich befreit hatte und den Kopf senkte, um seine Pfeife wieder anzuzünden, sah ich es im Feuerschein seinem Gesicht an: Er wusste, dass er es diesmal gut gemacht hatte.

Ich fand keine Worte und konnte nur jauchzen und meinen Vater immer wieder umarmen. Dann wirbelte ich herum, tauchte durch die Türöffnung in die kalte, klare Nacht und trank die frische, prickelnde Luft. Ich stellte mir schon das Pferd vor, das ich mir aussuchen würde – das schnellste Pferd dieser Steppe. Meine Gedanken rasten. Was mein Pferd jetzt wohl gerade machte? Woran dachte es? Irgendwo in der Dunkelheit wieherte ein Pferd. Mein Herz stieg noch höher und seine Freude entlud sich in einem übermütigen Schrei, der über das Land und in die Nacht hinausflog.

Die rundbauchige Stute wieherte leise. Sie trat näher an die beiden Menschen heran, die in ihrem Stall flüsterten, beugte ihren Hals und atmete ihren Geruch ein. Dann zog sie sich wieder zurück, schwang ihren Kopf heftig auf und ab und nahm ihre rastlose Wanderung im Kreis wieder auf, wobei sie mit ihren kleinen Hufen bedächtig durch das raschelnde trockene Gras schritt.

„Ich glaube, deine Geschichte gefällt ihr“, sagte das Mädchen, das seine Augen voller Stolz auf das schöne Pferd gerichtet hatte. Es legte seinen Kopf in den Schoß der Großmutter. „Wie lange dauerte es noch, ehe du dein Pferd ausgesucht hast?“

Die alte Frau schloss die Augen. Ein glückliches Lächeln spielte auf ihren dünnen Lippen. „Um die Wahrheit zu sagen, Enkeltochter, ich erinnere mich überhaupt nicht mehr an die Tage zwischen dem Versprechen meines Vaters und unserer Ankunft in Karakorum. Ich weiß nicht einmal mehr, wie viele meiner Verwandten mit uns gereist sind. Obwohl sicherlich einige zurückgeblieben sind, um sich um die Herden zu kümmern." Sie legte die Hände vor sich in der Dunkelheit zusammen. „Meine Mutter hat immer gesagt: ‚Wenn das Glück sich wie ein Schmetterling bei dir niederlässt, dann sitze ganz still und präge dir die Farben ein.'" Sie öffnete die Augen.

„Alles, was mir von meiner Reise zum Festival in Erinnerung geblieben ist, sind die vielen Farben: Das eisige Glitzern einer leuchtend lilafarbenen Aster, die braunen Matten verdorrten Grases, das unter den Karrenrädern knisterte, ein smaragdgrünes Tal, das einen Fluss schützte. Jeden Nachmittag übersäten bronzefarbene Wolken den rosafarbenen Himmel. Und vor uns bauschten sich – immer näher kommend – die in der Dämmerung geduckt wirkenden, verschwommenen blauen Berge auf.

Doch es schien, als reise das Glück mit uns. Als wir eines Tages an einem schilfbewachsenen See entlangfuhren, zählte ich an den Fingern sieben Gänsesäger und hielt zuerst den Atem an, doch dann tauchten noch zwei dieser schwarzrückigen Vögel auf und machten die Glück bringende Neun voll. Ein anderes Mal erspähte ich einen silbergrauen Wolf weit vor uns in der Dämmerung. Er legte mit jedem seiner lautlosen Schritte Glück auf unseren Pfad. Und wenn ich nachts unter den Sternen saß, beobachtete ich den goldenen Mond, der in seiner Großzügigkeit immer runder wurde.

Schließlich hielten wir im lavendelfarbenen Zwielicht des Himmels auf einem Hügel und sahen hinunter auf das Festival. Aus allen Richtungen holperten schimmernd weiße, mit Gers beladene Ochsenkarren heran und reihten sich auf am Saum der großen Stadt, die Karakorum hieß.“

Geräusche

Lachen, Singen und der Lärm von Streitigkeiten drangen die ganze Nacht lang durch die dicken Filzwände unseres Gers. Ich warf mich auf meinem Bett hin und her wie ein Fisch am kalten Flussufer. Wie aufregend, denn irgendwo in der dunklen Steppe graste das Pferd, das ich mir auswählen und das bald mir gehören würde. Und wie Furcht erregend, denn irgendwo in den Gers um uns herum schlief der Junge, der sich vielleicht einverstanden erklären würde, mich auszuwählen. Als am frühen Morgen immer noch das Geklimper von Musik an mein Ohr drang, gab ich den Versuch, in dieser Nacht Schlaf zu finden, auf.

Mein Vater schlief noch in seinem Bett, und daher stand ich so leise wie möglich auf und begann das Morgenmahl vorzubereiten. Die Türmatte strich mir über den Rücken, als ich nach draußen griff, um den Filzkragen zu lockern, der den Rauchabzug unseres Ger schützte. Dann schlüpfte ich zurück nach drinnen, stocherte in der Glut und legte noch einige kleinere Stücke Dung aus dem Korb darauf. Ich nahm das letzte Wasser, das wir mitgebracht hatten, und setzte es in einem Bronzetopf auf. Als es blubbernd kochte, warf ich eine Hand voll Teeblätter hinein und nahm den Topf vom Feuer, um den Tee ziehen zu lassen, während ich mit der riesigen Ledertasche nach draußen ging. Die wenigen Pferde, die wir mitgebracht hatten, grasten mit gefesselten Vorderbeinen in der Nähe unseres Gers. Die Ledertasche schlug mir beim Gehen leicht gegen die Hüfte, als ich mir den Weg durch die Dunkelheit bahnte und über das nasse Gras ging, das schon von hunderten von Füßen niedergedrückt war. Als ich zu dem Teil kam, der zum Grasen abgesteckt war, stieg dicker Nebel hüfthoch, und ich musste zwischen vielen Pferden suchen, ehe ich unsere fand. Ich war überrascht, als ich feststellte, dass drei unserer Pferde fehlten und dass dafür zwei neue Pferde neben unserer kleinen Herde grasten. Ein bauchiges Dreieck – das Brandzeichen meines Klans – war schon in die rechte Schulter der beiden Stuten gebrannt. Mein Vater hat offensichtlich noch einen mitternächtlichen Handel getätigt, dachte ich. Und schon bald würde auch ich unserer Herde noch ein neues Pferd hinzufügen – mein eigenes schnelles Pferd! Ein Schauer freudiger Erregung lief mir über den Rücken.

Ich schob mich an den pelzigen Körpern vorbei, bis ich unsere braune Stute mit dem weißen Fuß fand. Vorsichtig drückte ich ihr großes Fohlen gerade lange genug zur Seite, um ein gutes Maß Milch in die Ledertasche zu melken. Dann tätschelte ich ihm die Kruppe, als es sich wieder an mir vorbei drängte und geräuschvoll zu saugen begann. Ich ging den feuchten Pfad durch die Dunkelheit zurück zu unserem Ger.

Mein Vater schlief noch immer, also goss ich mir eine kleine Schale Tee ein, gab etwas warme Stutenmilch und ein Stück Butter hinein und setzte mich ans Feuer, um über das wundervolle Pferd nachzudenken, das ich mir heute aussuchen würde. Ob es wohl silbergrau sein würde oder eher glänzend schwarz?

Würde es dick sein oder dünn? Meine Gedanken wanderten zu der anderen Wahl, die heute stattfinden sollte – und mein Bauch krampfte sich zusammen. Dann schob ich diesen unangenehmen Gedanken beiseite und konzentrierte mich wieder auf das Gute, das dieser Tag bringen würde. Ob ich wohl eine Stute wählen würde oder einen Wallach?

Ein altes Pferd oder ein junges? Schon wieder wanderten meine Gedanken. Und mein Magen drehte sich um. Es wäre fürchterlich, wenn ich an einen alten, übel riechenden Mann verheiratet werden würde. Und – als würde er Hitze abstrahlen – fühlte ich den missgebildeten Fuß unter mir und wusste, dass kein junger, gut aussehender Mann mich je wählen würde.

Als mein Vater die Augen aufschlug und sich laut stöhnend umdrehte, war ich innerlich völlig verkrampft – vor Aufregung und aus Furcht.

„Vater“, sagte ich mit klopfendem Herzen, „kann ich jetzt gehen, um mir ein Pferd auszuwählen?“ Ich reichte ihm seinen Tee mit Stutenmilch – ohne Butter. Und was tat er? So langsam, als wäre das ein ganz gewöhnlicher Tag, gähnte er nur, streckte sich und grinste dann.

„Wie gefallen dir unsere neuen Stuten?“, fragte er. „Ich nehme an, du hast sie schon gesehen.“ Seine braunen Augen funkelten mich über die Schale, die er zum Mund hob, an.

Um die Wahrheit zu sagen, konnte ich mich nicht einmal an die Fellfarbe dieser beiden neuen Stuten erinnern. Aber ich antwortete meinem Vater: „Sie sind wunderschön. Alle beide. Kann ich jetzt gehen und mir ein Pferd aussuchen? Bitte!" Obwohl es gerade erst hell wurde, nagte die Angst in mir, dass mein Siegerpferd, das Pferd, das für mich bestimmt war, von jemand anderem weggeführt werden könnte.

Mein Vater lächelte. Dann zog er sich an. Und dann ging er weg. „Ein wichtiger Bote vom Naiman-Stamm wird vielleicht vorbeischauen", sagte er und grinste verschmitzt. „Du musst hier warten, bis ich zurückkomme."

Eingesperrt, weit weg von dem Ort, an dem mein Herz längst weilte, tröpfelte dieser Morgen so langsam vorüber wie die letzten Tropfen aus dem Euter einer ausgetrockneten Ziege. Ich verließ das Ger nur, um unsere Wassersäcke im nahen Orhon-Fluss aufzufüllen, und ich schleppte sie zurück durch eine Menge glücklicher Menschen, die all das kauften und mit all dem handelten, was ihnen Vergnügen bereitete. Wütend schlug ich besonders heftig auf den Ledersack, um Ayrag zu machen. Ich nähte rücksichtslos und mit roher Kraft aufs Geratewohl das Steigbügel-Leder, das auf der Reise nach Karakorum kaputtgegangen war. Ohne zu schauen, ob jemand vorüberging, schüttete ich den Eintopf von gestern zur Tür hinaus, füllte einen Kessel mit Wasser und setzte eine Hammelkeule zum Kochen auf. Und dann drehte ich humpelnd eine Runde nach der anderen rund ums Feuer. Ich habe dir nicht erzählt, dass ich meinen Kater Bator zum Festival mitgebracht hatte. Er hockte den ganzen Morgen nervös auf dem Bett und beobachtete mit seinen großen gelbgrünen Augen meine ungezügelte Unruhe.

Der Mittag kam und ging, und ich nahm mir schließlich eine Schale mit Fleischbrühe und kleinen Hammelstückchen. Doch nach wenigen Schlucken gab ich auf und ließ Bator die Schale auslecken. Die Hitze des Tages staute sich im Ger. Als mein Vater endlich wieder hereinstolperte, war sein Grinsen noch breiter und der Nachmittag schon weit fortgeschritten. Schnell schöpfte ich ihm eine Schale voll Hammeleintopf, reichte ihm ein Stück Kharuud und bat ihn endlich gehen zu dürfen. Er war so froh und glücklich, dass er mich nur davonwinkte, ohne irgendetwas zu sagen. Der Rotschimmel, den mein Vater geritten hatte, war noch draußen angebunden. Ich zog mich in den Sattel. Das dicke Pferd grunzte, als ich es zu einem widerstrebenden Trab zum nördlichen Stadttor Karakorums ansporne, wo die Festival-Pferde zum Handel oder Verkauf zusammengetrieben waren.

Während ich an Karakorums Erdwällen entlangritt und immer näher zum Nordtor kam, blieb mir der Mund vor Staunen offen. So viele Pferde! Ich zählte fünf Reihen von je zwanzig Pferden, die an einem langen Seil angebunden waren, direkt vor mir, das machte hundert Pferde – und dann konnte ich mindestens noch mal zwei Gruppen zu je hundert dahinter erkennen. Ihre schlanken Körper, die Schweife lässig in der Sonne wedelnd, breiteten sich wie braune, schwarze und graue Wellen endlos vor mir aus. Mit wild klopfendem Herzen begann ich mit der ersten Reihe.

Das Herz sank mir sogleich bis zu den Kniekehlen. Denn beim Reiten durch die Reihen zählte ich viele leere Plätze an den Seilen: Die besten Pferde hatte man schon weggeführt. Schließlich lief das Festival ja auch schon seit drei Tagen und für viele Leute gab es kein größeres Vergnügen als den Pferdehandel. Das waren also die übrig gebliebenen, die, die niemand haben wollte.

Doch plötzlich stieg eine trotzige Entschlossenheit in mir auf. Mein Vater war ein anerkannter Pferdezüchter. Die Fohlen unseres gefleckten Hengstes wurden überall in der Steppe geschätzt. Und meine Mutter ist eine exzellente Reiterin gewesen, die auch ein gutes Auge für Pferde hatte. Dann würde ihre Tochter unter diesen hunderten von Pferden sicherlich eines finden können, das man übersehen hatte, ein Pferd, das ich so trainieren konnte, dass es ein Siegerpferd wurde. Weißt du, ich erinnerte mich nämlich an den Jungen mit seinem braunen Pferd, den ich als Kind mal gesehen hatte – den Sieger mit dem himmelblauen Glücksschal. Und ich erinnerte mich, wie meine Mutter die Mutter dieses Jungen beobachtet hatte. Und in diesem Augenblick beschloss ich, dass das genau die Methode war, mit der ich mir das Glück fangen würde: Ich wollte mir sorgfältig das richtige Pferd auswählen, es jeden Tag trainieren, bis es einen ganzen Morgen galoppieren konnte, ohne auch nur tief Atem zu holen, und dann würde ich im Herbst darauf hierher zurückkommen und das lange Rennen gewinnen.

Also schützte ich meine Augen vor der Augustsonne, zügelte den Schimmel zum Schritt und musterte mit gerunzelter Stirn erst den einen, dann den anderen potenziellen Sieger.

Gelegentlich fasste ich nach dem Jadeanhänger meiner Mutter und versuchte mich an all das zu erinnern, was ich über die Wahl eines guten Pferdes gelernt hatte: der richtige Schwung der Schultern, die Länge des Rückens, der Winkel der Hüfte … Und nach und nach kehrte meine Begeisterung zurück. Wie überrascht sie alle sein würden, wie stolz mein Vater, dachte ich, wenn ich das lange Rennen im nächsten Jahr mit einem „Überbleibsel“ gewinnen würde.

Direkt vor mir ragte ein rotbrauner Rücken zwischen seinen Nachbarn heraus, und ich hielt an, um dieses ungewöhnlich große Tier näher zu untersuchen. Vier schwarze Strümpfe an den wunderschönen geraden Beinen, aber die knochigen Hüften unter dem stumpfen Fell sahen aus wie die fernen Hangay Berge. Er muss ein wenig zulegen, dachte ich, aber er kommt in Betracht. Ich lockerte die Zügel, schnalzte mit der Zunge und ritt weiter.

Mein Blick schweifte über Füchse, Braune und Schecken. Bei der sonnenblonden Mähne eines lebhaften kastanienbraunen Fohlens hielt ich erneut an. Die Stute war jung, wahrscheinlich noch keine zwei Jahre. Die vielen seltsamen Gerüche und Geräusche beunruhigten sie, sie tänzelte und schnaubte. Schon hatte der Staub das helle Weiß in ihrem Gesicht und an den Vorderfüßen eingeschmutzt. Sogleich stellte ich mir vor, wie ich in meinem roten Seidendel auf ihr reiten und mit den Antilopen auf der Steppe um die Wette laufen würde. Was für ein gutes Gespann wir wären! Sicherlich könnte sie ein Siegerpferd sein.

Aber ich musste erst alle Pferde sehen. Also presste ich die Beine zusammen und trieb den Rotschimmel an. Vorbei an Goldbraunen und Grauen. Vorbei an Schwarzen und Braunen. Ich ignorierte die mit eingesunkenen Rücken oder geschwollenen Beinen. Ich schüttelte den Kopf zu der Stute mit den trüben Augen und dem Wallach, der beim Gähnen schlechte Zähne zeigte. Als ich in die letzte Reihe einbog, hatte ich mich fast schon für das kastanienbraune Fohlen entschieden, als plötzlich einige Pferde, die ein Stückchen weiter weg angebunden waren, schrill wieherten. Schon wirbelte eine gelbe Staubwolke um die ausschlagenden und beißenden Tiere. Der Rotschimmel wurde sofort lebendig und schnaubte ängstlich.

Meine Erinnerung an das Folgende ist so klar wie ein blauer Morgenhimmel. Aus der Staubwolke hörte ich diese Worte: „Hilf mir fort von hier!"

Nun, beim ängstlichen Klang dieser Worte trieb ich den Rotschimmel zu einem raschen Galopp, ließ mich aus dem Sattel gleiten, noch ehe ich mein Pferd angehalten hatte, und stürzte mich in den Sandsturm, der von den wütenden Hufen aufgewirbelt wurde. Ich wusste, dass es am klügsten war, sich diesen Streithähnen von vorn zu nähern. Also bückte ich mich unter dem Seil hindurch und schob mich – ziemlich mutig, muss ich sagen – an den schwitzenden Leibern vorbei. Durch Schimpfe und Schläge konnte ich die drei Pferde zumindest so weit beruhigen, dass sie nicht mehr ausschlugen. Doch die Ohren waren nach wie vor zurückgelegt und die Zähne blieben entblößt.

Hustend suchte ich unter den Pferdebäuchen nach dem Menschen, der um Hilfe gerufen hatte. Aber es war keiner da. Ich ging vor und zurück und suchte im Staub nach einem zertrampelten Leib, konnte aber niemanden finden. Die Pferde hatten sich wieder beruhigt, ich klopfte einem von ihnen auf die Kruppe und dachte nach. Wahrscheinlich ist es demjenigen, der da so ängstlich gerufen hatte, bereits gelungen zu entkommen, beruhigte ich mich. Wahrscheinlich war er schon zum Festival zurückgelaufen. Es war sicherlich einer der jüngeren Jungen, die sich darin versuchten, nicht zugerittene Pferde zu reiten. Ich schüttelte missbilligend den Kopf, aber – da ich schon einmal da war – sah ich mir die drei Pferde näher an.

Es waren alles Stuten. Die linke war ein plumper Fuchs mit einem Stern, der fast ganz unter einer verfilzten Mähnenlocke verborgen war. In der Mitte stand eine zottige, alte weiße Stute, die das meiste bei dieser Prügelei abbekommen hatte. Sie hatte ihr Hinterbein hochgezogen; es schien ihr sehr wehzutun. Blut rann in roten Streifen über ihr schmutziges gelbliches Fell. Die Stute auf der Rechten war ein grauer Apfelschimmel mittleren Alters, mit glänzender schwarzer Mähne und Schweif. Sie war schlank, hatte gute Muskeln, und ich setzte sie im Geist auf die Liste der möglichen Kandidaten.

Aus Mitleid mit der geschundenen weißen Stute untersuchte ich ihr verletztes Bein. Sie hinkte vor Schmerzen und war immer noch ganz panisch aus Furcht vor den beiden Pferden links und rechts von ihr. Das Bein war nicht gebrochen, ich griff nach ihrem Halfter und sprach ihr zu, um sie zu beruhigen. Sie reagierte sofort, senkte ihre Nase und blies sanft auf meine Arme. Mit ihren schwarzen Augen blickte sie direkt in meine. *Hilf mir fort von hier!* Diese Worte hörte ich in meinem Kopf so deutlich, als ob sie gesprochen worden wären. Aber ich *muss* sie gehört haben!, dachte ich. Ich hielt die Stute immer noch am Halfter und sah vorsichtig erst über die rechte, dann über die linke Schulter. Es war niemand in der Nähe.

Es war spät im August und die Sonne schien warm. Der Schweiß rann mir den Rücken hinunter – und trotzdem lief mir eine Gänsehaut über die Arme. Ich starrte der Stute zweifelnd in die Augen. Sie hielt meinem Blick stand und sah fest zurück. Da hörte ich die Worte wieder: *Hilf mir fort von hier!*

Ich stolperte rückwärts. Mein Verstand sagte, dass das ein Trick sein musste. Und dann fiel es mir ein: Kokochu! Das war es! Der große Schamane Kokochu lebte innerhalb der Stadtmauern von Karakorum. Er konnte Geister sprechen lassen und Leuten Dinge vorgaukeln, die es nicht gab. Es war also ein Trick! Er machte sich über mich lustig!

Ich versuchte meine Verlegenheit zu überspielen und ging, so gerade wie es mein verkrüppeltes Bein erlaubte, zurück zu dem Rotschimmel, der wieder in der Sonne döste. Meine Hände zitterten immer noch, als ich die Zügel zusammenraffte, ein Büschel Mähne packte und mich in den Sattel zog. Als wir losritten, musste ich mich noch einmal umdrehen.

Die weiße Stute zog mit dem Kopf an ihrem Haltestrick, um mir nachschauen zu können. Die Augen voller Ungeduld, die Ohren gespitzt, wieherte sie verzweifelt.

Plötzlich wogten die Pferde um mich herum vor und zurück, schwarzbraune und braune verschwammen ineinander, fahlschwarze verschmolzen zu schwarzer Dunkelheit. Die Hitze, dachte ich und klammerte mich an den gebogenen Knauf am Sattel meines Vaters. Ich musste weg von dieser Hitze! Blind trieb ich den Rotschimmel in seinen unregelmäßigen Trab und steuerte – wie ich hoffte – auf unser Ger zu. Aber so klar wie die Sonne zwischen den Wolken hervorbricht, hörte ich bei meinem Rückzug im Kopf die Worte: *Hilf mir!*

Die weiße Stute

Von der Ladeklappe unseres Ochsenkarrens aus – Bator lag zusammengerollt neben mir – beobachtete ich, wie Karakorum immer kleiner wurde. Der Winter kündigte flüsternd seine Ankunft auf dem Rücken eines eisigen Windes an, der mir in Wangen und Nase biss. Unter meinen baumelnden Füßen zitterte das trockene Gras im fahlen Zwielicht der dunstig verschleierten Sonne. Das Festival war vorüber. Über die gesamte Steppe zogen mit Gers beladene Ochsenkarren – riesigen weißen Schmetterlingen gleich – fort von der von Mauern umgebenen Stadt. Alle nahmen eine Kostprobe vom Nektar der großen Stadt mit. Die besten Bogenschützen hielten neue Bogen in den Händen. Ein Ringer freute sich an dem hart errungenen Titel Arslan – das bedeutet Löwe.

Voller Neid hatte ich ein junges Mädchen beobachtet, die mit ihrem kastanienbraunen Pferd herumstolzierte, umhüllt von Seidentüchern und umgeben von einer sie bewundernden Menge. Sie hatte das diesjährige lange Rennen gewonnen und selbst die älteren Jungen geschlagen. Ich musste schlucken und mein Herz zwingen, ihr Glück zu wünschen. Denn wie sehr wünschte ich mir, mit meinen Füßen in ihren Steigbügeln zu stehen.

Eingeengt saß ich mit dem Rücken an die turmhohe Ladung des Karrens gelehnt, hörte die Abschiedsrufe, das Knarren der geölten Räder, das Grunzen der Ochsen – und dachte über Preise nach. Mein Vater brachte seinen Preis nach Hause. Die Zügel in den Händen sprach und lachte er mit seiner neuen Frau, deren beide Söhne stumm hinter ihnen saßen. Mich hatte mein Vater nicht auf diese Weise belohnen können. Doch während sein Gesicht von einer kurzen Trauer überschattet wurde, als er mir das berichtete, entfuhr mir ein Seufzer der Erleichterung. Und mein Preis? Ich starrte auf das geflochtene braune Seil in meiner Hand. Meine Augen folgten dem Bogen des Seils, das im Takt des Karrens hin- und herschwang, erst nach unten und dann wieder nach oben und zum schaukelnden Kopf der weißen Stute. Ja, hinter uns humpelte meine Wahl, mein Sieger, die weiße Stute.

Aber ich hatte sie doch auswählen müssen. Sie hatte zu mir gesprochen. Obgleich ich das meinem Vater natürlich nicht erklären konnte.

„Oyuna“, hatte er traurig gesagt und seinen Kopf geschüttelt, als wir neben dem Besitzer der weißen Stute standen. „Bist du ganz sicher, dass du dieses Pferd willst?“

Ich hatte genickt, jedoch sehr zögerlich – ich konnte meine Unsicherheit nicht verbergen. Mein Vater sah der Stute ins Maul. „Wie viele Winter?“, fragte er den Besitzer.

„Nur sieben“, antwortete der Mann.

„Hm“, machte mein Vater. „Wohl eher zwölf!“ Er ging um sie herum und fuhr mit der Hand ihre weißen Beine entlang, die schon struppig vom Winterfell wurden. Als er das blutverschmierte Hinterbein sah, beugte er sich vor, um es genauer zu untersuchen. „Lass sie traben!“, befahl er unvermittelt.

Der Besitzer zog am Halfter, bis die Stute zögernd in einen schmerzvollen, ungleichmäßigen Trab fiel. Ich fuhr zusammen, als mein Vater schimpfte: „Warum suchst du dir ein verkrüppeltes Tier aus, Oyuna? Du weißt es doch besser. Wer würde schon für so eins Silber zahlen?“

Aber als die weiße Stute zurückgeführt wurde, blickten ihre schwarzen Augen direkt in meine. Mein Vater hatte Recht. Wer würde teures Silber für einen Krüppel zahlen?

„Niemand“, antwortete ich fest. „Weil auch niemand Silber für mich zahlen würde.“ Ich blickte meinem Vater ins Gesicht und sah, dass er errötete. „Aber das ist nun einmal das Pferd, das ich mir ausgesucht habe.“

Grummelnd und kopfschüttelnd zählte mein Vater die Silbermünzen aus seiner Tasche, und der Mann übergab mir das Führungsseil der Stute. Schweigend gingen wir zurück zu unserem Ger. Seitdem hatte ich Tag für Tag in den schwarzen Augen der weißen Stute gesucht und darauf gewartet, dass sie wieder zu mir sprach. Aber da war nur Schweigen. Und das schon seit fünf Tagen.

In dem Augenblick stolperte die Stute und riss mir beinahe das Seil aus der Hand, ehe sie ihr Gleichgewicht wiederfand. Tränen stiegen mir in die Augen, als mir bewusst wurde, dass ich meine Chance auf ein Siegerpferd an ein altes verkrüppeltes Pferd verschwendet hatte, das kaum das Tempo eines Ochsenkarrens halten konnte. Sie taugte nicht einmal zur Zucht, wie ich nun wusste, denn nachdem das Silber die Hände gewechselt hatte, gestand der Mann, dass er kein einziges Fohlen von ihr hatte.

Die blasse Sonne kroch über den hohen Himmel und begann dann langsam zur Erde zu sinken. Ich starrte immer noch in die schwarzen Augen der weißen Stute, und nun erwiderte sie meinen Blick. Aber in meinem Kopf erklangen keine Worte. Alles, was ich hörte, war explodierendes Gelächter vom vorderen Teil des Karrens, dann das eintönige rhythmische Knarren der schweren Räder und des Zuggeschirrs. Das heftige Schlagen von Flügeln drang an mein Ohr, als ein Gänsepaar vom Ochsenkarren aufgeschreckt wurde. Kurz darauf hörte ich den leisen Ruf der Kraniche irgendwo in der Ferne. Zwischen meinen eigenen Herzschlägen, die plötzlich in meinen Ohren hämmerten, glaubte ich sogar das Plätschern des Wassers zu hören, als einer der Kraniche nach einem Fisch stieß. Und dann, während ich den Atem in fast berstendem Erstaunen anhielt, kitzelte sogar das leise Rascheln einer winzigen Maus im hohen Gras meine Ohren. Die Tiere der Steppe, sogar die, die vor meinen Augen verborgen waren, machten sich plötzlich durch ihre laute Geschäftigkeit bemerkbar. Die Graslandschaft dröhnte geradezu von stampfenden Hufen, flatternden Flügelschlägen, grabenden Krallen und schnappenden Schnäbeln.

Schließlich, ich war bestimmt schon blau im Gesicht, atmete ich wieder aus und sog meine Lunge voll frischer Luft. Das Blut raste durch meine Adern. Meine Schultern zitterten. Meine Panik wuchs, als ich aus den Augenwinkeln den weißen Schwanz eines hoppelnden Kaninchens sah. Und als ich nach rechts blickte, entdeckte ich ein wie in Stein gemeißeltes, gut getarntes Suslik und zu meiner Überraschung und zu meinem Schrecken bemerkte ich direkt hinter dem kleinen Eichhörnchen – nicht weiter als einen Sprung von unserem Ochsenkarren entfernt – einen grinsenden Fuchs mit gelben Augen. Meine Augen schossen nach links. Tief im Gras klammerte sich ein ledriger Grashüpfer an einen schwankenden Halm. Unter ihm krabbelte ein dicker Käfer über die von langen Schatten gestreifte harte Erde. Waren diese Wesen schon immer so nahe gewesen? Warum hatte ich sie vorher noch nie bemerkt? Ich zuckte zusammen, noch ehe ich sie sah: ein Dutzend Saigaantilopen sprangen in der Ferne den Hügel herunter. Die weiße Stute schnaubte und tänzelte zur Seite, um sie mit mir zu beobachten. Mein Herz schlug doppelt so schnell. Ich war angespannt und presste meine Fingernägel in meine Handflächen. Irgendwie drängte es mich, vom Karren zu springen und mit den Antilopen um die Wette zu laufen.

Was passierte mit mir? Wieso erschien mir die Welt plötzlich so laut, so wild? Ich kniff die Augen zusammen und konzentrierte mich darauf, wieder ruhiger zu atmen. Langsam sog ich die kühle Luft ein und atmete sie gleichmäßig durch meine geöffneten Lippen wieder aus. Noch einmal atmete ich ein, bewusst, langsam. Ein und aus. Regelmäßig. Locker.

Der schwache, säuerliche Geruch von Käse drang an meine Nase. Das musste von dem in Filz gewickelten Päckchen kommen, das ich auf den Vordersitz gelegt hatte. Ich glaubte sogar, den süßlichen Geruch des Hirsemehls in dem Säckchen daneben zu riechen. Aber wie war das möglich? Neugierig nahm ich den tiefsten Atemzug, den ich einatmen konnte. Diesmal überschwemmten mich unzählige Gerüche, sogar – da war ich mir sicher – der salzige Schweiß, der auf den breiten rosafarbenen Nüstern unserer Ochsen perlte. Irgendwo unter uns konnte ich den mehrere Tage alten Kot eines Tieres, das ich nicht benennen konnte, riechen. Immer noch mit geschlossenen Augen sog ich tief den pfeffrigen Duft der Wildblumen ein, der sich mit dem schwachen Geruch des feuchten Grases mischte. Davon lief mir das Wasser im Mund zusammen. Ich atmete die Kühle ein. Mit gerunzelter Stirn nahm ich einen weiteren tiefen Atemzug. Ja, ich konnte es schmecken. Ich wandte meinen Kopf nach Westen, der sinkenden Sonne entgegen, die warm auf meine Augenlider schien. Ich öffnete die Augen wieder. Die weiße Stute sah auch schon in diese Richtung, und sie hatte ihren Blick genau wie ich auf dieselbe staubige Senke gerichtet. Wasser! Irgendwie wusste ich, dass es da war. Ich hatte es gerochen, hatte es geschmeckt. So schien es mir zumindest.

Ich rief meinen Vater, brüllte die Worte über die wogende Ladung unseres Karrens. Ich hörte, wie er es den anderen zurief. Die Ochsen wurden langsamer und trotteten dann der roten Sonne entgegen.

Wie hatte ich das wissen können?

Die weiße Stute war jetzt ruhiger und ihr Kopf bewegte sich bei jedem Schritt auf und ab. Und wieder sah sie mich an. Ich forschte in ihren schwarzen Augen, die von weißen Wimpern umrahmt wurden, und es schien mir, als würden sie blitzen. Die Stute amüsierte sich wohl über einen nur ihr bekannten Witz. Sie lachte mich aus! Es waren keine Worte in meinem Kopf, nur Geräusche. Und eine Sehkraft, die ich nie gehabt habe. Und Geschmack. Und Gerüche.

Im Ger von Echenkorlo

An einem klaren Wintermorgen, fünf Monate nach dem Festival, tauchte vor uns das Ger von Echenkorlo, meiner Schamanen-Großmutter, auf. Ich hatte es im Morgengrauen entdeckt, klein und schwarz, ganz allein am zugefrorenen Fluss, ein gutes Stück von dem weißen Zelthäufchen meines Ails entfernt.

Aber als ich meinen Kopf wieder nach drinnen streckte, um die Neuigkeit meinem gerade erwachten Vater zuzurufen, fauchte er mich an und verbot mir, mich meiner Großmutter, die ich nicht mehr gesehen hatte, seit meine Mutter gestorben war, zu nähern.

„Ihr Verstand ist verdreht", sagte er und spuckte ins Kochfeuer. „Zu lange alleine gereist! Selbstsüchtige Irre!", raunte er, als er in ein schweres blaues Del stieg, dessen Kapuze mit dem steifen grauschwarzen Fell eines Wolfes gesäumt war. „Echenkorlo sollte mit einem Stamm reisen", knurrte er. Dann deutete er mit dem Finger auf mich. „Sieht man etwa einen Vogel ohne seinen Schwarm umherfliegen? Oder ein Murmeltier seinen Tunnel in die Richtung graben, die nur es allein für richtig hält?"

Shuraa, die neue Frau meines Vaters, arbeitete schweigend weiter und ergriff keine Partei.

Mit meinem Vater zu streiten ist immer ein Fehler. Trotzdem erwiderte ich: „Aber der Adler fliegt auch allein …"

„Echenkorlo ist kein Adler!", rief mein Vater und stürmte mit dem Sattel im Arm nach draußen. „Sie ist nur eine dumme alte Frau, die ihre Träume mit ihren Reisen verwechselt." Selbst in der Kälte des Morgens flogen die kräftigen Finger meines Vaters über das geflochtene Sattelzeug und er befestigte den Sattel fachkundig auf dem Rücken des dösenden Pferdes. Hastig stieg er auf und spornte das Pferd zu einem plötzlichen Sprung an.

Aber ich hatte schon beschlossen, dass ich meine Großmutter sehen wollte. Ich hatte Fragen an sie, Fragen, die nur sie beantworten konnte. Meine trotzige Wut stieg auf und glich in ihrer Heftigkeit der meines Vaters. Ich schob mein Kinn vor und flüsterte ihm hinterher: „Du kannst mich nicht davon abhalten, sie zu sehen!" Und als ob meine Worte in seine Ohren geflogen wären, wendete mein Vater sein Pferd auf der Stelle und trabte zu mir zurück. Überrascht und sprachlos stand ich da, während mein Vater im Sattel saß und nachdachte. Weiße Dampfwölkchen stiegen von den feucht glitzernden Nüstern des Pferdes auf. Dann sprach mein Vater, seine Stimme war fast so leise wie mein Flüstern und genauso entschlossen.

„Echenkorlo ist die Mutter deiner Mutter – deine einzige noch lebende Großmutter. Es ist wahr, du solltest sie sehen, Oyuna, aber nicht allein, denn sie ist … anders. Du musst warten, bis ich mit dir komme. Hörst du, Oyuna? Du bist nicht sicher mit ihr allein."

Seine dunklen Augen hielten meinen Blick fest, er wartete. Ich nickte langsam, denn ein plötzliches Gefühl der

Furcht in meiner Magengrube hatte mein heißes Verlangen, zu dem kleinen Ger am Fluss zu laufen, stark abgekühlt – selbst wenn es in Begleitung meines Vaters wäre. Und als mein Vater davongaloppierte, warf ich dem stillen Ger nur noch einen schnellen Blick zu, ehe ich mich bückte und in unserem eigenen Ger verschwand.

Den ganzen Tag über arbeitete ich an Steigbügeln und nähte schweigend, obwohl sich die Fragen in meinem Kopf nur so jagten. Meine Mutter hatte von ihrer eigenen Mutter, Echenkorlo, nur bei wenigen Gelegenheiten gesprochen – und gesehen haben wir sie noch seltener. Aber ich wusste, dass sie eine Schamanin war, und ich wusste, dass Schamaninnen eine Antwort auf alle Fragen hatten. Und was ich mehr als alles in der Welt von ihr wissen wollte, war: Wo konnte ich ein schnelles Pferd finden?

Angstvoll wartete ich auf die Rückkehr meines Vaters. Jedes Mal, wenn ich etwas erledigt hatte, streckte ich den Kopf durch unsere Türöffnung, um mich zu vergewissern, dass das Ger meiner Großmutter noch dastand. Aber am späten Nachmittag war mein Vater immer noch bei den Herden. Shuraa war auch unterwegs, die Ziegen melken. Die Sonne sank rasch und mit ihr die Temperatur. Und obwohl ein eisiger Schauder über meinen Rücken kroch, konnte ich meine Neugier nicht länger zügeln. Ich warf mir den ledernen Wassersack über die Schulter und ging einen schlängelnden Pfad hinunter zum Fluss.

Eine dünne Schneedecke überpuderte die Erde, sodass ein über mir fliegender Falke aus den Spuren, die ich hinterließ, meine Unentschlossenheit hätte herauslesen können. Sie führten erst zum Fluss, dann zum Zelt und schließlich – nach einem Anfall kalter Furcht zurück zum Ger meines Vaters und dann wieder auf Echenkorlos Ger zu. Schließlich stand ich in dessen Schatten und presste mein Ohr vorsichtig an die Filzwand. In der Stille, die das Ende eines Tages begleitet, konnte ich fast die Erdgeister unter dem gefrorenen Dach ihres wasserreichen Pfades plappern hören. Ihr unablässiges Geschnatter mischte sich mit dem Stöhnen des aufkommenden Nachmittagswindes. Und dann drangen andere Stimmen, menschliche Stimmen, die im Ger lachten und sangen, an mein Ohr. Doch auf einmal – als ob die Natur mich beim Lauschen ertappt hatte – war alles still. Das Herz klopfte mir bis in den Hals und ich drehte mich leise um und wollte mich auf Zehenspitzen davonschleichen.

„Lass uns bitte nicht warten, Oyuna“, erklang eine Singsang-Stimme, reif und kraftvoll aus dem Inneren der Zeltes. „Dein Tee wird kalt!“ Ich sprang zurück in meine eigenen Schneespuren und erinnerte mich plötzlich, dass meine Mutter erzählt hatte, Echenkorlo könne oftmals sehen, ohne wirklich zu sehen. Dann sprach eine andere Stimme, hoch und brüchig, wie dünnes Eis über einem Bach, durch die Wände. „Dein Tee wird kalt …“, echote sie, kicherte wild und fügte hinzu: „… und deine Zehen werden grün!“ Das heisere Lachen von Raben erklang aus dem Ger.

In meinem Kopf schrie eine Stimme, ich solle rennen, solle zurückrennen in die Sicherheit meines Gers. Aber wie seltsam – stattdessen legte ich die Hand auf die schwere Türmatte, auf der sich springende Tiere jeder Farbe tummelten, und schob sie zur Seite. Vorsichtig hob ich meinen Fuß über die Türschwelle, denn darüber zu stolpern war wie auf den Hals des Besitzers zu treten, und eine Stimme tief in mir warnte mich davor, die Bewohner dieses Gers zu kränken.

Als die Türmatte hinter meinem Rücken wieder zufiel, ließ ich mich auf den gewobenen, wollenen Shirdiks nieder und presste die Hände auf mein Gesicht, halb erstickt und blind von dem dicken Rauch. Angereichert mit dem Duft einer Pflanze, die ich nicht kannte, waberte der Rauch träge wie Nebel durch das runde Ger. Ich hustete und hustete. Aber schließlich konnte ich wieder kleine keuchende Atemzüge machen. Immer noch die Hände über Nase und Mund gelegt, blinzelte ich aus tränenden Augen um mich.

Zwei alte Frauen, eine von ihnen die weißhaarige Echenkorlo, saßen mir zugewandt auf der anderen Seite des Feuers. Beide grinsten. Sie waren von der Hüfte an nackt und ihre vier schlaffen Brüste hingen wie die leeren Euter von Ziegen herab. Echenkorlo lachte mich hinter dem Kadaver eines kleinen, wieselartigen Tieres an, der auf ihrer Handfläche lag. Sie streichelte ihn mit einem missgebildeten Finger und küsste ihn sogar auf die mit Schnurrhaaren bewachsenen Lippen mit dem eingefrorenen Lächeln. Erstarrt ob dieses seltsamen Anblicks, bemerkte ich zunächst nicht, dass die andere halb nackte Frau mit überraschender Geschwindigkeit auf ihren Knien zu mir herüberrutschte. Sie nahm mein Gesicht zwischen ihre ledrigen Hände und schrie mit dem Triumph eines Falken, der seine Beute ergriffen hat.

„Echenkorlo! Du hast vergessen, ihre Schönheit zu erwähnen!“ Ausgefranste, gelbe Fingernägel zogen an meinem Zopf. „Sieh dir nur dieses Haar an! Feinere Seide hat selbst der Khan nicht!“ Sie grabschte nach meinen Handgelenken, hob sie in die Luft und zeigte sie wie einen Preis. „Und die Hände! Kräftig. Nicht zu groß und nicht zu klein!“ Die Frau, die nach Blut und Urin stank, vergrub ihr Gesicht für einen Augenblick in meinen Handflächen und murmelte Worte, die ich nicht verstand. Dann, schwer atmend, als würde sie gleich in Ohnmacht fallen, zog die alte Frau sich zurück, ließ ihren Blick an meinem Arm entlang zu meinen Schultern, meinem Hals und schließlich zu meinem Gesicht wandern. Ein rasselnder Atemzug entwich ihrem dünnen Körper, als sie wieder näher sprang. „Siehst du die Brauen, die sich wie Widderhörner über der schmalen Nase wölben? Sie ist ein Dickkopf. Und sieh nur diese Augen!“ Ihr zahnloses Gesicht presste sich an meines und ein fauliger Gestank verschloss mir die Nasenlöcher. „Und ein, zwei Fleckchen Gold darin. Können sie sehen?“, fragte sie über die Schulter. Da sich ihre Hände in meine Wangen krallten, konnte ich nur meine Augen zu meiner Großmutter drehen. Ich sah, wie sie den Kopf schüttelte. „Nein.“ Als ob die Luft aus ihr herausgesaugt worden wäre, fiel die Frau in sich zusammen und schlurfte auf den Knien wieder hinter das Feuer. Ich berührte mit den Fingern den fettigen Film, der auf meiner Haut zurückgeblieben war, und der Magen drehte sich mir um. Mein Herz raste wie das eines ängstlichen Kaninchens.

Meine Großmutter ließ den grinsenden Kadaver in ihren Schoß fallen und gab der anderen Frau plötzlich mit beiden Händen einen Schubs. Die Frau quietschte und schubste zurück, krabbelte aber nach einer kurzen Balgerei mit dreschenden Armen und schlagenden Händen zur Seite. Meine

Großmutter rutschte ein Stück zur Seite und überließ mir den Ehrenplatz gegenüber der Tür. Die beiden faltigen Gesichter wandten sich mir zu – lächelnd und auffordernd nickend. Aber wie angefroren blieb ich, wo ich war, sah mich um und fragte mich, in welche Löwengrube ich hier hineingeraten war?

Allmählich gewöhnten sich meine Augen an das raucherfüllte Ger und wurden groß beim Anblick dieser voll gestopften Unordnung. Weißt du, mein Volk ist stolz darauf, nur ganz wenige Dinge zu besitzen und nur das mitzunehmen, was zum Überleben in der Steppe notwendig ist. Aber Echenkorlos Ger war voller seltsamer Dinge, die ich nicht einmal benennen konnte.

Die Wände waren behängt mit gefleckten und gestreiften Fellen und dunklen pelzigen Taschen jeder Größe. Ich erinnerte mich, dass meine Mutter erzählt hatte, Echenkorlo reise allein und habe schon Länder gesehen, die weit jenseits unserer Steppe lagen. Nur mit ihrem Ochsenkarren und ein, zwei Ziegen war sie nach Norden gereist, wo, wie sie erzählt hatte, alles weiß war und die Leute ihre Rentiere vor Karren ohne Räder spannten. Und sie war nach Süden gereist, wo ruhige Menschen lebten, die ihr ganzes Leben auf Booten auf dem Wasser verbrachten. Sie hatte sogar behauptet, in der Wüste Gobi Almas gesehen zu haben, die legendären fellbedeckten Wesen, die halb Mensch, halb Tier sein sollten – obwohl ich über so eine törichte Behauptung innerlich nur lächeln konnte.

Die Hände winkten mich immer noch zu sich, drängten mich auf den Ehrenplatz. Also zwang ich meine wackeligen Beine um das Feuer herum, wobei ich mir Mühe gab, einen

Weg näher an meiner Großmutter vorbei zu wählen. Bei jedem humpelnden Schritt fühlte ich mich vom durchdringenden Blick der beiden Frauen durchbohrt. Klebrig vor Schweiß sank ich im Schneidersitz zwischen den beiden nieder und wartete.

Aus den Augenwinkeln sah ich es kommen. Die fettige Hand der Begleiterin meiner Großmutter zuckte über mich, Lederriemen peitschten durch die Luft, und ich fühlte, dass mein verkrüppelter Fuß brannte. Im gleichen Augenblick sprangen blaue Funken aus dem Feuer und eine weitere Wolke eines seltsamen Duftes stieg in die rauchige Luft. Schreiend zuckte ich zusammen und bedeckte meinen Kopf mit den Armen.

„Udbal! Schluss damit!“ Die scharfe Stimme meiner Großmutter schnitt durch den Rauch. „Es ist schon alles versucht worden. Wir akzeptieren das Bein so.“ Eine Schüssel heißen Tees wurde mir in den Schoß gestellt, genau unter mein Kinn, und der heiße Dampf trieb noch mehr Schweißperlen auf meine ohnehin schon feuchten Brauen. Ich biss mir auf die Lippen, hob schüchtern den Kopf und sah meiner Großmutter ins Gesicht.

Es war rund und außer dem kleinen Knubbel, ihrer Nase, fast flach. Die goldene Haut musste sich einst so glatt über das Gesicht gespannt haben wie Wasser über einen stillen Teich, aber nun beleuchteten die lodernden Flammen die tiefen Runzeln, die sich um ihre Augen zogen. Ich sah den Widerschein der Flammen in diesen grauen Augen tanzen, in denen ein lautloses Lachen glitzerte. Sie lächelte und strahlte dabei eine solche Wärme aus, dass meine Furcht dahinschmolz.

„Wir freuen uns, dass du heute bei uns bist“, sagte Echenkorlo. Und ein leichtes Stirnrunzeln in Richtung ihrer Begleiterin brachte ein weiteres Willkommen hervor.

„Ja, wir freuen uns“, sagte die andere Frau hastig. Aus halb geöffneten Augen starrte sie immer noch auf meinen Fuß wie die Katze auf die Maus.

Ich richtete mich auf, nahm die Teeschale in die Hände und beugte den Kopf, um einen Schluck Tee zu nehmen. Meine Nase bebte, verunsichert von dem würzigen Aroma. Trotzdem schlürften meine Lippen die warme Flüssigkeit, und der moschusartige Geschmack war angenehm auf der Zunge.

„Sprich!“, befahl Echenkorlo.

„Das ist ein guter Tee“, sagte ich.

Udbal kicherte.

„Nein.“ Meine Großmutter streckte sich, lehnte sich etwas nach vorne und heftete ihren Blick auf meine Augen. „Erzähle von der weißen Stute und dem Festival.“

„Oh“, sagte ich seufzend, „ich sehe, mein Vater hat es dir schon erzählt.“ Ich schwieg, und als niemand etwas sagte, fügte ich hinzu. „Ich habe eine schlechte Wahl getroffen.“

Die beiden alten Frauen beugten sich vor. „Was heißt schlecht?“, fragten sie im Chor. „Schlägt sie aus?“, fragte die eine. „Beißt sie?“, fragte die andere. „Legt sie sich hin und weigert sich zu laufen, nachdem du sie gesattelt hast?“

„Das können wir ändern, weißt du“, schlossen sie einstimmig.

„Nein, nein“, sagte ich. „Nichts dergleichen. Zumindest nicht, soweit ich weiß.“ Ich seufzte wieder. „Die Wahrheit ist, ich habe sie noch gar nicht gesattelt bisher, weil sie lahmt. Sie ist den ganzen Weg vom Festival nach Hause gehumpelt."

Die beiden Frauen setzten sich wieder zurück, irgendwie zufrieden. „Und wieso hast du …", begann Echenkorlo.

„… dir ein lahmes Pferd ausgesucht?", beendete Udbal die Frage.

Ich wartete, trank meinen Tee und genoss das Kitzeln des duftenden Dampfes in meiner Nase. Ob ich es ihnen erzählen sollte? Ich wollte es jemandem erzählen – nachts lag ich oft wach, weil der Wunsch, es jemandem zu erzählen, so stark war –, doch ich wusste, sobald ich das tat, würde man sagen, ich sei nicht ganz richtig im Kopf. Andererseits hatte mein Vater gesagt, dass Echenkorlos Verstand verdreht sei – also würde ich wahrscheinlich nichts verlieren, wenn ich mein Geheimnis mit diesen beiden teilte.

„Sie hat zu mir gesprochen", sagte ich vorsichtig.

Die beiden Frauen lehnten sich wieder vor, begierig, aber diesmal schwiegen sie. Nur das Knistern des Feuers und das Schlagen meines Herzens waren zu hören. Ich fuhr fort.

„Ich sah mir die Pferde an, die zum Verkaufen und Tauschen angeboten wurden. Ich wollte ein schnelles Pferd finden, das ich zu einem Sieger trainieren könnte für das lange Rennen im nächsten Jahr. Als ich zu dieser weißen Stute kam, sah ich, dass sie von einigen anderen Pferden getreten worden war. Also stieg ich ab und untersuchte ihr Bein. Und dann … ich glaubte … dass sie gesagt hat … hilf mir fort von hier." Unsere drei Stimmen sprachen diese Worte gemeinsam in einem unheimlichen Singsang.

Meine Teeschale zitterte und mein Herz schlug doppelt so schnell. „Woher wisst ihr das?", stammelte ich.

Aber dann kam ich mir dumm vor, als sei ich in eine Falle gelaufen. Meine Verlegenheit explodierte in Wut. „Wenn ihr das sowieso schon wisst, warum lasst ihr es mich dann noch einmal erzählen?"

„Um herauszufinden, ob du es auch weißt", antwortete Udbal. Sie machte mit den Lippen ein schlürfendes Geräusch tief unten in ihrer Teeschale. Dann fing sie an, geräuschvoll Blasen in die braune Flüssigkeit zu pusten – bis sie einen Blick aus den zusammengekniffenen Augen meiner Großmutter auffing. Genau wie ein Kind gurgelte sie ein letztes Mal in ihre Schale, dann hielt sie die Tasse in ihrem Schoß und schwieg.

„Warum bist du traurig darüber, dass du die weiße Stute genommen hast?"

Die Worte sprudelten nur so aus meinem Mund – und meinem Herzen. „Ich wollte einen Sieger mit nach Hause bringen, ein Pferd, mit dem ich das wichtigste Rennen im nächsten Jahr gewinnen würde. Aber stattdessen habe ich eine alte, verkrüppelte Stute, die kaum laufen kann. Ich mag sie, wirklich. Sie ist so freundlich. Aber ich wollte doch … nur ein einziges Mal … Ich wollte meinem Vater Glück bringen. Jetzt bin ich wie immer der Unglücksbringer."

Die beiden Frauen sahen sich einige Atemzüge lang in die Augen. Dann, als hätte sie eine wortlose Botschaft von Udbal erhalten, nickte Echenkorlo. Langsam wandte sie mir ihr Gesicht wieder zu.

„Du wolltest reiten und gewinnen, um das Glück zu fangen und es nach Hause zu bringen. Aber nun frage ich dich, Oyuna, meine Enkeltochter, siehst du denn nicht, dass du jeden Tag von Glück *und* Unglück umgeben bist? Kannst du nicht zugreifen …", Echenkorlo streckte mir ihre offene Handfläche entgegen, „… und das Glück oder das Unglück in deine Hände nehmen?" Sie drehte ihre Hand und griff damit in die leere Luft. Dann drehte sie die Faust und öffnete die Hand wieder, auf ihrer Handfläche lag ein winziges, aus schwarzem Stein geschnitztes Amulett. Mir stockte der Atem vor Überraschung, und als ich mich vorbeugte, sah ich, dass dieses kleine galoppierende Pferd einen Reiter auf seinem Rücken trug. Vor meinen Augen schlossen sich die knorrigen Finger einer nach dem anderen wieder über dem Amulett – und als Echenkorlo sie wieder öffnete, war ihre Handfläche leer.

Udbal kicherte.

„Oyuna, meine Enkeltochter", fuhr Echenkorlo fort, „vor vielen Jahren zertrampelte ein Pferd deinen Fuß. Ein großes Unglück, sagten die Leute und bedauerten dich. Aber ich sage, dass es dir Glück gebracht hat. Ich behaupte, dass dieses Pferd dich auserwählt hat. Indem es deinen Fuß zertrampelte, hat es dich vom Verhaftetsein am Boden befreit und dich auf seinen Rücken eingeladen, um mit dem Wind zu reisen. Es ist also gar nicht überraschend, dass die weiße Stute mit dir gesprochen hat."

Ich hörte ihr schweigend und mit offenem Mund zu.

„Diese weiße Stute hat zu dir gesprochen, weil sie wusste, dass du sie verstehst. Und du musst zuhören. Glaubst du denn, nur weil wir auf zwei Beinen laufen und Tiere auf vieren krabbeln, dass du deshalb klüger oder mutiger bist?" In dem kleinen, raucherfüllten Ger schien Echenkorlos rundes, faltiges Gesicht näher zu mir zu schweben. Ich starrte auf den zahnlosen Mund, der diese weisen Worte ausspuckte. „Jedes Lebewesen hat ein Talent, für das es geschaffen wurde“, sagte der Mund. „Und, wie du selbst entdeckt hast, Oyuna, hat jedes Lebewesen eine Stimme. Hast du nicht vorhin, als du gelauscht hast, die Erdgeister gehört?“ Ein Schauder lief mir über den Rücken. „Du musst lernen, mit deinem Herzen zu hören, Oyuna, statt mit deinen Ohren, und mit deiner Seele zu sehen statt mit deinen Augen. Denn die Oberfläche des Wassers verbirgt die Fische, die darunter schwimmen.“

Echenkorlo sah mir in die Augen und gleichzeitig durch mich hindurch, lächelnd. Dann richtete sie sich auf, nahm die Schultern zurück und sagte: „Nun iss!“

Udbals Hand zuckte blitzschnell zum Kochtopf, holte mit ihren knorrigen Fingern ein blasses Fleischstück heraus und stopfte es in den Mund. Sie kaute mit ihren zahnlosen Kiefern, und beim Kauen tropfte ihr brauner Sabber über das Kinn. Zögernd fasste ich in den Topf, fand ein kleines Stück Fleisch. Von was für einem seltsamen Kadaver das wohl kommen mochte? Ich steckte es in den Mund. Es war Hammel. Und zwar wesentlich besser als mein eigenes geschmackloses Rezept. Lächelnd und nickend fasste ich erneut in den Topf, doch diesmal grabschten Udbals Klauen meine Hand und hielten sie über dem Topf fest, während der Fleischsaft mir über das Handgelenk rann. Mit großen Augen sah ich zu meiner Großmutter, aber obgleich ein Lächeln auf ihrem Gesicht leuchtete, waren ihre Augen geschlossen.

Udbal drehte meine Handfläche nach oben und hielt ihr Gesicht dicht darüber. Die gelbliche Klaue an ihrer anderen Hand zog einen Pfad durch das Fett und drückte auf die fleischigen Erhebungen. Dann blickte sie ins Feuer und erst jetzt bemerkte ich die Schulterblätter eines Schafes, die weiß in den Flammen brannten. Udbal grunzte und betrachtete eindringlich die Sprünge, die kreuz und quer über die heißen Knochen liefen.

„Ist es so?“, sprach meine Großmutter und öffnete die Augen.

„So ist es.“ Udbal kicherte. „Zwei Linien, zwei Schatten. So ist es.“

Meine Großmutter sprach mit tiefer Stimme und ihre leeren Augen starrten irgendwohin über meinen Kopf. „Deine Reise mit der weißen Stute wird sehr lang sein. Deine Hände werden Veränderungen bringen.“

Ich weiß nicht, ob ich im nächsten Augenblick tatsächlich meinen Vater habe rufen hören, auf jeden Fall sprang ich auf und rief: „Ich komme, Vater!“ Über meine eigenen Beine, über Töpfe, Pelze und Bündel stolpernd, suchte ich mir einen Weg, drängte mich aus der Türöffnung und entkam in die klare, frostige Nachtluft. Diesmal lag keine Unentschlossenheit in meinen Fußspuren: Das kalte Licht des Mondes zeigte, dass sie geradewegs nach Hause führten.

„Du bist auserwählt!“

Nach dem Essen lag ich im Bett, mit offenen Augen und klopfendem Herzen. Niemand wusste von meinem Besuch. Und als ich auf das schwere regelmäßige Atmen derer lauschte, die um mich herum schliefen – mein Vater, Shuraa und ihre beiden Söhne, alles vernünftige Menschen, die über Echenkorlos seltsame Worte lachen würden –, dachte ich, wie verrückt von mir, allein zu ihr zu gehen.

Der Mond war in dieser Nacht dick und rund. Der Wind hatte den Filzkragen von unserem Rauchabzug gezerrt und durch die runde Öffnung ergoss sich die Helligkeit des Mondscheins. Ich beobachtete mit müden Augen, wie der runde Lichtkreis langsam über meine Zehen wanderte, über meine Brust kroch und sich auf meinen gefalteten Händen ausruhte, wobei er die schwarzen Halbmonde unter meinen Fingernägeln beschien und sich schließlich in all seiner Helligkeit auf mein Gesicht legte. Ich schloss die Augen vor diesem Glanz.

Der Schlaf breitete gerade seine warme Decke über mich, als ich jemanden meinen Namen flüstern hörte: „Oyuna!“

Mein Herz setzte einen Schlag aus. Ich öffnete die Augen. Neben meinem Bett kniete meine Großmutter, Echenkorlo. In ihrem Arm lag Bator und schnurrte zufrieden.

„Oyuna!“, flüsterte sie wieder. „Hast du den Kreis des Mondes auf deinem Gesicht gespürt? Du bist auserwählt. Und deshalb musst du wählen.“

Ich konnte nur stammeln: „Was? Warum … wieso bist du jetzt hier?“

Ich folgte Echenkorlos Blick zum Fuß meines Bettes, wo im Mondlicht eine alte Ledertasche lag. „Du wirst Hilfe brauchen in den Tagen, die vor dir liegen!“, sagte sie ruhig.

Ich schaute mich um und wunderte mich, dass ihre Ankunft niemanden aufgeweckt hatte. „Das verstehe ich nicht!“, sagte ich.

Sie flüsterte so leise, dass ich den Atem anhalten musste, um ihre Worte zu verstehen. „Du willst nächstes Jahr am Rennen teilnehmen und gewinnen. Um das Glück zu gewinnen. Das sollst du auch, meine Enkeltochter, denn die weiße Stute teilt eine Begabung mit dir.“ Sie beugte sich näher. „Verliere sie nie!“ Ihr Atem trug diese Worte mit einem warmen Hauch in mein Ohr.

Ich atmete aus, die Aufregung tobte in meinem Kopf. Erzählte meine Großmutter, die Schamanin, mir etwa, dass ich das Rennen im nächsten Jahr gewinnen würde? Mit welchem Pferd? Aber sie flüsterte weiter, und ich musste wieder meinen Atem anhalten, um sie zu verstehen.

„Deine Reise wird dich nach Süden bringen, wo zehntausend weiße Stuten grasen.“

„Und eine davon wird mir gehören?“, flüsterte ich aufgeregt. „Eine von ihnen wird mein schnelles Pferd sein? Wie soll ich sie finden?“

Echenkorlo schloss die Augen, drückte Bator an ihre Brust und schaukelte auf ihren Knien hin und her. Sie sprach jetzt leiernd: „Im kalten Atem der Berge fliegen Amseln, die dir goldene Schwingen vor die Füße legen. Fliege mit ihnen, aber folge immer nur deinem Herzen."

Sie öffnete die Augen und starrte mich an. Ich hörte ihren rasselnden Atem und sah, wie ihre dünnen Lippen zitterten. Dann ermahnte Echenkorlo mich eindringlich ihr genau zuzuhören. Sie presste ihr Gesicht an mein Ohr und flüsterte lange von den vielen Krankheiten und Heilungsmöglichkeiten der Pferde. Sie beschrieb Kräuter und Heilerde und wo man sie finden konnte, zählte auf, welche Pflanzen man essen konnte und welche man meiden sollte, und erläuterte den besten Zeitpunkt für Feuer oder für Aderlass. Verwirrung breitete sich in mir aus, aber die Eindringlichkeit ihrer Stimme zwang mich dazu, mich weiter zu konzentrieren. Nachdem ihr Wissen meine Ohren gefüllt hatte, setzte sich meine Großmutter einfach wieder zurück, schwieg und starrte mich an. Nach wenigen Sekunden sprach sie weiter.

„Oyuna", sagte sie leise, „auch ich habe das Mitleid anderer zu spüren gekriegt. Aber ich wähle immer meinen eigenen Pfad. Und ich greife mein eigenes Glück aus der Luft. Daran erinnere dich!"

An das, was danach kam, kann ich mich ehrlich gesagt nicht mehr erinnern. Als ich das nächste Mal aufwachte, hatte das Mondlicht unser Ger wieder verlassen, und in dieser Dunkelheit wusste ich nicht mehr, was Wirklichkeit war und was Traum. Und als ich wieder aufwachte, wurde der Himmel gerade hell vom Sonnenlicht. Ich warf die Filzdecken beiseite und eilte zur Türöffnung.

Echenkorlos Ger war verschwunden.

Der kalte Atem der Berge

Nach Echenkorlos Besuch klopfte mein Herz jeden Morgen, wenn ich die Augen aufschlug, schneller. Ist heute der Tag?, fragte ich mich. Ich sprang aus dem Bett, raste hinaus in die Kälte und suchte den rosafarbenen Horizont ab. Aber ich konnte nichts kommen sehen. Der Wind pfiff und tanzte immer um mich herum, strich erst über eine Wange, dann über die andere, hob meinen Zopf von hinten an, und wenn ich mich dann umdrehte, schubste er mich mit einem Stoß fast auf die Knie.

Zur Schlafenszeit, im Dunkeln, zog ich die alte Ledertasche – in die Bilder von seltsamen Tieren eingeritzt und mit leuchtenden Farben aufgedruckt waren – aus ihrem Versteck unter meinem Bett hervor. Nacht für Nacht befühlte ich ihre Schätze: einen großen, gebogenen Angelhaken mit einer Leine aus Sehnen daran; einen kurzen Dolch mit seinem eleganten, juwelenbesetzten Griff – tödlich in seiner spitzen Härte; einen kleinen, eisernen Kochtopf, gerade groß genug für eine Mahlzeit; silbernen Stahl zum Feuermachen; drei lange Nadeln und einen kleinen Lederbeutel, der vom häufigen Gebrauch schon ganz steif und ausgeblichen war. Während meine Finger das aufgemalte Muster nachzeichneten, fragte ich mich, wem die Tasche wohl vorher gehört hatte und wann meine Reise endlich beginnen würde. Echenkorlo hatte mir auch ein großes Päckchen Kräuter dagelassen und mir aufgetragen, sie mit heißem Wasser zu mischen und jeden zweiten Tag mit einem Verband um das verletzte Hinterbein der weißen Stute zu wickeln. An den Tagen, die dazwischenlagen, sollte ich die Stute in den tiefen kalten Strom führen und sie darin stehen lassen, während ich bis fünfhundert zählte.

„Aber was ist mit den Erdgeistern?“, hatte ich besorgt gefragt. „Man darf nicht auf ihnen stehen, wenn sie im Wasser reisen, sonst zieht man schlimmes Unheil auf sich!“

Echenkorlo hatte nur gelächelt. „Bete zuerst zu den Erdgeistern, dass sie dir helfen mögen, deine Stute zu heilen“, hatte sie geantwortet, „dann werden die Erdgeister wissen, dass du ihre Macht kennst. Und weil du sie bittest, dir zu helfen, werden sie dir nichts antun.“

Also stahl ich mich mit der weißen Stute regelmäßig aus unserem Lager – obwohl der Wind in beißender Wut über die Steppe jagte. Ich verneigte mich und betete zu den Erdgeistern, die ich unter dem eisbedeckten Strom gurgeln hörte. Mit klappernden Zähnen bat ich sie, ihre Macht nicht zu gebrauchen, um mir zu schaden, sondern dass sie mir helfen mögen, das Bein meiner weißen Stute zu heilen. Dann lockte ich die Stute auf die gefrorene Wasseroberfläche. Die vier Hufe brachen durch das Eis und weckten die Geister zu einem blubbernden Tanz. „Eins, zwei, drei …“ Ich begann zu zählen und verlagerte mein Gewicht zitternd von einem Fuß auf den anderen. Bei jedem kleinen Geräusch schreckte ich zusammen. Ich rechnete unentwegt damit, dass die Götter so taten, als hätten sie meine Gebete nicht gehört, und mich leblos in den gefrorenen Schlamm niederstrecken würden.

Wintertag für Wintertag behandelte ich das Bein der Stute. Einen heißen Kräuterumschlag an einen Tag, das kalte Wasser des Flusses am nächsten. Aber ein Mond nach dem anderen war gekommen und gegangen und die Stute ging nur um ein Weniges sicherer. Ich wagte es immer noch nicht, auf ihren Rücken zu klettern. Nach und nach hörte ich mit der Behandlung auf. Entweder war es draußen zu kalt oder ich war zu müde. Und nachts fiel ich ins Bett, erschöpft, aber keineswegs schläfrig, doch die Ledertasche unter mir verstaubte.

In der kalten Starre des Winters gab ich es auf, meinen Träumen hinterherzujagen.

Das Ger meines Vaters war jetzt ziemlich voll, seit Shuraa und ihre beiden Söhne, die acht und zwölf Jahre alt waren, bei uns wohnten. Und es würde in Zukunft nicht besser werden, denn sie war schon ganz rund vom Kind meines Vaters. Shuraa war vernarrt in ihre beiden Söhne und schalt sie nie, wenn sie eine Aufgabe schlecht erledigten oder nicht fertig machten.

Sie wollte mich in ihre Nachsicht miteinbeziehen. Die Hände auf meine Hüften gelegt, dirigierte sie mich zu einem Kissen – wie man es mit alten Leuten, die morsche Knochen hatten, tun würde. Und sie gab mir immer die leichtesten Arbeiten – rühren oder nähen. „Damit wir nicht riskieren, dass du dir deinen armen, armen Fuß noch schlimmer verletzt!“, säuselte sie und mein Vater lächelte dazu. Mein Gesicht wurde rot und heiß – aber nicht, weil ich zu nahe am Kochfeuer saß.

Ich weiß, dass Shuraa sich darüber ärgerte, und ich weiß, dass sie es nicht verstand, aber an den meisten Tagen floh ich aus unserem Ger, ich musste einfach zu den Pferden.

Zum Ende des Winters hatte ich der weißen Stute einen Namen gegeben: Bayan – reiche, weiße Schönheit und Göttin. Ich hatte eine Menge anderer Namen ausprobiert: Galuut, denn sie konnte so eigenartig sein wie eine Gans. Und Buran, denn sie war so weiß wie ein Schneesturm. Aber jedes Mal, wenn ich einen dieser Namen aussprach, wandte die Stute ihren Kopf ab. Zur gleichen Zeit kam mir immer wieder das Wort Bayan in den Kopf. Schließlich kicherte ich und sagte: „Bayan", und die Stute kam sofort zu mir und rieb ihre weiche Nase an meinem Hals. Ich legte meine Arme um ihren Hals und fühlte mich eins mit der Welt. Seit dem Festival von Karakorum hatte ich Bayans Gedanken kaum noch „gelesen", trotzdem sprachen wir jeden Tag miteinander, durch Berührungen und indem wir unseren warmen Atem tauschten. Ich ging neben der Stute her, wenn sie graste. Und wenn ich ihr lauschte, spürte ich eine Nähe, die ich niemals vorher erfahren hatte. Sie war meine Freundin.

Wenn meine Hände über ihren mageren Hals wanderten und über die sanfte Wölbung ihres Rückens, dann wusste ich tief im Herzen, dass sie alt war und ich sie niemals reiten würde. Vielleicht war das sogar unser letzter gemeinsamer Winter. Umso wichtiger war es, so dachte ich mir, die Zeit an ihrer Seite zu verbringen, den Wolken, die über den Himmel kullerten, zuzusehen oder über die schnatternden Erdmännchen zu lachen, die aus dem Boden schossen und wieder darin verschwanden.

Zufrieden sah ich, dass der scheidende Winter für Bayan nicht zu hart gewesen war. Als die Sonne länger und länger auf die Steppe schien, beobachtete ich, dass sie sich längst nicht mehr so steif bewegte. Zweimal sah ich sie sogar mit der Herde galoppieren und nahm dabei kaum eine Einschränkung in ihren Bewegungen wahr. Doch an anderen Tagen ruhte sie lange im Gras, bewegungslos wie aus weißer Jade geschnitten, die Ohren irgendwie geheimnisvoll auf den Horizont gerichtet. Bei diesem Anblick fröstelte es mich jedes Mal – irgendetwas kommt von dort, dachte ich dann. Aber wenn meine Augen ihrem Blick folgten, sah ich nichts. Wahrscheinlich waren es einfach nur Bayans Augen, die sich bewölkten.

Mit dem Schnee war auch meine Erinnerung an Echenkorlos Besuch und an ihre seltsamen Worte weggeschmolzen. Es war der Unsinn eines lange vergessenen Traums, das Gebrabbel eines Kindes.

Bis zu jenem stürmischen Morgen am Anfang des Frühlings, an dem der Wind stark und ohne Umwege vom Hentei Gebirge im Osten blies.

Es war ein strahlend sonniger Tag. Bator und ich wärmten uns an einem Felsen am Fuße eines kleinen Hügels, den Rücken dem Wind zugewandt. Ich blies auf einem Grashalm, den ich zwischen meine beiden Hände gelegt hatte, als ich sie kommen sah. Eigentlich sahen die Pferde sie zuerst, hoben ihre Köpfe auf einmal alle zusammen vom frischen Gras, das zwischen den Schneeflächen wuchs, und starrten mit gespitzten Ohren und geblähten Nüstern in die Ferne. Für Bator ein stiller Alarm. Er verschwand im hohen Gras. Ich ließ den grünen Halm fallen und lief den Hügel hinauf. Genauso schnell verließ ich den Hügelrücken wieder und beobachtete, wie die Fremden näher kamen.

Soldaten! An die hundert berittene Soldaten! Jeder trug einen runden Schild, sodass es aussah, als bewege sich die große, feste Mauer von Karakorum über die Steppe. Sie kamen rasch näher und wollten, so nahm ich an, unser kleines Ail überraschen. Ich musste die anderen warnen. Ich sprang auf die Füße und rutschte und hüpfte eilig den Hügel hinab.

Aber die Hunde im Lager hatten die Fremden schon bemerkt und vereinten ihre Stimmen zu einer gekläfften Warnung. Als ich näher humpelte, sah ich, dass die Männer in unserem Ail die Frauen und Kinder in die unzulängliche Sicherheit der Filzzelte schoben. Meine Augen und Ohren waren so erfüllt von dem lauten Durcheinander, dass ich den festen Griff der Hand meines Vaters, mit dem er mich hastig zu unserem Ger schob, kaum spürte. Mit einem Stoß schubste er mich hinein, sodass ich fast über Shuraa stolperte, die ihre Söhne auf ihren Schoß gezogen hatte – beziehungsweise, auf das, was bei ihrem dicken Bauch noch von ihrem Schoß übrig war.

Gegen Shuraas schwachen Protest drehte ich mich um und kroch zurück zur Türmatte, die ich gerade genug zur Seite schob, dass ich schwer atmend mit einem Auge durch den Schlitz beobachten konnte, was draußen passierte.

Der Wind wurde immer heftiger und wehte junge Blätter und Gras durch unser Lager. Er fuhr zwischen die ankommenden Reiter und hob die Schöße ihrer Dels, sodass sie wie unzählige Vogelschwingen aussahen. Die Reiter waren so plötzlich aufgetaucht, dass es einem vorkam, als seien sie wie ein großer Vogelschwarm vom Himmel gefallen. Die Männer und die älteren Jungen unseres Ails versammelten sich am äußersten Ger, wappneten sich gegen den Wind und warteten. Im nächsten Augenblick waren die Soldaten auch schon bei ihnen, die Hälfte von ihnen kreiste sie ein, richtete Speere auf sie und hielt sie völlig hilflos dort fest. Die andere Hälfte wandte sich den Pferden zu, wedelte mit den Armen und schrie wild.

Da rutschte mir das Herz in die Hose, weil ich begriff: Die Soldaten wollten unsere Pferde! Das mussten die Soldaten des Khan sein, denn ich wusste, er konnte für sein Heer nehmen, was immer er brauchte. Aber während meines ganzen zwölfjährigen Lebens hatte ich niemals einen Soldaten in unserem Lager gesehen.

Unsere Herde, die wegen der Ankunft der Soldaten ohnehin schon nervös geworden war, warf die Schweife in die Luft und floh. Ich gebe es nicht gerne zu, aber als ich sah, wie diese Soldaten unseren Pferden nachritten, bewunderte ich ihre Geschicklichkeit im Sattel. Jeder Reiter und sein Pferd waren wie eins. Sie lenkten die panischen Tiere in die eine Richtung und dann in die andere. Rufend und mit schwingenden Armen umkreisten die Reiter die Pferde und zogen die unsichtbare Schlinge immer enger, bis die verwirrte Herde schließlich stehen blieb.

Wie ein Bussard aus dem Himmel fiel plötzlich ein Urga, die lange Stange der Hirten mit der Lederschlinge am Ende, über den Hals eines der zitternden Pferde. Erschöpft und verängstigt wurde das Pferd, ein großer Brauner mit einer weißen Nase, der einem meiner Onkel gehörte, aus der Herde gezogen und an den Vorderbeinen gefesselt. Ein

Dutzend Soldaten kam von der Seite, um jegliche Flucht zu verhindern. Ein ums andere Mal beobachtete ich, wie der Urga durch die Luft schoss und sich um den Hals eines weiteren Pferdes legte. Und die Soldaten wählten nur die besten aus. Der kurze Galopp hatte genügt, um ihnen zu zeigen, welche Tiere unserer Herde die kräftigsten und schnellsten waren.

Als Nächstes fiel die Schlinge über den Kopf des alten gefleckten Hengstes meines Vaters. Aber nachdem sie ihn aus der Herde gezogen und genauer untersucht hatten, schüttelten sie den Kopf und der Urga wurde wieder gelöst. Auch mein Vater und ich wussten, dass der alte Hengst nicht mehr viele Winter vor sich hatte. Doch eine der Fuchsstuten, die mein Vater aus Karakorum mitgebracht hatte, wurde gefangen – und sie hatte ein so hübsches Fohlen, nicht älter als zehn Tage an ihrer Seite.

Eins nach dem anderen, Pferd für Pferd senkte sich der Urga auf die Köpfe, bis dreißig unserer besten Pferde gefesselt abseits der Herde standen. Als die erste Gruppe kleiner und die zweite Gruppe größer wurde, erfüllte panisches Wiehern die Luft.

Und dann drang der vertraute Schrei eines Pferdes durch den Lärm, so schrill, dass mein eigener Schrei unterging. Bayan, meine weiße Stute sprang aus der Herde – mit dem Urga um ihren schneeweißen Hals. Sie zerrte, bockte und riss, und der Reiter versuchte vergebens, sie zum Stehen zu bringen. Gerade als sie auf die offene Steppe kamen, fiel ein weiterer Urga um ihren Hals. Nun von zwei Seiten gehalten, bäumte Bayan sich auf und schlug mit den Vorderhufen in die Luft. Ich hatte sie nie zuvor so wunderschön gesehen. Dann beugte sie den Kopf und schlug mit beiden Hinterbeinen gegen einen Reiter aus. Selbst über die große Entfernung sah ich die Männer bewundernd lachen und auf sie deuten: „Kampfgeist!“, hörte ich einen rufen.

Ich konnte es nicht fassen. Nichts von alldem! Weder dass meine schöne weiße Stute nicht mehr lahmte noch dass sie – meine Freundin – so misshandelt wurde oder dass sie mir weggenommen werden sollte. „Nein! Nein! Nein!“, schrie ich immer wieder außer Hörweite der Soldaten. In hilflosem Entsetzen sah ich, wie die beiden Reiter Bayan zu der kleineren Herde brachten, während sie unermüdlich bockte und ausschlug. Zwei weitere Männer mussten hinzukommen, um die Fesseln um ihre Vorderbeine zu legen, und als sie nach einem von ihnen ausschlug, wurde auch noch eines der Hinterbeine an die vorderen gefesselt. Durch meine Tränen beobachtete ich, wie die Soldaten ihr noch eine weitere Fessel anlegten und sie schließlich sogar an eines der Pferde fesselten, die schon ruhig standen. Da gab Bayan ihren Widerstand auf, stand zitternd da und schnaubte. Ich sah, wie sie herumschaute, und wusste, dass sie nach mir suchte.

Ich schluchzte jetzt mit hochgezogenen Schultern. Das, was hier geschah, verschwamm vor meinen tränenerfüllten Augen wie ein böser Traum.

Scharfe Rufe gingen zwischen den Soldaten, die die Männer bewachten, und denen, die auf die Pferde aufpassten, hin und her. Dann hob die erste Gruppe ihre Speere. Ganz rasch, nur indem eine bedrohliche Speerspitze auf die Brust eines der hilflosen Hirten deutete, wurden der Armee des Khan neue Soldaten einverleibt. Drei wurden auserwählt, zwei Onkel und ein Vetter. Sie gingen langsam und mit gebeugtem Kopf zu ihren Gers.

Der Kommandant der Soldaten saß jetzt ab und stapfte rasch von Ger zu Ger, bückte sich bei jedem und steckte den Kopf hinein. Als er zu unserem kam, schreckte ich von der Türmatte zurück, setzte mich zitternd und versuchte nicht mehr zu weinen. Ich wollte überlegen, was ich tun konnte, um Bayan zu retten.

Shuraa jammerte heftig, presste ihre beiden Söhne an sich, schaukelte das große Durcheinander von Armen und Beinen hin und her. Ich sah wie betäubt, dass der Tarag überkochte, ins Feuer tropfte und stinkende Rauchwolken aufstiegen. Niemand stand auf, um ihn vom Feuer zu nehmen.

Ein dunkler Kopf kam durch die Türöffnung und eine tiefe Stimme bellte: „Soldaten für die Armee des Khan!" Breite Schultern folgten und der große, schwere Körper des Soldatenanführers füllte das Ger. In seiner schwarzen Uniform hing der Geruch von Beifuß, Dungfeuer und Lederöl. Als er den Kopf hob, um sich umzuschauen, schrak ich zurück vor dem dicken, fleischigen Gesicht mit der einzigen, dicken, schwarzen Braue.

Er ignorierte Shuraas Arme, die sie um ihre beiden Söhne geschlungen hatte, und schloss seine haarige Hand um das Handgelenk meines ältesten Stiefbruders. Mit einer schnellen Bewegung zog er das Gelenk nach oben, sodass der Körper des Jungen folgen musste und dort baumelte, als sei er ein gerade fürs Essen geschlachtetes Lamm.

„Hier haben wir ja einen Soldaten, denke ich!", knurrte der Mann. „Ein kleiner zwar, doch es reicht."

„Nein! Nein!“, schrie Shuraa und sprang auf die Füße, wobei ihr jüngerer Sohn von ihrem Schoß fiel. Sie stützte ihren kurzen Körper unter die schlaffe Schulter ihres Sohnes. „Er hat ein verkrüppeltes Bein – Ihr werdet sehen! Er kann kaum laufen, nur kriechen.“ Ihn stützend bückte Shuraa sich und schob ein Bein ihres Sohnes nach vorne als sei es das hölzerne Bein eines Spielzeugs. Neugierig lockerte der Mann seinen Griff. Ich sah wie Shuraa ihren Sohn fest in die Kniekehle zwickte. Er schrie auf und humpelte einen Schritt nach vorne. „Seht Ihr?“, fragte sie, blickte nervös in das harte Gesicht des Kommandeurs und zog ihren Sohn wieder in ihre Arme. „Seht Ihr? Es ist mein Herzschmerz, den ich deswegen tragen muss, nicht Eurer. Ihr braucht doch sicherlich keine humpelnden Soldaten.“ Der Mann sah Shuraa nur an. Dann griff er nach dem Jungen und zog ihn zu sich heran. Das fleischige Gesicht beugte sich zu ihm hinab. „Im Dreck magst du vielleicht hinken, Soldat, aber im Sattel keineswegs! Pack deine Sachen. Sofort!“ Er riss noch einmal am Handgelenk des Jungen, um seinen Worten Nachdruck zu verleihen, und dann, mit einem flüchtigen Blick durch das Ger, einem Blick, der über meinen Kopf hinwegfegte, drehte der große Mann sich um und verließ das Zelt. Seinen Männern rief er zu, sich zum Aufbruch fertig zu machen.

Shuraa schluchzte hilflos auf dem Teppich, ihre beiden Söhne saßen mit verschleierten Augen bewegungslos neben ihr.

Die Schluchzer, die ich zurückgehalten hatte, während der Angst einflößende Kommandant in unserem Ger gewesen war, brachen jetzt aus mir hervor. Den Kopf an die

Knie gepresst wiegte auch ich mich hin und her und weinte um die schöne weiße Stute, die sie mir genommen hatten.

Da sah ich etwas durch meine Tränen glitzern. Auf der Matte zu meinen Füßen lag das kleine goldene Abbild eines geflügelten Pferdes, auf dessen Rücken ein Mädchen saß, das Blumen in der Hand trug. Sofort fiel mir das kleine schwarze Amulett in der Hand meiner Großmutter Echenkorlo wieder ein. Ich griff nach der goldenen Figur, hielt sie dicht vor mein Gesicht und betrachtete die geschwungene Form. Auf Grund der Öse, die oben an der Figur angebracht war, schloss ich, dass es eine Verzierung für einen Gürtel oder ein Pferdegeschirr war.

Und dann geschah etwas Seltsames. Als der geflügelte Anhänger auf meiner Handfläche lag, fühlte ich eine große Ruhe über mich kommen – ähnlich der Ruhe vor dem Sturm, die einem einen kurzen Augenblick Zeit gibt, sich auf die Raserei, die dann folgt, vorzubereiten. Man läuft umher, sammelt dieses zusammen, bindet jenes fest und weiß doch nicht einmal, ob man den nächsten Morgen überhaupt erleben wird. So deutlich wie damals in Karakorum hörte ich in meinem Kopf die Worte: Jetzt! Jetzt! Jetzt! Und da wusste ich, was ich zu tun hatte.

Den goldenen Anhänger fest in einer Hand stand ich auf, band mit den zitternden Fingern der anderen Hand mein Del auf und zog es aus. Mit einem hinkenden Schritt war ich neben meinem älteren Stiefbruder und öffnete hastig seinen dunkelgrünen Del. Auch er weinte und biss sich zitternd auf die Lippe. Er sagte nichts, als ich das Del von seinen schlaffen Armen streifte und mir überzog. Ich hob seinen orangeroten Gürtel auf, knotete ihn um meine Hüften und wurde damit zum Jungen. Dann steckte ich den schweren Anhänger in eine Innentasche.

In Shuraa kam wieder Leben. „Nein! Das kannst du nicht tun!", schrie sie. „Du bist nur ein Mädchen! Du bist schwach und verkrüppelt!"

Wortlos, aber mit großer Bestimmtheit schritt ich über ihre ausgestreckten Beine. Shuraa klammerte sich an meine Hände und rief: „Oyuna, das sind Mörder! Mein Vater ist in der Armee des Khan gestorben und mein erster Mann auch. Du kennst die Gefahr nicht!"

Doch in meinem Kopf brummten so viele Geräusche, dass ich gar nicht auf Shuraa achten konnte. Ich blieb vor der Kommode stehen, auf der immer noch die ausgestopfte Puppe mit dem rot gefärbten Fuß saß. Die Puppe starrte mich herausfordernd an. *Pech und Unglück*, schienen mir ihre aufgemalten Lippen zuzuflüstern, und Shuraas Worte fuhren mir durch den Kopf: „Du bist nur ein Mädchen! Du bist schwach und verkrüppelt!" Ich atmete tief durch, nahm die Puppe und legte sie vorsichtig mit dem Gesicht nach unten hin. Aus der obersten Schublade nahm ich ein Messer. Ich neigte den Kopf zu einer Seite, setzte das Messer an meinem Zopf an und schnitt ihn mit einer entschlossenen, sägenden Bewegung ab. Dann steckte ich das Messer in meine Filzstiefel.

Von der Wand nahm ich den pelzbesetzten Filzhut meines Vaters und setzte ihn auf den Kopf, sodass er mein Gesicht beinahe ganz verbarg.

Ich fasste unter das Bett, zog Echenkorlos staubigen Lederbeutel hervor und warf ihn mir über die Schulter. Dann füllte ich Wasser in einen leeren Wasserbeutel und hängte mir auch den über die Schulter. Schließlich stopfte ich mir noch einige Streifen getrocknetes Hammelfleisch in das Del, nahm meinen Sattel und stolperte unter all diesem Gewicht zur Tür. Bator lief mir plötzlich zwischen die Füße und rieb sich an meinen Beinen. Er wollte mit. Wenn ich ausritt, lief er oft ein Stückchen neben mir her.

„Diesmal nicht, Bator", sagte ich und wünschte, ich hätte eine Hand frei, um ihn ein letztes Mal zu streicheln. „Bleib besser drin."

Er miaute. Ich sah mich nicht mehr um.

Die anderen neuen Soldaten, alles Verwandte von mir, sattelten ihre Pferde. Überall klagten Frauen. Ich wagte es nicht, dorthin zu blicken, wo mein Vater stand, sondern trug meinen Sattel geradewegs zu meiner weißen Stute. Als ich an dem Kommandanten mit den dicken Augenbrauen vorbeiging, bemerkte er mein Hinken und grunzte zufrieden.

Mit klopfendem Herzen legte ich meinen Sattel auf Bayans Rücken – dem Pferd, das ich noch niemals geritten hatte. Aber in ihren Augen war wieder dieser Ausdruck, das gleiche Abenteuer versprechende Glitzern, dem ich schon in Karakorum vertraut hatte. Und ich wusste, dass ich sie nun reiten sollte. Als sie aufgezäumt und der Sattel unter ihrem Bauch festgezogen war, löste ich rasch die Fesseln und Halteseile. Dann stieg ich in die Steigbügel, schwang mein verkrüppeltes Bein drüber und saß auf ihrem Rücken. Während einige Soldaten auch die Fesseln der übrigen Pferde lösten, die sie uns stahlen, ritt ich versteckt zwischen den anderen Soldaten schon in Richtung Osten. Der Morgenwind blies kräftig in unsere Gesichter und kühlte unsere

Haut mit seinem eisigen Atem. Das Gesicht tief zwischen Kragen und Hut verborgen, lächelte ich trotzdem, denn ich saß auf Bayans Rücken und fühlte mich, als hätte ich Flügel.

Mit einem langen Seufzer fiel die weiße Stute auf ihre Knie. Wie eine vom Mondlicht beschienene Welle, die an den Strand brandet, folgten ihr Bauch und ihre Hüften und schließlich die feine Gischt ihres Schweifes. Ihr weißes Fell schimmerte in der Dunkelheit.

„Großmutter!“, rief das Mädchen und saß kerzengerade. Die alte Frau strich dem Mädchen übers Haar und ihre Worte waren voller Trost: „Es ist alles gut!“, summte sie leise. „Es ist alles gut. Ihre Zeit wird bald kommen. Hier“, sagte sie und griff in ihren Nacken, „binde ihr das um den Hals.“ Sie legte den grünen Jadeanhänger, der aussah wie ein galoppierendes Pferd, in die Hand des Mädchens. „Es ist Jade, damit ihre Flanken sich entspannen und das Stutenfohlen so leicht wie der Frühlingswind aus ihr herausgaloppieren möge.“

Das Mädchen ging zur Stute und befestigte das Lederband vorsichtig an ihrem Hals, sodass das galoppierende Pferd gerade unterhalb der weißen Kehle baumelte. Dann sah sie ihre Großmutter an. „Wieso hast du gesagt: Stutenfohlen?“

Die alte Frau schüttelte leicht den Kopf und schob die Frage beiseite. „Komm“, sagte sie und winkte ihre Enkeltochter wieder zu sich. „Es gibt noch mehr zu erzählen.“

Das Mädchen zögerte, ihrer Stute von der Seite zu weichen, und streichelte die weiße Mähne. „Hat sie Schmerzen?“, fragte sie.

Zunächst antwortete ihr nur Schweigen. „Ich glaube", sagte die alte Frau schließlich, „dass sie zu viel Freude in sich hat, um Schmerz zu fühlen. Nun komm."

Als sich das Mädchen wieder in die dicken Gewänder gekuschelt hatte, die noch warm von ihrem Körper waren, hob die Stute den Kopf und blickte in ihre Richtung. Sie schien ruhig darauf zu warten, dass die Geschichte weiterging.

Erleichtert rutschte das Mädchen tiefer in die Wärme und dachte an das, was ihre Großmutter gerade erzählt hatte.

„Hattest du gar keine Angst, so einfach mit den Soldaten wegzureiten?", fragte sie.

„Doch."

„Und wo haben sie dich hingebracht? Wo hast du geschlafen? Was hast du gegessen?"

Die alte Frau lachte leise, aber ihre Enkeltochter war noch nicht fertig.

„Und hast du Bator nie wieder gesehen? Und was war mit Bayan? War ihr Bein geheilt? Musstest du mit irgendjemandem kämpfen?"

Die alte Frau lachte still in sich hinein und antwortete schließlich: „Tengri sieht alles, Enkeltochter – du schnatterst wie die Stare. Nun, auf was soll ich zuerst antworten?"

„Haben die Soldaten herausgefunden, dass du ein Mädchen bist?"

Reiten, reiten, reiten

Eine Reise sollte man damit beginnen, dass man Milch auf den Kopf des Pferdes tropft. Die Sonne und die Sterne sollten den Pfad erleuchten, Tränen und gutes Essen den müden Reisenden willkommen heißen. Meine Reise nahm nicht diesen Anfang, und ich wusste nicht, wie sie enden würde. Ich konnte weder das Land vor mir noch das hinter mir sehen, denn die schwarzen Uniformen ritten rings um mich wie ein dichter Wald entwurzelter Bäume, die über die Steppe stapften.

An diesem Tag maß ich die Zeit in Hufschlägen, und als der Zug rastete, im gleichmäßigen Keuchen der Pferde. Ich hörte Schnauben, gebrüllte Befehle und die Namen unbekannter Orte. Dann bewegte sich der Zug weiter. Ich ritt blind, ließ mich treiben wie ein Zweig zwischen Baumstämmen auf einem schnell fließenden Fluss. Ich schaute nach oben: nur ein Stück blasser Himmel. Es war noch früh, und die Sonne erwärmte meine Wangen. Die angestoßenen Knie schwollen lila an. Auf und ab, auf und ab …

Wenig später wärmte mir die Sonne den Kopf und die Wärme sickerte durch den Filzhut. Mein Bauch knurrte. Ich steckte ein Stück getrockneten Hammel in meine Wange. Das Salz zog Speichel in den Mund und weichte das Fleisch auf. Ich kaute: auf und ab, auf und ab … Als das letzte Stück meine Kehle hinuntergeschmolzen war, hämmerten die Hufe noch immer ihren Rhythmus.

Die Sonne wanderte und wärmte nun meinen Rücken. Der dunkle Wald marschierte weiter.

Trotz all meiner Tage auf dem Pferderücken war ich für einen solchen Ritt nicht genug abgehärtet. Meine Schenkel brannten vom Stoßen an den hölzernen Sattel. Meine Knöchel taten weh vom Stehen in den Steigbügeln. Die Knochen im Rücken fühlten sich an wie Perlen, die von der Schnur gerutscht sind und jetzt aufeinander fallend ein ausgetrocknetes Flussbett hinunterkullerten.

Erst als die Sonne sank und der Dunkelheit Platz machte, wurde der Befehl „Stopp!“ gerufen.

Langsam schälte ich mich aus dem Sattel und hob ein Bein über Bayans Rücken. Aber als meine Füße auf dem harten Boden aufkamen, barsten meine brüchigen Knochen beinahe vor Schmerz. Ich fiel einfach zwischen die Hufe, Beine und Stiefel. Furcht ergriff mich. Mit der Hand tastete ich nach dem Steigbügel und zog mich wieder hoch. Farben rasten vor meinen Augen, als ich mit zitternden Fingern den Sattel löste und es irgendwie schaffte, das Zaumzeug abzunehmen. Dann fiel ich einfach um – auf einen Haufen aus Wolle, Holz und Leder.

Ich erinnere mich, dass die Pferde mit gesenkten Köpfen ein Stück weiterzogen, und hörte das Reißen ihrer Zähne … Die Soldaten versammelten sich murmelnd um die Feuer … Und ich lag mit schmerzenden Gliedern immer noch so da, wie ich hingefallen war, und umarmte meinen Sattel. Die Müdigkeit fiel über mich wie eine Decke …

Willkommen, und noch einmal willkommen

Etwas Feuchtes glitt über meine Nase und etwas Schweres, Pelziges fiel mir auf das Gesicht. Ich war mit einem Schlag wach und schob das Gewicht, das mir den Atem nahm, von mir runter. Als meine Hände sich um ein weiches Bündel schlossen, das mit einem vertrauten Schnurren vibrierte, öffnete ich die Augen.

„Bator!“, rief ich glücklich und drückte den kleinen Tigerkater fest an meine Brust. Voller Zuneigung schob er seine Wange an meine und seine Pfoten traten auf der Stelle. Zwischen seinem Schnurren kam immer wieder Bators rosafarbene Zunge aus seinem hechelnden Mäulchen. Ich fühlte, wie seine Seiten sich heftig auf und ab bewegten. Er muss den ganzen Tag und die halbe Nacht hinter uns hergelaufen sein, dachte ich. Und wir waren so weit geritten! Dieser kleine Kater verdiente seinen Namen wirklich: „Held“.

„Du lieber kleiner Kater!“, säuselte ich und strich ihm mit einer Hand über den Rücken und zog mit der anderen an einer Vorderpfote. Als ich mit dem Daumen die kurzen, schlammverkrusteten Haare zur Seite schob, erhaschte ich einen kurzen Blick auf die rote, blutige Haut, ehe Bator fauchend von meiner Brust sprang. Mit zornig schlagendem

Schwanz blieb er außerhalb meiner Reichweite stehen und funkelte mich mit seinen gelb-grünen Augen an.

„Tut mir Leid!", flüsterte ich. „Komm wieder her!" Ich wackelte mit meinen Fingern vor seinem Kinn. Das war Bators große Schwäche, und mit katzenhafter Großmut machte er einen schmerzhaften Schritt vorwärts und schob seinen Kopf in meine Hand zum Kraulen. „Deine armen, armen Füße!", murmelte ich.

Als ich dem hechelnden Kater meinen Arm entgegenstreckte, nahm ich wahr, dass mir jede Faser am Körper wehtat. Da ich genau an der Stelle, an der ich Bayan abgesattelt hatte, eingeschlafen war, hatte kein flackerndes Feuer mich gewärmt. Nur der Sattel hatte mich gegen den Wind geschützt und die Satteldecke, steif von getrocknetem Schweiß, vor der Kälte der Nacht. Doch die eisige Kälte des harten Bodens war in meinen Körper gestiegen, sodass meine Muskeln nun steif und meine Gelenke wie eingefroren waren. Ich musste mich sehr konzentrieren, um überhaupt meine Zehen bewegen zu können – zunächst konnte ich sie in meinen Filzstiefeln gar nicht mehr spüren. Ich beugte zuerst ein Knie und dann das andere, wobei Eiskristalle von der gefrorenen Hose wegbrachen. Mit der Wärme, die langsam in meine Finger und Zehen zurückkehrte, kam auch ein stechender Schmerz. Ich setzte mich auf, umfasste meine Knie und musste mir auf die Lippen beißen, um nicht laut zu weinen.

Wo war ich?

Ich sah mich vorsichtig um. Aus dem Nebel, der über der Steppe lag, trat eine Trappe. Der große graubraune Vogel stand bewegungslos und warf mir einen misstrauischen

Blick zu. Dann schrie er eindringlich und hockte sich mit weit ausgebreiteten Schwanzfedern auf den Boden. Fünf winzige Küken liefen aus dem Gras über die Schwanzfedern den Rücken hinauf. Flügelschlagend brachte die Trappenmutter ihre Kinder in Sicherheit.

Die Einsamkeit drückte mich nun doppelt schwer. Mit den Augen durchsuchte ich die karge Graslandschaft nach allen Seiten. Es sah hier fast genauso aus wie in dem Tal, in dem ich gestern erwacht war – außer dass sich hier der steinfarbene Himmel nicht über die vertraute Anhäufung weißer Gers wölbte. Stattdessen schliefen nur wenige Schritte von mir entfernt – wie schwarze Bündel – die Soldaten des Khan. Sie hatten ihre umgekehrten Sättel gegen den kalten Steppenwind aufgereiht und lagen in Gruppen zwischen diesem Windschutz und den niedergebrannten Holzscheiten des gestrigen Feuers. Ich ließ meinen Blick an ihnen vorbeiwandern und sah, dass der Horizont in der Ferne kupferrot wurde und auch eine Reihe schwerer Wolken an deren Rändern färbte. Ein beißender Wind blies über den Boden, er traf mich wie ein Schlag in die Seite und zerzauste Bators Fell. Ein gedämpftes Kauen verriet, dass die Pferde irgendwo weit hinter mir grasten, aber mein Hals war zu steif, als dass ich mich hätte umdrehen können, um nach ihnen zu schauen. Bator kletterte auf meinen Schoß und schob sich dann mit der Nase voraus in mein Del. Zuerst dachte ich, dass er ins Warme wollte, doch dann fiel mir ein, dass er wahrscheinlich die Hammelstreifen roch, die ich gestern dort aufbewahrt hatte.

„Tut mir Leid, Bator", sagte ich und zog den gierigen kleinen Kater wieder raus. „Es ist alles weg." Hartnäckig stieß er weiter mit dem Kopf gegen mein Del. „Da ist nichts drin für dich!", sagte ich traurig und zog wieder an ihm. Bator sprang von meinem Schoß, stolzierte einige Schritte weg und setzte sich dann, um mich giftig anzustarren. Plötzlich stand er auf und lief, den Schwanz hoch erhoben, durch das hohe Gras davon. „Bator!", rief ich leise, weil ich die anderen Soldaten nicht auf mich aufmerksam machen wollte. „Komm zurück! Wir finden schon etwas für dich!" Aber im Gras rührte sich nichts. Ich senkte meinen Kopf auf die Knie und biss mir auf die Lippen.

Was hatte ich nur getan?

Meine Hände tasteten in meinem Del nach dem Goldanhänger. Ich schloss meine Finger um das tröstende Gewicht. „Flügel aus Gold", hatte meine Großmutter gesagt. Sie hatte Recht gehabt. Ich war darauf geflogen. Aber wohin?

Ich schloss die Augen und dachte mich zurück zu jener traumhaften Nacht, als sie mich besuchte. Was hatte sie sonst noch gesagt? Etwas von einem Ort mit zehntausend weißen Stuten. Dort würde ich mein schnelles Pferd finden. Ganz gleich, wie viel Angst ich auch haben mochte; ganz gleich, wie gefährlich die Reise werden würde – ganz gleich, wer auch versuchen würde, mich zu stoppen –, ich musste mein schnelles Pferd finden, ehe ich nach Hause zurückkehren konnte. Und ich musste bei Bayan bleiben. „Verliere sie niemals!" Ich spürte den warmen Atem von Echenkorlo so deutlich in meinem Ohr, als ob sie direkt neben mir knien würde.

Ich musste sofort zu Bayan. Ich musste die Erste sein, die sie sattelte. Nie sollte ein anderer sie reiten. Steif streckte ich meine Arme und Beine und stand auf. Humpelnd ergriff ich meinen Sattel, mein Zaumzeug und die knarrende Satteldecke und ging in Richtung Herde.

Die kalte, kupferrote Sonne ging gerade am Horizont auf, als ich bei den Pferden ankam. Ich keuchte genauso wie Bator. Selbst unter den vielen hundert Pferden war Bayans milchig weißes Fell sofort zu erkennen. Ich bahnte mir meinen Weg durch die Pferde, von denen die meisten von ihren verantwortungsvolleren Reitern an den Vorderbeinen gefesselt worden waren. Ich hatte Glück, dass Bayan beschlossen hatte, vergangene Nacht bei der Herde zu verbringen, anstatt zu galoppieren, wohin es ihr beliebte.

Als ich mich unter dem Hals des letzten Pferdes hindurchduckte, blieb mir fast das Herz stehen vor Schreck: Bayan stand auf nur drei Beinen und graste. Eines ihrer Hinterbeine war hochgebunden, sodass nur die Hufspitze den Boden berührte. Ich ließ alles fallen und bückte mich angstvoll, um mit den Händen das Bein abzutasten, ob es geschwollen war. Bayan schnaubte warnend, doch ehe ich mich umdrehen konnte, packte eine kräftige Hand meine Schulter und drehte mich um.

„Du einbeiniger Schwachkopf! Was tust du hier?“

Ich schaute in das fleischige Gesicht des Kommandanten, der gestern Morgen in unser Ger gekommen war. In seinem stählernen Griff zitterte ich so stark, dass ich nicht antworten konnte.

„Bist du etwa auch noch taub?“, brüllte er. „Was tust du hier?“

Ich schluckte. „Mein Pferd satteln“, krächzte ich.

„Wer hat den Befehl zum Satteln gegeben?“ Er schüttelte mich, als ob ich eine Filzpuppe wäre.

„Niemand“, flüsterte ich.

Mit einem heftigen Stoß schubste der Kommandant mich zu Boden. Bayan schnaubte wieder und machte einen Schritt zur Seite, damit ich nicht unter ihre Hufe kam. „Du wartest auf meinen Befehl zum Satteln“, schrie der Mann. „Dringen diese Worte zu dir vor, du dürrer Sohn eines Schafhirten?“ Er zwickte mich mit seinen dicken, schwieligen Fingern ins Ohr. Ich schrie auf. Mit wachsender Wut wurde die Stimme des Kommandanten lauter. Ich fühlte, wie das Blut aus meinem Gesicht wich. Er ließ mein Ohr los und beugte sich zu mir hinunter, sein stinkendes Gesicht direkt vor meinem schrie er: „Verstehst du mich?“

Mit angehaltenem Atem und erstarrt vor Angst nickte ich. Durch meine zusammengekniffenen Augen sah ich die pockennarbige, fleckige Haut des Mannes, die von schwarzen Mitessern übersät war. Borstige dunkle Haare sprossen auf seinem Kinn. Die nachtschwarzen Augen rollten stürmisch in einer gelben See. So nahe am Gesicht dieses Mannes konnte ich sogar das Ziel erkennen, den dunkelsten Teil der Augen, der wuchs und schwoll wie ein wütender schwarzer Mond. Ich sah, wie das verkrustete Augenlid sich senkte und wieder öffnete, beobachtete, wie der Mond kleiner wurde und wieder wuchs. Der Kommandant blinzelte, murmelte etwas und blinzelte wieder. Dann schlug er mir mit seiner Hand blitzschnell den Hut vom Kopf. „Koke Mongke Tengri!“, rief er und beschwor den großen blauen Himmelsgeist. „Du bist ja ein Mädchen!“

Sprachlos vor Angst konnte ich nur zittern.

Für einen kurzen Augenblick war auch der Kommandant vor Überraschung sprachlos. Aber nur zu bald fegte seine wieder aufflammende Wut das Schweigen hinweg. „Was tust du hier draußen?", brüllte er. „Die Armee des Khan ist kein Platz für ein Mädchen! Wieso rührst du nicht Ayrag am Feuer deines Mannes?"

Schüchtern, mit gesenktem Kinn erwiderte ich: „Ich habe keinen Mann!"

„Warum hilfst du dann nicht deiner Mutter?"

„Ich habe keine Mutter!"

„Koke Mongke Tengri!", rief er erneut und schüttelte den Kopf. Dann richtete er sich auf und befahl mir, auch aufzustehen. „Ich wiederhole meine Frage: Was tust du hier draußen? Warum hast du dich als Soldat verkleidet? Und schau mich an, wenn du mir antwortest, oder ich lasse dir auf der Stelle die Haut abziehen!"

Ich hob mein zitterndes Kinn, brachte es fertig, dem Kommandanten ins verwitterte Gesicht zu schauen und zu antworten: „Sie haben meine Stute gestohlen und ich bleibe bei ihr."

„Deine Stute gestohlen?" Spucke flog mir ins Gesicht. „Ihr habt keine Stuten, keine Schafe, keine Ziegen, keine Kleider auf dem Leib!" Der wütende Mann packte den kurzen Kragen meines Dels, als ob er ihn mir vom Leib reißen wollte. „ All das hier – alles – gehört dem großen Herrscher Kublai Khan. Er nimmt sich, was sein ist, wenn er es braucht. Und nun braucht seine Armee, diese Armee, eben Pferde. Also nehmen wir uns, was dem Khan gehört."

„Dann müssen Sie mich auch nehmen", hörte ich die Worte ruhig aus meinem Mund kommen, obwohl ich im gleichen Augenblick dachte, meine Knie würden vom Zittern einfach einknicken.

Der Kommandant wurde noch wütender. „Damit beweist du nur, dass du wirklich der schwachköpfige Sohn – äh Tochter – eines Schafhirten bist!“, höhnte er. „Habe ich dir nicht gerade eben gesagt, dass kein Mädchen mit dieser Armee reiten wird?“

„Ich werde bei meiner Stute bleiben!“

„Du wirst tun, was ich dir sage!“

Wir sahen beide, dass andere Soldaten vorsichtig näher kamen und auf Befehle warteten. Der Kommandant wirkte nervös. Er senkte seine Stimme – nicht jedoch seine Wut – und sagte drohend: „Wohin du gehst und wann du gehst, bestimme ich. Und ich sage dir, dass du in dem ersten Ger bleiben wirst, an dem wir vorbeikommen, und dich nicht mehr zeigst, bis diese Armee hinter dem Horizont verschwunden ist! Ich lasse dich nur deshalb nicht köpfen, weil ich selbst drei Töchter zu Hause habe und ihre Torheit kenne. Aber wenn du noch ein einziges Wort sagst – nur ein einziges –, dann hast du kein Pferd mehr und keinen Kopf, ehe du deinen Mund wieder zumachen kannst. Hast du mich verstanden? Es reicht, wenn du nickst.“

Ich nickte.

„Dann lege deinen Sattel jetzt auf ein anderes Pferd. Nur ein Idiot reitet das gleiche Tier an zwei Tagen hintereinander. Und du wartest auf mein Kommando zum Aufsitzen!“ Er drehte sich um und stürmte davon.

Ich zitterte so sehr, dass ich mich kaum noch auf den Beinen halten konnte. Bayan schnaubte neben mir, und schon war sie an meiner Seite und rieb ihren Kopf heftig an meiner Schulter. Ich war froh, als ich feststellte, dass sie doch nicht lahmte, sondern fest auf allen vier Beinen stand. Nur um sicherzugehen, tastete ich ihre haarigen Beine ab, aber sie waren alle vier kühl und hart – keine Schwellung. Ich klopfte ihr auf die Kruppe, hob den Filzhut meines Vaters auf und zog ihn mir tief ins Gesicht. Dann sah ich mich nach einem anderen Pferd um, das ich satteln konnte. Die junge Fuchsstute, die mein Vater in Karakorum gekauft hatte, die mit dem wenige Tage alten Fohlen an ihrer Seite, graste nicht weit entfernt. Da sie mir auch vertraut war, bahnte ich mir meinen Weg durch die Pferde und legte ihr das Zaumzeug an. Sie wehrte sich nicht, als ich ihr den Sattel auflegte, sondern graste zufrieden weiter. Als ich mich bückte, um den Sattelgurt unter dem immer noch dicken Bauch der Stute anzuziehen, hörte ich ein gedämpftes, aber eindringliches Miauen hinter mir. Ich blickte über die Schulter und sah Bator auf mich zukommen, den Kopf stolz erhoben, die Ohren entschlossen angelegt. Er schleppte den leblosen Körper eines fetten Ziesels zwischen seinen Beinen. Zum zweiten Mal an diesem Morgen zog ich den kleinen Kater an mich und schloss ihn in die Arme.

Bators unterdrückter Schrei zog die neugierigen Blicke der anderen Soldaten auf uns. Mit dem Rücken zu ihnen nahm ich schnell das tote Ziesel und stopfte es in mein Del. Bator stopfte ich einfach hinterher. Dann saß ich auf, saß aber sofort wieder ab, weil mir die Drohungen des Kommandanten einfielen, und hoffte, dass niemandem die beiden Ausbeulungen in meinem Del auffallen würden, von denen eine sich auch noch bewegte.

Mit den Zügeln in der Hand stand ich neben dem Hals der Stute, beobachtete das Fohlen beim Trinken und wartete. Der Kommandant ritt vorüber. Ich fühlte seinen Blick auf meinem Rücken ganz genau, wagte es aber nicht, mich umzudrehen. Schließlich kam der Befehl zum Aufsitzen. Das Leder krachte laut, als über hundert Soldaten in den Sattel stiegen – und ich war dabei.

Dann warteten wir, während der Kommandant auf und ab ritt und die Männer in Zehnergruppen einteilte. Jede dieser Gruppen hatte ihren Anführer, doch dieser hitzige Mann, der mein Geheimnis kannte, hatte das Oberkommando. Als er an mir vorüberritt, duckte ich mich und versuchte so schüchtern wie möglich dreinzuschauen.

„Du reitest im neunten Arban, direkt vor den Pferden", schrie er und zeigte auf mich. Die Augen geradeaus ritt er weiter, während ich die Fuchsstute zur Herde lenkte. Das Fohlen trottete neben uns her.

Das neunte Arban – ein gutes Zeichen, dachte ich. Als ich an dem Arban vorüberritt, in dem die anderen Mitglieder meines Ails waren, hielt ich mein Gesicht bedeckt. Ich hoffte, sie würden mich für meinen Stiefbruder halten. Alle wussten, dass er scheu war und allen Unterhaltungen lieber aus dem Weg ging. Sicherlich würde niemand ausgerechnet jetzt nach mir rufen!

Freudige Erregung stieg in mir hoch. Ich war immer noch bei Bayan, ich hatte Bator wieder und ich hatte ein Mittagessen an meinem Bauch liegen – das ich mir später einverleiben würde. Außerdem war Neun eine Glückszahl. Es konnte nicht so schwer sein, mein schnelles Pferd zu finden und triumphierend wieder nach Hause zurückzukehren!

Ich legte meine Hand von außen auf die Tasche, in der der Anhänger mit dem geflügelten Pferd steckte, mit dem das ganze Abenteuer überhaupt erst angefangen hatte. Ich begann wirklich daran zu glauben, dass sich das Blatt gewendet hatte, dass das Glück des geflügelten Pferdes das Unheil, das ich wegen meines verkrüppelten Beines mit mir herumtrug, überwog. Deshalb seufzte ich an diesem kalten Frühlingsmorgen – weit weg von zu Hause, umgeben von Fremden, die sich nichts aus mir machten – glücklich.

Das Glück, das in der Steppe lauert

Auf den Befehl loszureiten, stampften tausend Hufe über den gefrorenen Boden. Bator hörte auf, sich zu winden. Ich nahm an, dass er schlief, und hoffte, dass er nicht anfing, an dem Ziesel zu knabbern. Ich zog eine Grimasse bei der Vorstellung, den ganzen Tag im Sattel auf und ab zu federn, während Blut und Innereien im meinem Del zermatschten.

An diesem Morgen war das Tempo nicht so schnell wie am Tag zuvor. Ich nahm an, dass der Kommandant gestern einen möglichst großen Abstand zwischen seine neuen Soldaten und deren Ail legen wollte. Aber um mich hätte er sich keine Sorgen machen müssen. Mein Herz flog den Pferden voraus.

Jetzt wirst du mich wahrscheinlich fragen, ob ich meinen Vater nicht vermisst habe. Und ich muss gestehen: Ja, ich vermisste ihn. Aber unser Verhältnis war seit dem Abend schon nicht mehr so eng, an dem er mir die silbernen Ohrringe gegeben hatte – der Preis, der mich aus unserem Ger vertreiben würde. Und es war richtig, dass ich gehen sollte. Der geflügelte Goldanhänger hatte mir den Weg gewiesen.

Den ganzen Tag galoppierte der finster dreinblickende Kommandant hin und her und inspizierte seine Soldaten. Da ich in dem Arban direkt vor den Ersatzpferden ritt, konnte ich über die Schulter immer wieder einen Blick auf Bayan werfen. Es sah so aus, als ginge sie leicht und mühelos, den Hals gestreckt im schwingenden Trab. Einige der anderen Pferde, besonders jene, die am Tag zuvor sehr hart geritten worden waren, gingen langsamer, und die Soldaten, die hinter ihnen ritten, mussten sie mit Stöcken schlagen, um sie wieder zur Herde zu treiben. Mir blutete das Herz, als ich sah, wie ein alter leberfarbener Wallach mit geblähten Nüstern unter den Schlägen zitterte und sich schließlich weigerte weiterzugehen.

Mit lauten Flüchen ritten die Soldaten schließlich um ihn herum, schlossen zur Herde auf und überließen den Wallach seinem Schicksal.

Das Seltsamste an den Tagen, die ich mit den Soldaten ritt, war die Steppe. Solange ich mich erinnern konnte, hatte das Gras vor Wild erzittert. Aber in diesem Frühling war es unheimlich still. Jeden Nachmittag sandte der Kommandant Jäger aus, um Wild zu jagen. Doch jedes Mal kamen sie mit leeren Händen wieder, zuckten mit den Schultern und murmelten etwas von Pech und Unheil. Die hungrigen Soldaten begannen zu murren. Als das gepökelte Fleisch und die getrocknete Stutenmilch aufgebraucht waren, nahmen sie – zu meinem Grauen – ihre Messer und schlitzten eben jenen Pferden, die sie ritten, in den Hals. Ich musste den Blick abwenden beim Anblick der gierigen Lippen, die das austretende Blut saugten. Dann wischten sie sich mit dem Ärmel über den Mund, pressten mit ihren schmutzigen Händen die Wunde kurz zusammen, schwangen sich wieder in den Sattel und gaben ihrer „Mahlzeit“, die gleichzeitig auch ihr Reittier war, die Sporen.

Eines grauen Morgens erblickten wir eine Herde Saigas auf einem Hügel. Unter den Männern brach sogleich Jubel aus. Der Kommandant ließ die Arbans geräuschlos hinter seinem erhobenen Arm anhalten, während sich eine Gruppe Jäger an die Herde anschlich. Plötzlich – ohne auch nur einen einzigen Pfeil abgeschossen zu haben – wendeten sie und galoppierten zurück. Mit aschfarbenen Gesichtern blickten die Jäger immer wieder über ihre Schultern und deuteten mit den Fingern nervös zum Himmel und zur Erde. Als wir näher kamen, sahen wir weshalb. Die Antilopenherde, die wir entdeckt hatten, war eine Herde von Leichen, die hohlen Überreste von ungefähr tausend Tieren, die im letzten Winter verhungert waren. Keiner sprach ein Wort, als wir unsere Pferde in einem weiten Bogen um die verwesenden Körper herumführten. Nur wenige von ihnen waren von Raubtieren angefressen worden. Da ich fürchtete, dass das Unheil der Toten, die hier so zahlreich lagen, mich anspringen könnte, griff ich nach dem goldenen Anhänger und presste ihn so fest, dass Blut aus meiner Handfläche tropfte. Jene Soldaten, die Stutenmilch hatten, spritzten einige Tropfen davon in den Himmel und auf die Erde.

Sobald der letzte Arban an der schweigenden Herde vorübergezogen war, gab der Kommandant den Befehl zu galoppieren. Und wir galoppierten! Wir schlugen den Pferden unsere Hacken in die Seiten und rasten in wilder Jagd davon, um den nächsten Hügel zu erreichen. Und dann den nächsten und den übernächsten. Die Angst gebar Verwirrung, die Arbans fransten aus und vermischten sich. Selbst einige der Ersatzpferde brachen aus und überholten die Pferde, die Reiter trugen. Du kannst dir meine Überraschung vorstellen, als Bayans weiße Nase an meinem Knie vorbeizog. Die Ohren angelegt, die Augen schwarz, sauste die Stute an mir vorbei. Ihre Hufe rissen das Gras auf, als sie den Reiter vor mir einholte, ihn überholte und den Reiter davor in Angriff nahm. Auch andere drehten sich um und beobachteten sie, und in mir mischten sich Stolz und Erstaunen. Gerade als Bayan schon fast die Leitpferde eingeholt hatte, befahl der Kommandant anzuhalten. Am Maul seines Pferdes reißend trabte er auf und ab, beorderte seine Soldaten wieder in ihre Arbans und befahl, dass die Ersatzpferde eingefangen werden sollten. Als Bayan an mir vorüber geführt wurde, sah ich, dass ihre weißen Seiten sich heftig hoben und senkten und ihre Nüstern rot leuchteten. Aber ich schwöre bei Tengri, dass sie genau in diesem Augenblick den Kopf wendete und zwinkerte.

So viele Fragen schossen mir durch den Kopf. Konnte Bayan tatsächlich Rennen laufen? Schließlich hatte sie eben die vordersten Pferde herausgefordert, oder? Aber ich fürchtete, dass sie zu alt war. Und selbst wenn sie nicht mehr lahmte, war sie doch nicht kräftig genug, um auf dem Festival-Rennen zu galoppieren, auf dem die Pferdebeine einen halben Vormittag lang über harten Boden hämmern mussten, ehe sie die Ziellinie erreichten.

Noch ehe meine Gedanken aufhörten sich zu jagen, sogar ehe sich der Atem der Reitpferde wieder beruhigt hatte, befahl der Kommandant uns einen scharfen Trab. Die müden Pferde setzten sich mit wenig Begeisterung wieder in Bewegung, doch die Reiter – ich eingeschlossen – drängten sie mit Händen und Fersen vorwärts. Wir alle wollten so schnell wie möglich diesen toten, unheimlichen Ort in der

Steppe hinter uns lassen. Wir ritten bis tief in die Nacht und standen noch im Dunkeln wieder auf, um weiterzuhasten.

Das Licht, das schließlich die leere Graslandschaft beschien, kam von einer blassen und mit einem kalten Schleier verhangenen Sonne. Unerklärlich plötzlich kam ein knochentrockener Wind auf, der so heftig blies, dass die Pferde ihre Köpfe senken und sich dagegenstemmen mussten. Die dicken Mähnen und Schweife peitschten wild durch die Luft, die Dels flatterten und Hüte flogen davon. Meine Augen tränten so stark, dass ich mir den Hut meines Vaters tief ins Gesicht zog und lieber durch die Wolfshaarfransen hindurchblinzelte. Die stürmische Kälte drang selbst durch das gefütterte Del meines Stiefbruders, und ich war sehr dankbar, dass Bator als warmes Klümpchen an meinem Bauch lag.

Gegen Mittag – der heimtückische Wind tobte immer noch voller Wut – kamen wir zu einem flachen Teich und der Kommandant befahl zu halten, damit die Pferde rasten und trinken konnten. Für gewöhnlich stiegen die Soldaten und ich ab, um uns auch die Füße zu vertreten, doch heute blieben wir in unsere Sättel geduckt, zu durchgefroren, um uns zu bewegen. Ich ließ die Zügel fahren, sodass das Pferd, das ich ritt, eine mehlfarbene Stute mit hellbrauner Zeichnung an den Beinen, ihren Kopf zum Wasser beugen konnte. Der starke Wind blies weiße Schaummonde über die Wasseroberfläche und trieb kleine Wellen an die Hufe der Pferde. Auf einmal schnaubte die Stute und sprang zur Seite. Fast wäre ich aus dem Sattel gefallen. Als ich dorthin sah, wo sie gerade noch gestanden hatte, erblickte ich einen silbrig schwarzen Fisch am schlammigen Ufer. Ein lautes

Gemurmel rollte wie eine Welle über die anderen Reiter. Und als ich meinen Kopf hob, sah ich, dass der Wind überall am Ufer des Teiches die Fische aus dem Wasser gehoben und auf das Ufer geschleudert hatte. Die silbrigen Körper bogen sich nun, sprangen und klatschten hilflos im Schlamm. Einige wurden sogar bis auf die Steppe hinausgeweht und verschwanden im hohen Gras. Als das Murmeln an meine Ohren drang, hörte ich immer wieder das Wort *Unheil.* Es sei ein böses Omen, dass die Fische versuchten auf dem Land zu schwimmen, sagten die Männer. Und vielleicht sei ja gar nicht diese Gegend verflucht, vielleicht ritt unter ihnen etwas Unheilvolles?

Die allgemeine Aufmerksamkeit richtete sich ganz schnell auf die Mitglieder meines Ails, weil wir die neuesten Soldaten waren, und es wurde geflüstert, dass sicher einer von uns Unheil in sich trüge. Mein Puls raste. Ich sackte in mich zusammen und versuchte, so klein und unauffällig wie möglich auf dem Rücken der mehlfarbenen Stute zu sitzen.

Der Kommandant kam das schlammige Ufer entlanggeritten. Sein schwarzes Pferd tänzelte schnaubend gegen den Wind und die festen Zügel. Nervös gab der Mann den Befehl weiterzuziehen. Die Soldaten fanden sich wieder zu ihren Zehnergruppen zusammen. Ich reihte mich mit meinem Pferd auch wieder ein. Als ich an dem Befehlshaber vorüberritt, lehnte er sich vor und starrte mich an.

„Was versteckst du da?“, fragte er und deutete auf die Ausbeulung in meinem Del. Ich tat so, als hätte ich ihn nicht gehört, und gab meiner Stute die Sporen, um wieder zu meinem Arban zu gelangen. Aber der Kommandant preschte an meine Seite und schob die Schulter seines Pferdes gegen meine Stute, sodass sie stehen blieb.

„Du bist also nicht nur verkrüppelt, sondern auch noch taub?", höhnte er. „Hörst du mich?"

Mir war übel vor Angst und ich antwortete mit piepsiger Stimme: „Es ist mein Kater."

„Was?", schrie er. „Hast du Kater gesagt? Ein Kater! Koke Mongke Tengri! Ein Kater!" Er schlug sich mit der Hand an die Stirn – auf die gleiche Art, wie mein Vater – und der Schatten eines Lächelns stahl sich um meine Lippen. „Koke Mongke Tengri!", fuhr er fort. „Zuerst ein Krüppel, der sich als Mädchen entpuppt, das dann auch noch einen Kater unter dem Del hat! Ich hätte niemals in euerem kümmerlichen Ail anhalten sollen. Was war nur in mich gefahren? Und weshalb habe ich diese verrückte weiße Stute mitgenommen, die sowieso schon zu viele Winter gesehen hat!" Er streckte sein Kinn vor und blinzelte mich aus seinen gelblichen Augen an. „Was ist so Besonderes an dieser Stute, dass ein Mädchen seine Katze nimmt und ihr in diesem fürchterlichen Wetter folgt? Verrate es mir!"

Ich habe sowieso nichts zu verlieren, dachte ich. Mein Leben liegt ohnehin schon in den Händen dieses hässlichen Mannes. Ich blickte ihn an und sagte einfach: „Sie spricht zu mir."

„Ein Tier spricht zu dir? Koke Mongke Tengri, du bist wohl wirklich schwachsinnig!" Als er sein Pferd wendete, sah ich, dass sein Gesicht einen fast ängstlichen Ausdruck bekam. „Oder bist du etwa eine Art Schamanin?" Seine Augen wanderten schnell über meine Kleidung, meinen Lederbeutel, meine Hände. „Kannst du das Wetter ändern?

Hast du das gemacht, dass die Fische auf dem Land schwimmen?“ Ohne eine Antwort abzuwarten, schüttelte er den Kopf. „So schlechtes Wetter habe ich lange nicht mehr gesehen, ehe wir euer Ail besucht haben.“ Er murmelte etwas, das ich nicht verstand, Worte, die klangen wie: „Mein Glücksanhänger!“ Er drückte seine Fersen in die Flanken des Pferdes und galoppierte zurück an die Spitze der Soldaten. Der Wind trug mir seine letzten Worte zu: „Alles geht schief, seitdem ich meinen Glücksanhänger verloren habe.“

In dem Augenblick lag das geflügelte goldene Pferd schwer in meiner Tasche. Es stimmte also! Das fliegende Pferd brachte tatsächlich Glück und nun trug ich es! Ich wusste, dass ich es eigentlich zurückgeben sollte. Aber als ich es mit meiner kalten, vom Wind geröteten Hand von außen tätschelte, wusste ich, dass ich es nie mehr aus der Hand geben würde. Ich fasste in mein Del und streichelte Bators Kopf. Ich tastete an Bator vorbei nach dem mittlerweile steifen Körper eines weiteren Ziesel, den er erjagt hatte. Bator und ich würden heute wieder Fleisch essen.

Als die Sonne unterging, ließ auch der Wind nach. Die Stille nach dem betäubenden Wüten des Windes war jetzt doppelt unheimlich, und wieder sprach niemand, während wir in Richtung Norden ritten. Unsere Kehlen waren schmerzhaft trocken und die Haut an Händen und Füßen war aufgesprungen, als wir endlich unser Nachtlager aufschlugen.

Ich hatte mir angewöhnt, abseits der anderen neben meinem eigenen kleinen Feuer zu schlafen, und das störte niemanden.

Obgleich ich so noch stärker unter der nächtlichen Kälte litt, wollte ich es unter allen Umständen vermeiden, erkannt zu werden. Und an jenem Abend erlaubte mir die Entfernung zu den anderen, den gehäuteten Ziesel an einem Stock über die Glut zu halten, während viele andere Soldaten sich mit einer Schale schwachen Tees begnügen mussten. Bator hatte sich in meinen umgestülpten Sattel gekuschelt und seine grünen Augen glühten, während er beobachtete, wie der Ziesel schwarz wurde.

An diesem Abend kam mir Echenkorlos Warnung wieder in den Sinn: „Folge deinem Herzen … Suche dir deinen eigenen Weg."

Wir waren nach Osten geritten, aber heute hatten wir uns Richtung Norden gewandt. Ich wusste, dass ich mein schnelles Pferd dort nicht finden würde. Und ich war mir immer noch nicht sicher, ob Bayan stark genug für das lange Rennen war. Ihr Sprint von gestern hatte sie nicht lahm gemacht. Aber die Verlockung von zehntausend weißen Stuten war groß und ich wollte weitersuchen. Nachdem ich das Fleisch von den Knochen des Ziesels genagt hatte, wälzte ich mich unruhig auf dem Boden hin und her. Mein Herz zog mich in die eine Richtung, der Kommandant des Khan zwang mich in eine andere.

Am nächsten Morgen schien die Sonne hell und ungetrübt und erwärmte die Lebensgeister von Menschen und Pferden gleichermaßen. Bayan musste mittlerweile wieder etwas ausgeruhter sein, und noch ehe ich mich unter meiner Satteldecke hervorgeschält hatte, beschloss ich, dass ich sie heute wieder reiten würde, um ihr Durchhaltevermögen zu testen.

Doch als ich mit meinem Sattel zur Herde ging, sah ich, dass schon ein anderer Soldat versuchte ihr das Gebiss ins Maul zu zwingen. Bayan wehrte sich und warf ihren Kopf immer wieder hoch. Der Soldat trat sie in den Bauch. Das Geräusch von Knochen, der auf Knochen splittert, peitschte durch den Morgen, als Bayan ihren Kopf fest gegen das Gesicht des Soldaten schwang. Die brutale Antwort ließ nicht lange auf sich warten: Die Faust des Soldaten flog durch die Luft und boxte auf ihre weiche Nase. Noch ehe er seine Faust wieder gesenkt hatte, schob ich meinen kleinen Körper zwischen ihn und Bayan.

„Halt!", schrie ich. Ohne mich eines Blickes zu würdigen, stieß der Soldat mich zu Boden und warf Bayan wieder das Zaumzeug über den Kopf und schlug das metallene Gebiss gegen ihre zusammengebissenen Zähne.

In meiner Heimat ist das Ringen eine Kunst, eine viel bewunderte Fertigkeit, die jeder Junge beherrscht. Ich hatte es natürlich nicht gelernt und weiß nicht, ob mein nächster Zug wirklich klug war. Aber er wirkte. Aus der Hocke warf ich mich mit meinem ganzen Gewicht gegen die Beine des Soldaten, so fest, dass er mit einem überraschten Grunzen zu Boden fiel. Bayan trabte ein Stück weiter, sodass ich alleine war, Auge in Auge mit einem wütenden Mann, der doppelt so groß war wie ich. Auf allen vieren versuchte ich mich rückwärts davonzumachen und stieß gegen hohe, harte Stiefel.

„Was ist denn hier los?" Ich erkannte sofort die bellende Stimme des Kommandanten und sprang auf die Füße. Der wütende Soldat stotterte: „Dieser magere, kleine …", doch der Kommandant unterbrach ihn. „Ruhe!", donnerte er.

„Spar dir deine Kampfkraft für den Feind. Und jetzt sucht ihr euch beide andere Pferde und sattelt sie, ehe ich …"

„Kommandant!", rief eine Stimme aus der Ferne. „Kommandant!" Wir drehten uns um und sahen, dass ein junger Mann in einem ziemlich zerrissenen Del auf uns zuhumpelte. Er führte einen muskulösen Braunen mit einer weißen Blesse und drei weißen Socken, der ebenso hinkte, und trug zwei Ziegenledertaschen.

Es dauerte eine Weile, bis die beiden uns erreicht hatten. In der Zwischenzeit verschwand der wütende Soldat, um sich ein anderes Pferd zu satteln. Ich ging eigensinnig auf Bayan zu, die mir schon entgegenkam. So blieb ich in der Nähe und konnte hören, was der junge Mann zu sagen hatte, während ich sie aufzäumte.

„Kommandant", begann er, als er den Soldatenführer erreicht hatte. „Ich bin ein Pfeilreiter für den Kublai Khan. Mein Pferd ist auf dem Schieferhang hinter diesem Hügel ausgeglitten und ich fürchte, wir haben uns beide dabei Knochen gebrochen." Ich sah nun, dass der junge Mann eine Schulter höher gezogen hatte als die andere und dass er seinen Arm starr an seine Seite gepresst hielt. „Im Namen des Khan bitte ich Euch, sendet euer bestes Pferd und Euren besten Reiter an meiner Statt – zumindest bis zur nächsten Pfeilstation."

„Wie weit ist es bis zur nächsten Station?", fragte der Kommandant.

„Nicht weiter als ein Tagesritt – geradewegs auf diesen Pass in den Hentei Bergen zu." Der Pfeilreiter deutete mit seinem Kinn vorsichtig in Richtung der blauen Berge am Horizont.

„Ich werde reiten!“, bot ein großer, angeberischer Soldat sich an und führte sein unterernährtes Pferd neben den Kommandanten.

Der Befehlshaber der Soldaten antwortete ihm nicht. „Gib mir die Paiza und die Botschaft“, befahl er dem jungen Mann.

Der Pfeilreiter löste ein dickes Goldmedaillon von der Größe einer Männerhand, das er an einem Band um die Hüfte trug, und auch einen kleinen Lederbeutel, der an einem anderen Band befestigt und in seiner Kleidung versteckt war. Unverzüglich kam der Kommandant einige Schritte auf mich zu. Ich stand neben der gesattelten und aufgezäumten Bayan. Er steckte das dünnere Seil durch eine Öffnung meines Dels und sicherte den Beutel an meinem nackten Bauch. Dann befestigte er das Goldmedaillon lose um meine Hüfte.

„Häh?“, rief der angeberische Soldat aus.

„Kommandant, seid Ihr sicher, dass …“, begann der verletzte Pfeilreiter.

„Diese Stute kann rennen“, unterbrach der ihn brüsk, „und dieser hier kann reiten wie kein Zweiter. Außerdem, wenn ich die beiden wegschicke, löst das unser beider Probleme.“

Als er einen zweiten Knoten band, streifte seine haarige Hand das goldene Gewicht in meiner Tasche. „Was ist das?“, fragte er, griff ungeniert hinein und zog den goldenen Anhänger ans Licht. „Das ist doch meiner!“, rief er. „Du hast ihn mir gestohlen!“

„Nein!“, rief ich und schüttelte energisch den Kopf. „Ich habe ihn gefunden – auf dem Boden meines Gers!“

„Und warum hast du ihn mir dann nicht zurückgegeben?“

Ich wusste nicht, was ich antworten sollte, denn er hatte ja Recht. Mit einem sehnsüchtigen Blick auf das geflügelte Pferd in seiner Hand flüsterte ich: „Ist es wahr, dass es seinem Besitzer Glück bringt?“

Ein seltsamer Blick leuchtete in den Augen des Kommandanten auf. Er schob den Goldanhänger zurück in meine Tasche, hob die Ziegenledertaschen von dem verletzten Braunen und legte sie über Bayans Sattel. Mit einem kurzen Blick in mein Gesicht sagte er: „Liefere diese Taschen ab, und dann möge das Glück des geflügelten Pferdes dich sicher nach Hause geleiten. Dein Vater wird dich vermissen.“ Seine raue Hand umklammerte kurz meine Schulter und dann hob er mich in den Sattel. Er gab Bayan einen Klaps auf die Kruppe, sodass sie einen Satz nach vorne machte. Aber ich zügelte sie.

Ich beugte mich hinunter zum Ohr des Kommandanten und flüsterte: „Aber ich kann noch nicht gehen, meine Katze …“

Wut kochte in dem Mann hoch und entlud sich in einem Fußtritt in Bayans Hinterteil. Sie legte die Ohren an und bockte.

„Kommandant!“, sagte der Pfeilreiter nervös, „dieser Reiter erscheint mir nicht geeignet. Ich bin sicher, es ist Euch bewusst, dass die Wünsche des Khan nicht zu erfüllen – und zwar eilig – den Tod bedeutet! Vielleicht habt Ihr doch einen anderen …“ Er brach ab.

Der Kommandant war jetzt neben mir und riss so fest an den Zügeln, dass Bayans Maul vor Schmerz seitlich offen stand. „Du reitest! Sofort!“, donnerte er. „Reite zu diesen Bergen und schau dich nicht um, oder – Tengri sei meine Zeugin – ich werde dir und deiner Stute das Fell abziehen!“ Er gab die Zügel frei und trat Bayan noch einmal. Diesmal beugte ich mich über ihren Hals und ließ sie galoppieren, so schnell sie konnte.

Wölfe im Wasser

Die Blicke der Soldaten stachen mir wie Pfeile in den Rücken. Ich wollte auf Bator warten, doch die drohenden Worte des verletzten Reiters dröhnten mir in den Ohren, während ich ritt: „… dass die Wünsche des Khan nicht zu erfüllen – und zwar eilig – den Tod bedeutet!“

Als Bayan ihr Tempo verlangsamte, um eine steinige Böschung hinabzuklettern, spürte ich einen stechenden Schmerz im meiner Wade. Ein Pfeil!, dachte ich. Jemand schießt auf uns! Meine Hand tastete nach Blut und fand Fell. Ich blickte hinab und sah Bator, der sich mit wildem Blick an meinem Hosenbein festklammerte, seine Hinterbeine strampelten in der Luft. Ich packte ihn im Nacken und hob ihn in meinen Schoß. Mit einer Hand hielt ich ihn fest, beugte mich über Bayans Hals und spornte sie wieder an. Ich betete, dass ihr schwaches Bein der Belastung standhalten möge.

Erst als wir eine große Entfernung zwischen uns und die Soldaten des Khan gelegt hatten, zügelte ich die alte Stute zu einem langsameren Tempo. Ihr Trab schien etwas unregelmäßig und mir fiel auf, dass sie bei jedem Schritt den Kopf ruckartig bewegte – kein gutes Zeichen. Besorgt parierte ich zum Schritt durch. Während Bayan wieder zu

Atem kam, suchte ich am Horizont nach dem wegweisenden Pass. Da sah ich ihn ein bisschen südöstlich: Ich war wieder auf dem richtigen Weg zu meinem starken und schnellen Pferd.

Doch offenbar wollten die Götter an diesem Tag prüfen, wie stark mein Verlangen war.

Am späten Morgen zogen schwarze Wolken auf und schütteten Sack für Sack Regen über unseren Köpfen aus. Bayan musste sich ihren Weg sehr vorsichtig suchen, denn die Steppe hatte sich in glitschigen Schlamm verwandelt. Bald stand so viel Wasser auf dem Boden, dass es mir vorkam, als durchquerten wir einen endlosen See. Ich hob den Kopf und stöhnte: Der Pass in den Bergen war verschwunden.

Der Sturm war vorübergezogen und ließ tief hängende Wolken und einen scharfen Wind zurück. Frierend, nass und zitternd folgten wir einem Fluss zu den Bergen. Schlammiges, braunes Wasser war über die Ufer getreten und hatte den Weg überschwemmt, aber Bayan kämpfte sich unverdrossen weiter vorwärts.

Als schließlich eine funkelnde Sonne zwischen den fliehenden Wolken hervorbrach und die Berge beschien, kam es uns vor, als seien sie plötzlich direkt vor uns aufgestiegen. Bayan blieb stehen und stampfte ungeduldig mit den Hufen: Wo lang?

Im Sattel zusammengesunken und nass bis auf die Knochen sah ich mich um. Die Berge stiegen so nahe vor uns auf, dass ich nicht einmal ihre Gipfel sehen konnte. Überall floss Wasser. Wir hatten uns hoffnungslos verirrt. Die Soldaten hatten Recht gehabt, dachte ich. Das Unheil war unter ihnen geritten. Und indem sie mich ausgeschlossen haben, hatten sie sich unwissentlich auch davon befreit. Aber wie es schien, würde das Unheil für immer an mir kleben, an mich geklammert für immer und ewig.

Oder nicht? Mit klammen Fingern tastete ich in mein nasses Del, fand den goldenen Anhänger und nahm ihn in die Hand. Mit geschlossenen Augen wünschte ich mir, dass ich zur Pfeilstation geführt würde, und gab Bayan die Sporen. Sie schritt aus, zunächst unsicher, dann lehnte sie sich plötzlich nach vorn und fiel in einen laut platschenden, ausgreifenden Galopp.

Ich öffnete die Augen und schrie auf. An meiner rechten Ferse lief mit hechelnd roter Zunge ein Wolf. Die Reise war zu Ende. Wir waren so gut wie tot! Ich kniff die Augen zu und wartete auf den ersten Biss der scharfen Zähne.

Aber der kam nicht. Ich blinzelte durch halb geöffnete Lider. Jetzt waren es drei Wölfe. Und ein weiterer rannte über die Steppe. Doch die gelbäugigen Tiere wandten sich nicht gegen uns. Und Bayan schien eher mit ihnen zu rennen als vor ihnen zu fliehen.

Plötzlich fiel mir der silberne Wolf ein, der damals auf dem Weg nach Karakorum unseren Weg gekreuzt und unserer Reise Glück beschert hatte. Brachten diese Wölfe uns nun auch Glück? Führten diese Jäger uns?

Die Wasserfluten schimmerten in einem feurigen Orange, als die Sonne zu sinken begann. Wir galoppierten auf hohe Bäume zu, und Bayans Hufschläge wurden von Schlamm und herabgefallenen Blättern gedämpft. Seltsam, ich glaubte Musik zu hören. Ich zügelte Bayan, um besser zu hören. Aus irgendeinem Grund wählte Bator genau diesen Augenblick, um aus meinem Del zu krabbeln und zu Boden zu springen. Als ich nach unten blickte, waren sowohl Bator als auch die Wölfe verschwunden.

„Wo sind die Wölfe hin?"

„Ich weiß es nicht. Es schien fast, als hätten sie sich in Luft aufgelöst, als seien sie zu Schatten zwischen den Bäumen geworden."

„Und die Musik?"

Lächelnd lehnte sich die alte Frau an die Stallwand und seufzte.

„Die Morinkhour", sagte sie. „Die Pferdemusik. Ich glaube, ihr kennt dieses Instrument in diesem Land hier nicht. Könnt ihr ja auch gar nicht, denn es entstand aus der Liebe unseres Volkes zu den Pferden. Es wird erzählt, dass vor langer, langer Zeit das Lieblingspferd eines Edelmannes starb. Er war so traurig, dass er Haare aus dem Schweif des Pferdes für Saiten und einen Bogen ausriss. Und dann fertigte er aus dem allerbesten Holz die Morinkhour und schnitzte das Antlitz seines Pferdes in den Kopf des Instrumentes. Als der Edelmann den Bogen über die Saiten führte, hörte er in ihrer Musik das melodiöse Wiehern seines Pferdes. Er erkannte das Rauschen der vielen Flüsse wieder, durch die sie auf ihren Ausritten gewatet waren, und das Summen des Windes, der sie auf ihren Reisen begleitet hatte. Auf diese Weise würde er sich immer an seinen besten Freund erinnern."

Die dickbauchige Stute, die wieder ihre rastlosen Kreise im Stall zog, blieb einen Augenblick stehen, nickte heftig mit dem Kopf und wieherte nachdrücklich. Die beiden

Menschen in ihrer Ecke lächelten. Das Mädchen stellte eine weitere Frage.

„Woher kam die Musik?"

„Von der Pfeilstation. Die Wölfe hatten uns hingeführt. Die Station wurde von einer Frau geführt, die ebenso merkwürdig wie dick war. Einer Frau, die, wie ich glaube, mich sowohl geliebt als auch gehasst hat."

Das fette Weib mit den schnellen Pferden

Die Frau, die an diesem Nachmittag ihren Kopf durch die Türöffnung streckte, war die dickste Frau, die ich jemals gesehen hatte.

Ich begegnete ihren hochgezogenen Augenbrauen mit einem zähneklappernden Gruß: „Sain Bainu?“, sagte ich – wie geht es dir?

„So was, so was, so was!“, murmelte sie und ihre Gestalt füllte die Tür. Sie klickte ebenso mit der Zunge, wie meine Mutter das immer getan hat. „Ich habe deine Glocken nicht gehört, junger Mann. Du und dein Pferd, ihr seid so leise zu meiner Türschwelle geschlichen wie Füchse!“ Ihre massigen Schultern zwängten sich durch die schmale Tür und einen Augenblick lang fürchtete ich, wenn sie einen Schritt vorwärts täte, hätte sie die gesamte Station auf dem Rücken. Aber es gelang ihr, das Gewicht zu verlagern. Sie hob ihren Kopf aus den weichen Fettringen ihres Halses und rief: „Delger! Ein Pfeilreiter! Bring den Braunen!!“

Seidenwellen, gefärbt wie reife Beeren, raschelten, als sie sich umdrehte. Mir fiel die feine Stickerei auf. Wie lange mochte ein armes Mädchen wohl über dem Stoff gekauert haben, um diese Stoffmenge zu besticken? Blasse Korallenohrringe, viel zu fein für jeden Tag, baumelten der Frau auf die hängenden Schultern. Gerade als meine Augen hinab zu den farbigen Schuhen an ihren Füßen gewandert waren, die überraschenderweise kaum größer waren als meine, wandte sie sich mir wieder zu. Ich verbarg mein Interesse an ihrer aufwendigen Kleidung, band das schwere Goldmedaillon mit den eingravierten Schriftzeichen von meiner Hüfte und beugte mich vor, um es ihr zu reichen. Ihre fleischigen Augenlider flatterten vor Überraschung.

„Ein Reiter vom Khan persönlich!" Ihre Lippen schienen diese Worte mit offensichtlicher Freude zu schmecken. Dann schossen ihre kleinen braunen Augen zurück zu mir und ich senkte mein Kinn in den Kragen und hoffte, dass ich verbergen konnte, wer ich wirklich war.

„Verzeih mir, junger Mann!" Die Frau verlagerte ihr Gewicht von einem Fuß auf den anderen und grinste. „Du musst verstehen, dass du eine echte Überraschung für uns bist. Die Pfeilreiter des Khan kommen selten so weit hier raus. Meistens sehen wir hier nur jemanden, wenn Hirten einen Schamanen suchen, Soldaten Vorräte brauchen oder zwei Stämme eine Hochzeit ankündigen." In dem Augenblick führte ein breitschultriger Junge ein rotbraunes Pferd um die Ecke, gesattelt und aufgezäumt. Bayan wieherte und der Rotbraune antwortete. Ohne Pause fuhr die Frau fort: „Und eine Hochzeitsankündigung ist ganz genau die Nachricht, die ich gerne hören würde, nicht wahr, Delger?" Der Junge rollte mit den Augen. Er reichte seiner Mutter die Zügel und überprüfte schweigend den Sattelgurt.

Kichernd tätschelte die Frau mit ihrer bärigen Pranke den Rücken ihres Sohnes. Dann gab sie mir das goldene Medaillon zurück und erklärte mir, wie ich zur nächsten

Pfeilstation gelangen würde. „Hier", sagte sie, „siehst du den Pfad am Fluss entlang? Dem folge durch das Dickicht und hinauf in die Berge, bis du … he", sie schlug mit den Zügeln an meine Schenkel. „Spring runter! Die Angelegenheiten des Khan dulden keinen Aufschub. Und auch wenn dieser Braune klein aussehen mag, er wird dich rasch wie ein Fluss tragen und so bequem, als ob du auf dem Wasser gleitest. Also, wenn du zu der Lichtung gelangst …" Meine Ohren folgten ihren Ausführungen nicht mehr, denn ich hatte plötzlich begriffen, dass sie erwartete, ich würde Bayan hier zurücklassen und mit ihrem Pferd weiterreiten. Ich sah, wie die Frau mit ihrem dicken Finger in Richtung Dickicht deutete, aber das panische Klopfen meines Herzens erstickte den Klang ihrer Worte. Nein, dachte ich, ich kann Bayan nicht hier lassen. Niemals!

„Nein!", rief die Frau plötzlich und klatschte in die Hände. „Auch wenn die goldene Paiza leuchtet wie die Sonne, so kann sie doch nicht die Dunkelheit erhellen, oder?" Sie drehte sich um und schlug nun die Zügel ungeduldig gegen den Arm ihres Sohnes. Ohne ein Wort nahm er sie wieder und drückte den Braunen zur Seite.

„Du ruhst dich heute Nacht hier erst einmal aus, junger Mann!", ordnete die Frau an. Vorsichtig verlagerte sie ihr Gewicht nach vorn, kniff die Augen zu und begutachtete mit ihren in Fettfalten eingebetteten Augen Bayans Beine. „So wie deine Stute aussieht, könnte sie auch eine Rast vertragen. Ist schon ein bisschen alt für solche Gewaltritte, oder?" Die Frau drehte schwer schnaufend ihren Kopf zu mir. „Geht es dem Khan so schlecht, dass er jetzt schon solche wie sie für seine schnellsten Reiter laufen lässt?"

Schweißperlen traten auf ihre Stirn, als sie sich wieder aufrichtete. Das angestrengte Atmen erstickte fast ihr Lachen. „Richte dem Khan aus, wenn du zu ihm zurückkehrst, dass er mich besuchen soll – mich, Genma. Sag ihm, ich habe die besten und schnellsten Pferde in seinem ganzen Land. Sag ihm …“, sie zwinkerte, „… dass ich jedes meiner Pferde gegen eines von seinen setze.“ Sie klatschte wieder in die Hände. Das plötzliche Geräusch hüpfte in die langen Schatten und verschwand in den Tiefen des Waldes. Ein kalter Wind kam auf und biss mir in den Rücken.

Und plötzlich wollte ich nichts lieber, als aus dem Sattel zu steigen, um mit freundlichen Menschen an einem fröhlichen Feuer zu sitzen.

„Nun komm!“, sagte sie und klopfte mir aufs Knie. „Sitz schon ab. Mein Sohn wird sich um dein Pferd kümmern. Magst du Murmeltier? Ich habe gerade zwei besonders fette über dem Feuer. Und so schnell meine Pferde auch sind, mein Essen ist sogar noch besser. Hah!“, sie lachte und klopfte mir zur Bekräftigung noch einmal aufs Knie. „Sitz ab, sitz ab! Wie nennt man dich?“

Meine Gedanken rasten. „Aruun“, murmelte ich schließlich mit tiefer Stimme. Steif saß ich ab, und ein feuriger Schmerz schoss mir in die Beine, als meine gefühllosen Füße den Boden berührten. Mir stockte der Atem und ich knickte zusammen. Ich wollte mich an Bayan stützen, aber meine Hand fiel ins Leere, denn sie war schon weggeführt worden. Wackelig hielt ich inne und versuchte wieder zu Atem zu kommen. Ich sah, wie Genma ihre Augen zusammenkniff, doch wie zuvor war ihr misstrauischer Blick kaum mehr als ein Kräuseln in ihrem Geschnatter.

„Und ich habe zwei wunderschöne Töchter. Die musst du kennen lernen. Da ist Otgon, sie hat acht Sommer gesehen und kann meine Stuten sogar schneller melken als ihre Schwester – das ist Davasuren. Sie hat zehn Sommer gesehen, aber sie bereitet schon die Mahlzeiten mit mir gemeinsam zu, und der Mann, der sie zur Frau nimmt, wird sicherlich so fett, wie ich es bin! Haha!“ Genma schlug sich auf den runden Bauch. „Zehn Sommer ist noch sehr jung fürs Heiraten, finde ich, aber in einem Jahr oder zwei, wer weiß …“ Sie verstummte.

„Delger!“, rief sie dann. „Sattle beide ab und schick sie raus. Und gib der Stute eine Hand voll Korn. Aber pass auf, dass es nicht mehr als eine Hand voll ist. Es ist zu teuer.“ Dann schlug sie mir auf den Rücken, dass ich auf die Tür zustolperte, und sagte: „Komm schon, Aarun. Ich wette, du hast einige gute Geschichten für uns. Und für uns sind neue Geschichten das Gleiche wie für deine Stute das Korn. Lass uns mit der Botschaft beginnen. Ich vermute“, sagte sie und schloss kurz die Augen, „dass du sie in einer versiegelten Ledertasche trägst, die unter deinem Del um die Hüften gebunden ist.“ Sie öffnete die Augen. „Habe ich Recht?“

Ich nickte.

„Weißt du auch, was drinsteht?“

Ich schüttelte den Kopf.

„Weißt du, was in den beiden Beuteln ist, die du mit dir führst?“ Ich schüttelte erneut den Kopf. Während Genma sich nun in einer langen Reihe von Vermutungen erging, fand ich mich fast geduckt in dem ersten quadratischen Raum wieder, den ich jemals betreten hatte. Als ich hochblickte, sah ich riesige Baumstämme, die so tief über meinem Kopf hingen, dass ich fürchtete, sie könnten jederzeit herunterfallen und mich zerquetschen. Genma gab mir einen weiteren kräftigen Schubs und ich stolperte in die Mitte des Raumes.

Als ich mich mit großen Augen umsah, entdeckte ich, dass auch die Wände aus zusammengesteckten Baumstämmen bestanden, die mit getrocknetem Schlamm zusammengefügt waren. Die Wolldecken, die an allen Wänden hingen, bewegten sich leicht im Zug.

Zwei Mädchen knieten neben dem Kochfeuer. Eine rührte einen blubbernden Brei in einem Bronzetopf, während die andere mit Nadel und Faden an einem Del, das die Farbe von getrocknetem Gras hatte, nähte. Sie hatten die Köpfe zusammengesteckt und flüsterten fröhlich miteinander. Ab und zu brachen sie in glockenhelles Lachen aus. Obwohl ich wusste, dass ich die Ursache ihrer Heiterkeit war, sehnte ich mich danach, meine schweren Kleider abzuwerfen und mich kichernd neben sie zu knien. Aber ich blieb hinter meiner Maske.

In der hintersten linken Ecke des Raumes kniete ein Junge, der mit kraftvollen, aber wahllosen Strichen ein Ochsenfell bearbeitete. Irgendetwas war seltsam an ihm. Er war schon dick wie seine Mutter und von seinem Profil her sah er aus, als sei er in meinem Alter. Doch er schaute nicht auf, als ich in den Raum stolperte. Während Genma Schüsseln aus einem hohen blauen Schrank holte, sah ich mich staunend um. Rings um den Raum standen Betten, deren eiserne Füße in dicken Shirdiks versanken, in die bunte Muster von Vögeln und Blumen gewebt waren. Am Fuß eines jeden Bettes stand eine solide Holztruhe, verziert mit

Bildern von Kranichen, Schafen, Pferden und Blättern. Die Truhe, die am nächsten zu den beiden Mädchen stand, war offen und gab den Blick frei auf Stapel schön gefärbter Kleider. In der Nähe Genmas, auf einer weiteren großen bunt bemalten Truhe, saßen einige Puppen. Ich erschauderte, als ich an die Puppe mit dem schmutzigen Gesicht in meinem eigenen Ger dachte. An der Tür hing ein großer Ziegenledersack, in dem Ayrag schäumte, und an die linke Wand gelehnt entdeckte ich die drei schönsten Sättel, die ich je gesehen hatte. Über ihnen hingen vier oder fünf verzierte Zaumzeuge und etliche mit Quasten verzierte Pferdegeschirre und Schwanzriemen. Wie gerne hätte ich meine Finger über die wunderschöne Handarbeit gleiten lassen, aber in dem Augenblick drehte Genma sich seidenraschelnd um und klatschte in die Hände.

„Aruun", sagte sie. „Wir sind fertig. Da mein Mann … Aber nein!", unterbrach sie sich dann selbst. „Ich habe dir ja meine Töchter noch gar nicht vorgestellt! Aruun, das ist meine älteste Tochter, Davasuren, und das ist ihre Schwester Otgon." Jedes der beiden Mädchen nickte schüchtern. Den Jungen in der Ecke stellte Genma mir nicht vor.

Sie fuhr fort: „Aruun, da mein Mann nicht da ist – er reitet mit den Soldaten –, wirst du den Ehrenplatz bekommen." Sie deutete auf ein Fransenkissen hinter dem Kochfeuer. Es war der Platz, der der Tür gegenüberlag und der traditionellerweise dem Gast angeboten wurde.

Nickend machte ich einen Schritt auf das Kissen zu, doch obgleich mein eines Bein schon von der wiedergefundenen Wärme kribbelte, pochte es in meinem verkrüppelten Bein immer noch schmerzhaft, und so stolperte ich vorwärts wie ein noch feuchtes Kalb. Die beiden Schwestern flüsterten wieder miteinander, aber diesmal wurde ihrem Lachen durch eine ernste Zurechtweisung ihrer Mutter ein Ende gesetzt. Gerade als ich mit rotem Gesicht auf das Kissen sank, kam Delger herein und setzte sich schweigend mit gekreuzten Beinen an meine rechte Seite.

Der Dampf, der vom Kochtopf aufstieg, ließ Genmas Gesicht wie poliert aussehen, als sie begann, den Murmeltiereintopf in die glänzenden blauweißen Schalen zu füllen. Ich hatte noch niemals zuvor Porzellan gesehen, und als ich die Schale in den gewölbten Händen hielt, jaulte ich auf und jonglierte das feurig heiße Teil in meinen Schoß. Schnell wie ein Hund leckte ich mir die verbrannte Haut. Genma warf mir einen kurzen Seitenblick zu und ihre dicken Lippen umspielte ein kleines Lächeln, während sie nun die Schalen für Delger und ihre beiden Töchter füllte. Ich beobachtete, wie die anderen ihre Hände zurück in ihre Ärmel schoben und die heißen Schalen dann durch die Polsterung ihres Dels ohne Schmerz anfassen konnte. Schließlich füllte Genma eine Schale für sich selbst, zog einen leuchtend orangefarbenen Hocker mit vier kräftigen Beinen zu sich heran und senkte ihr Gewicht darauf nieder.

Als ich bemerkte, dass alle Gesichter sich erwartungsvoll mir zuwandten, nahm ich einen kleinen Schluck von dem Eintopf. Genmas Prahlerei über ihre Kochkünste hatte voll ins Schwarze getroffen. Mein Herz schlug schneller bei dem Gedanken, dass auch ihre Angeberei bezüglich der schnellen Pferde genauso treffend sein könnte.

Delger und die beiden Mädchen hoben ihre Schalen und begannen geräuschvoll zu schlürfen – bis sie ein mit hochgezogenen Augenbrauen hervorgestoßenes „Ts, ts“ ihrer Mutter unterbrach. Das älteste Mädchen setzte ihre Schale ab, nahm eine Holzschale zur Hand und füllte eine Portion hinein. Mit gerümpfter Nase stand sie auf und brachte sie ihrem Bruder in der Ecke. Ich beobachtete, wie sie seine dicken Finger um die Schale legte. Sie sprach kein Wort. Dann kam sie zurück zum Feuer und zu ihrer eigenen Schale.

Der Wind pfiff durch die Ritzen der Wände und brachte ein schrilles Wiehern mit. Ich erkannte sofort Bayan, und eine plötzliche Sorge um ihre Sicherheit und Bators – wenn er überhaupt noch lebte – stach in meinem Herzen. Ich sah von Gesicht zu Gesicht, alle über ihre dampfenden Schüsseln gebeugt, und ich begann mir auch um meine eigene Sicherheit Gedanken zu machen.

Obwohl der Platz neben dem Feuer sehr heiß war, behielt ich den Hut meines Vaters tief in die Stirn gezogen und versuchte, nicht auf den Schweiß zu achten, der Haar und Wangen feucht machte. Die nervösen Blicke der anderen verrieten mir, dass sie meinetwegen ähnlich beunruhigt waren.

Unter dem ächzenden orangefarbenen Hocker kam eine langbeinige Spinne hervor und lief über den Shirdik. Genma zerstampfte sie mit einem ihrer baumgleichen Beine. „Erzähl uns von dir, Aruun“, befahl sie. „Zu welchem Klan gehörst du?“

Ich schluckte. „Kerait“, antwortete ich leise.

„Kerait?“, wiederholte sie. „Dann lebst du westlich von hier. Du bist weit weg von zu Hause. Seid ihr viele in deiner Familie?“

Ich schüttelte den Kopf.

„Hast du eine Frau?"

Ich schüttelte wieder den Kopf, schlürfte etwas heiße Brühe und ließ ein schwarzes Stück Murmeltierfleisch in den Mund gleiten. Ich versuchte schüchtern zu wirken, was mir nicht schwer fiel. Aber Genma, wie alle Leute, die weit entfernt von anderen Menschen leben, hatte unendlich viele Fragen.

„Erzähle uns, Aruun, wie kommst du in die Dienste des Khan?" Beiläufig ließ sie die Brühe in ihrer Schale kreisen und beobachtete mit einem Auge die Flüssigkeit und mit dem anderen mich. Ich kaute lange an einem besonders fetten Klumpen Fleisch herum, hob dann die Schale an die Lippen und nahm einen langen, nachdenklichen Schluck.

„Hier draußen sehen wir nicht oft Pfeilreiter des Khan", fuhr Genma fort. „Aber einige habe ich während meines Lebens doch schon gesehen." Sie warf mir wieder einen Blick zu, wie eine Katze, die überlegt, wie nahe sie sich an eine Maus heranwagen kann, ohne dass diese davonläuft. „Nun, die, die ich bisher gesehen habe, waren anders gekleidet als du", sagte sie dann. „Nun frage ich mich natürlich, weshalb du anders aussiehst." Sie lächelte.

Ich senkte meine leere Schale und wischte mir den Mund am Ärmel ab. Ich fühlte, wie mein Gesicht immer heißer wurde. Ich hatte mich in die Enge getrieben.

„Ich bin geritten … östlich von … von …" Meine Worte gingen unerwartet in ein langes Gähnen über.

„Haha!", lachte die Frau und klopfte sich auf die Schenkel. „Der Deckel passt auf den Topf! Da warten wir Mond für Mond auf Neuigkeiten und wenn sie zur Tür hereinkommen, langweile ich sie mit meinen Fragen zum Gähnen. Bitte vergib mir, Aruun. Wenn du fertig bist …“, ein lauter Rülpser begleitete Genmas Anstrengung aufzustehen, „… dann nehme ich deine Schale, und du kannst dich in das Bett dort in der Ecke legen.“ Sie deutete mit dem Daumen auf ein kleines Bett in der Ecke, wo der seltsame Junge saß. „Untendrunter liegt noch eine Decke, falls dir kalt wird. Ich wecke dich im Morgengrauen, damit du dich wieder auf den Weg machen kannst.“

Mit einem zustimmenden Nicken und noch einem weiteren langen Gähnen leckte ich ein letztes Mal über meine Schüssel, erhob mich dann und humpelte zu meinem Bett hinüber.

„Tengri bewache deinen Schlaf“, rief Genma.

Mit einem Seufzer, der durch den Raum schwebte, fiel ich auf das Bett. Tote hätten nicht müder sein können. Ich wandte dem Feuer den Rücken zu, wickelte die dicke wollene Decke um mich und zog instinktiv die Schultern hoch. Ich wollte nicht hören, was hinter mir geflüstert wurde. Und ich begann wieder mir Sorgen zu machen.

Ich war mir ziemlich sicher, dass Genma an meiner Identität als Pfeilreiter zweifelte. Das warf zwei Probleme auf: Wenn sie entdeckte, dass ich ein Mädchen war, würde sie mir zweifellos die Paiza wegnehmen und mich nicht weiter nach Süden reiten lassen. Wenn sie aber glaubte, dass ich ein Bote des Khan war, würde sie mir morgen ein frisches Pferd geben – Bayan müsste ich hier zurücklassen. Irgendwie musste ich einen Weg finden, beides zu behalten, die Paiza und Bayan, und zudem auch noch die Taschen für den Khan so rasch wie möglich abzuliefern.

Ich seufzte noch einmal. Wie sollte ich Bayan so rasch wieder reiten können? Ich wusste, dass ich sie überanstrengt hatte. Und wenn ihr Bein gar nicht mehr heilte? Und was war mit Bator? Was war ihm zugestoßen?

Ich hörte, wie Genma Delger bat, die Morinkhour zu spielen. Und während er zögernd die ersten Töne erklingen ließ, schmiedete ich einen Plan. Lange vor dem Morgengrauen, so beschloss ich, würde ich mich leise hinausschleichen und meinen Sattel auf eines von Genmas Pferden legen. Ich wollte kurz nach Bator suchen und dann Bayan wegführen – so schnell sie eben gehen konnte – und ich hoffte, dass sie es ohne das Gewicht eines Reiters schaffen würde. Wenn sie nicht konnte, würde ich sie in Pflege bei einem anderen Klan lassen. Dann wollte ich die Taschen mit den Schätzen des Khan nach Süden bringen, von einer Station zu nächsten. In meinen großartigen Plänen hoffte ich sogar, dass der Kublai Khan mir zur Belohnung für meine prompte Lieferung eines seiner schnellen Pferde schenken würde.

Ich sah mich schon mit beiden zu meinem Ail zurückkehren: mit Bayan und einem neuen, schönen, schnellen Pferd, mit dem ich das lange Rennen gewinnen konnte. Dann würde ich mit ihm noch mehr schnelle Pferde züchten – und Jahr für Jahr wäre dann eines meiner Pferde Sieger im langen Rennen von Karakorum.

Delger entlockte den Saiten weiter flüssige Melodien, die meinen Hals und Rücken hinunterkrabbelten und dann warm in meinen Bauch eintauchten. Ich drehte mich um und beobachtete ihn. Er kniete mit geschlossenen Augen und lehnte sich fast liebevoll an das pferdeköpfige Instrument. Davasuren und Otgon hatten sich an ihre Mutter gekuschelt, umfangen von ihren mächtigen Armen.

Da fiel mein Blick auf den jüngeren Sohn. Er saß noch immer mit gekreuzten Beinen in der Ecke am Fuß meines Bettes. Seine großen freundlichen Augen starrten ohne zu blinzeln an die Wand. Er wiegte sich zur Musik vor und zurück. Ich bemerkte, dass seine Schale mit Murmeltiereintopf immer noch unberührt in seinem Schoß stand. Und dann sah ich auch wieso.

Immer wenn er mit beiden Händen den Rand der Schale anfasste und sie zitternd zu den Lippen führte, fuhr ihm ein unerwartetes Zucken in einen oder beide Arme, und er schüttete sie fast aus. Auf seinem dicken, runden Gesicht kämpften widerstrebende Gefühle: der Hunger und die Angst sich voll zu kleckern – und der Schmerz darüber, anders zu sein. Oh, wie gut ich diesen Schmerz kannte. Und dann konnte ich nicht anders.

In dem Bewusstsein, dass alle Gesichter mir zugewandt waren, schlüpfte ich aus dem Bett und kniete mich neben den Jungen. Ich legte meine Hände über seine, sah ihm in die Augen und nickte ihm aufmunternd zu. Ich half ihm, die Schale an die Lippen zu führen, und er schlürfte hungrig. Als wir die Schale wieder senkten, lächelte er. Ich lächelte zurück und dann hoben wir die Schale wieder.

In der dunklen Ecke, Knie an Knie, lauschten wir und wiegten uns dabei zu der Musik. Und jeder Strich des Bogens über die Saiten war wie ein Zupfen an meinem Herzen.

In der eingängigen Melodie der Morinkhour erkannte ich das rollende Begrüßungswiehern Bayans. Die Musik trug mich zurück auf den windigen Hügel, wo ich den ganzen Nachmittag neben ihr gesessen hatte. Ich roch den warmen Staub auf ihrem Fell, die nach Beifuß riechende Brise, die in ihrer weißen Mähne spielte und in meinem schwarzen Haar. Ich erinnerte mich an den zugleich süßen und auch bitteren Geschmack, den das Gefühl, die beiden einzigen Lebewesen auf dieser Welt zu sein, hervorrief.

Delger begann eine Melodie zu summen, seine tiefe, weiche Stimme klang beruhigend. Ich betrachtete ihn mit ganz anderen Augen: seinen runden Kopf mit dem kurz geschnittenen schwarzen Haar, seine vollen Lippen, die er tief in Gedanken zusammenpresste, seine zusammengezogenen Brauen. Dann begann er zu singen. Es war ein Lied über einen Mann, der zwei goldene Pferde mit Mähnen aus Silber besaß. In einer dunklen Nacht schlich sich ein Feind des Mannes zu der Herde und stahl die beiden Pferde. Eine lange Zeit verging und irgendwie gelang es dem einen Pferd, zu seinem Besitzer zurückzukehren – aber nur diesem einen Pferd. Der Mann war sehr traurig, doch noch viel trauriger war das Pferd.

Die kalte Nacht senkte sich nun auf den Raum, und da der Junge schon lange mit Essen fertig war, schob ich seinen Kopf von meiner Schulter und kroch zurück ins Bett. Ich hörte noch einige Lieder, die mich auf Bergspitzen führten oder neben Prinzessinnen galoppieren ließen – und mich schließlich in den Schlaf trugen.

Entdeckt!

Schon setzte ich über den letzten Bach und trieb mein Pferd mit Rufen an, denn ich hörte die anderen Reiter den Hügel hinter mir herunterkommen. Die Menge teilte sich, die Fahnen wehten, Hände applaudierten und Hufe stampften, stampften, stampften …

Das rhythmische Donnern wurde lauter und lauter, und mein Instinkt weckte mich. Verwirrt setzte ich mich auf und hörte, wie das Stampfen näher kam. Ein schweres Geschnaufe drang in meine vernebelten Gedanken, und das mir schon bekannte Schaben von Genmas Gestalt, die sich durch die Türöffnung zwängte, kündigte sie an. Ich blinzelte den Schlaf aus meinen Augen und sah, dass sie an dem seltsamen Jungen zerrte, der hinter ihr durch die Tür stolperte. Und über ihrem fleischigen Arm hing eine ungnädig dreinschauende Tigerkatze. Ich bewegte meine Lippen, aber es kamen keine Worte heraus.

„Nun“, sagte Genma und ein geheimnisvolles Lächeln umspielte ihre Lippen. „Zumindest bist du nicht in meinem Bett gestorben.“ Sie hielt immer noch die rundliche Hand ihres Sohnes, ließ nun aber Bator los, der kopfüber die wogenden Massen beerenfarbener Seide hinunterkletterte. Er stapfte über den Shirdik und beschwerte sich laut miauend.

„Nun, ich frage mich", fuhr Genma fort, ob dieses halb verhungerte Wesen, das meine Töchter von den Milchtaschen gepflückt haben, wohl zu dir gehört?" Bator war mittlerweile neben mich gehüpft und vergrub seinen Kopf in meiner Hand. Ich streichelte die steifen Härchen in seinem Gesicht, die noch ganz feucht von der Milch waren. Ich blickte Genma an und nickte.

„Noch irgendwelche Geheimnisse, die du mit uns teilen möchtest?" Die fette Frau sah mich mit einer hochgezogenen Braue an, zog dem Jungen das beschmutzte Del aus und führte seine Hände in ein sauberes, das sie aus einer der bunten Truhen nahm.

Unter ihrem Blick bemerkte ich, dass die kalte Morgenluft durch mein kurz geschnittenes Haar fuhr und meinen bloßen Nacken kühlte. Der Hut meines Vaters war während der Nacht zu Boden gefallen, und dort, wo die Ledertasche mit der Nachricht des Khans gelegen hatte, war nun ein kalter leerer Fleck auf meinem Bauch. Meine suchenden Hände fanden heraus, dass auch die goldene Paiza verschwunden war. An meinen aufgerissenen Augen sah Genma auch ohne Worte: Ich wusste, dass ich entdeckt worden war. Langsam nickte ich wieder.

Mein Herz klopfte wie das eines Tieres, das sich dem eingelegten Pfeil eines Jägers gegenübersieht.

Genma führte den Jungen in eine Ecke des Raumes, legte seine Hände um eine Schale und einen großen hölzernen Löffel. Sofort fing er an, sich hin und her zu wiegen und einen ungleichmäßigen Rhythmus zu schlagen.

Mit den Händen auf ihren breiten Hüften kam Genma herüber und stand neben mir. Sie wartete, und die Worte sprudelten aus meinem Mund und füllten den leeren Raum zwischen uns.

„Die Tasche … mit der Nachricht für den Khan … und die Paiza … sie sind weg!“, krächzte ich. Ich war überrascht zu sehen, dass Bator heruntersprang und liebevoll sein Fell am Del der dicken Frau rieb. Sie trat nicht nach ihm.

„Nun, diese Worte!“, sagte sie nicht unfreundlich, „sind wahr. Und wahrscheinlich die ersten wahren Worte, die du zu mir gesprochen hast. Aber du musst dir keine Sorgen machen. Ich habe beides. Und sobald mein Sohn Delger vom Tempel zurück ist, bringt er die Taschen zur nächsten Station.“

„Aber ich bin der Pfeilreiter des Khan!“, rief ich und meine Stimme wurde umso höher, je höher die Furcht in mir stieg. „Er erwartet, dass ich sie überbringe!“

„Er erwartet dich – Aruun?“ Genma betonte den falschen Namen misstrauisch. „Ich weiß nicht, wie du die königliche Paiza des Khan in die Finger bekommen hast, aber so sicher es ist, dass morgens die Sonne aufgeht, so sicher weiß ich, dass er nicht dich erwartet. Und deshalb glaube ich auch, dass mehr hinter deiner Geschichte steckt, als du uns bisher erzählt hast – Aruun.“

Meine eigene Lüge echote mir in den Ohren. Ich seufzte. „Oyuna“, berichtigte ich und war eigentlich sogar froh, meine schlechte Verkleidung ablegen zu können. Mit rotem Kopf hob ich den Hut meines Vaters auf und sah Genma schüchtern an. „Lag es am Hut?“

„Hah!“, schnaubte sie und die goldenen Fettringe um ihren Hals wabbelten dabei. „Eine Frau gebiert nicht vier Kinder und erkennt dann nicht den Unterschied zwischen einem Jungen und einem Mädchen – Hut hin, Hut her! Obwohl", fügte sie scheu hinzu, „als ich dein Del öffnete, um an die Tasche mit der Nachricht zu kommen, entdeckte ich mehr als deine Nacktheit." Unmut überschattete plötzlich Genmas Gesicht. „Ich habe diese Dinge nur an mich genommen, weil du geschlafen hast wie ein Stein, und ich wollte, dass Delger mit den Taschen des Khan weiterreitet. An meiner Station sollten sie sich nicht verzögern!" Sie schnaubte wieder. „Aber er behauptete, es sei ein wichtiger Tag im Tempel, und ist stattdessen dorthin geritten."

„Ich werde mit den Taschen weiterreiten!", fing ich an, aber Genma unterbrach mich.

„Du bist ein Mädchen und wirst nichts dergleichen tun", unterbrach sie mich scharf. Sie drehte sich um, nahm Schalen aus dem hohen blauen Schrank, und als sie sich mir wieder zuwandte, war der Zorn aus ihrer Stimme verschwunden. „Nun, da ich gestern Abend meine Geschichte nicht bekommen habe, meine ich, dass ich heute Morgen eine doppelt so lange verdient habe. Und ich bin bereit zu wetten, dass ich eine zu hören bekomme." Sie bedachte mich mit einem sonnigen Lächeln.

„Komm jetzt. Ich habe Tee und Hirse für dich zum Frühstück gekocht – na ja, fast schon eher Mittagessen. Aber wir werden keinen Pfeilreiter mit diesem Geständnis aussenden. Was möchtest du in deinen Tee? Milch oder Butter?"

„Beides bitte", antwortete ich und schlug die Decken zurück. Kühle Luft wehte mir um die Beine. Warum hatte ich gestern Nacht nicht gefroren, als Fremde mir die Zudecke weggezogen hatten? Ich zitterte. Niemals zuvor hatte ich mich so verletzlich gefühlt, nicht einmal als ich mit den Soldaten geritten war. Mit einer Hand tastete ich nach meinem Glück bringenden Goldanhänger, der immer noch in meinem Del verborgen war. Mit der anderen Hand fuhr ich versuchsweise durch meine kurzen Haare, die schmutzig und ungekämmt über meine Ohren hingen. Es fühlte sich seltsam an. Keine Frau meines Stammes hatte sich je zuvor die Haare kurz geschnitten. Einen Augenblick lang erfasste mich Panik und ich fürchtete, selbst nicht mehr zu wissen, wer ich eigentlich war.

„Ist das jetzt Mode bei den Kerait?", neckte Genma.

Ich zog meine Stiefel an. „Ich muss nach meinem Pferd sehen", sagte ich.

Genma ignorierte mich, nahm zwei Porzellanschalen und hob den Kessel vom Feuer. „Nach deinem Pferd?", fragte sie, „oder nach dem Pferd des Khans? Was auch immer du mir erzählen willst, der weißen Stute, die du geritten hast, geht es gut. Ich habe mich heute Morgen schon um sie gekümmert. Der Hinterlauf ist ein wenig geschwollen, deshalb haben meine Mädchen ihr eine Packung aus blauem Enzian gemacht. Aber du wirst sie einige Tage nicht reiten können."

„Ich muss aber!", platzte ich heraus.

Genma warf mir einen Blick zu, während sie Hirse in die Schalen schöpfte. „Das wirst du nicht", sagte sie fest. „Die alte Stute braucht Ruhe. Delger kann beim ersten Morgengrauen losreiten." Sie gab in jede Schale einen Klumpen Butter und sprenkelte sahnige Milch darüber. „Komm", sagte sie und winkte mich heran.

Ich stieg aus dem Bett und hockte mich neben das Kochfeuer. Bator kam, legte sich auf meinen Schoß und schnurrte glücklich. Ich schlüpfte mit meinen Händen in die Ärmel meines Del und nahm die zarte Schüssel entgegen, auf der blassblaue Pferde endlos im Kreis galoppierten.

„Ich muss die Schätze des Khan abliefern!“, sagte ich und warf einen Blick auf die beiden Ziegenledertaschen, die nah bei der Tür lagen. „Und zwar schnell. Und ich muss Bayan mitnehmen.“

Genma zog sich den stämmigen orangefarbenen Hocker ans Feuer und ließ sich darauf niedersinken. „Wen?“, fragte sie nach einem Schluck aus ihrer Schale.

„Bayan, meine weiße Stute. Ich muss sie mitnehmen. Und sie gehört mir!“, betonte ich und sah meine zweifelnde Zuhörerin herausfordernd an. „Mein Vater hat in Karakorum harte Silbermünzen für sie gezahlt.“

„Schon gut, schon gut! Ich glaube dir.“ Genma kicherte. „Du und deine Katze da, ihr seid ganz schön eigenwillig. Ich nehme an, sie hat auch einen Namen?“

Meine Lippen zuckten. „Natürlich“, sagte ich. „Sein Name ist Bator.“

„Bator? Du meinst *Held*? Dieses kleine Ding? Haha!“ Genma schlug sich auf die Schenkel und wiegte sich lachend vor und zurück. „Das ist ein guter Anfang für eine Geschichte und verdient mehr Tee. Bitte, bedien dich!“

Ich goss etwas mehr Tee auf die restliche Hirse, die auf dem Boden der Schale herumschwamm.

„So, so, so“, sagte Genma. „Du hast also eine Katze mit dem Namen Bator und hast auch deinem Pferd einen Namen gegeben. So etwas habe ich noch nie gehört. Wie heißt noch mal die Stute?“

„Bayan.“

„Bayan, genau. Und warum hast du ihr einen Namen gegeben?“

„Weil meine Katze auch schon einen hatte und ich wollte die Gefühle der Stute nicht verletzen.“

Ich versuchte, bei diesen Worten ein ernstes Gesicht zu bewahren, aber das Lachen gluckste schon in mir, und Genma und ich brachen in schallendes Gelächter aus.

„Haha!“ Genma lachte. „Haha! Dieser Grund ist so gut wie jeder andere, nehme ich an. Ein Name für etwas anderes als einen Menschen! Ich verstehe das zwar nicht, aber ich achte es natürlich. Doch erzähl mir, Oyuna, was macht ein junges Mädchen wie du so weit weg von zu Hause mit einem verletzten Pferd und einer … einer hungrigen Katze?“

Sie war kurz davor, wieder in Gelächter auszubrechen, als Bator plötzlich neben ihr auftauchte und die Butterspuren von ihren Fingern leckte.

„Habe ich doch schon gesagt“, wiederholte ich, „die Schätze des Khan abliefern.“

„Ah, stimmt. Aber weiß der Khan, dass du sie bringst? Nach meiner Erfahrung sind Pfeilreiter wie mein Sohn Delger immer Jungen. Wie kommt es, dass du Kopf und Kragen im Dienste des Kublai Khan riskierst? Und weshalb sollte ich dir gestatten, dein aberwitziges Unternehmen fortzuführen?“

Ich hatte gar keine andere Wahl als Genma zu erzählen, wie ich mich als mein Stiefbruder verkleidet hatte, um bei Bayan zu bleiben, und warum man mir die beiden Taschen für den Khan gegeben hatte. Genma hörte meiner Geschichte mit Respekt zu, sodass ich ihr schließlich mehr erzählte – wie Bayan zu mir sprach –, als ich beabsichtigt hatte. Als ich fertig war, nickte Genma zustimmend.

„Gut erzählt, Oyuna. Ich bewundere deine Aufrichtigkeit. Und du hast dir dein Essen wohl verdient." Sie lächelte. „Wieder Murmeltier. Ich hoffe, es hat dir geschmeckt."

Ich nickte begeistert, denn mir lief schon bei dem Gedanken daran das Wasser im Mund zusammen.

„Es überrascht dich vielleicht, das zu hören", fuhr Genma fort, „aber ich glaube dir, wenn du sagst, dass deine Stute zu dir gesprochen hat. Ich werde nicht auf einen Berg rennen, um es von seinem Gipfel in den Wind zu schreien", sie schnaubte, „na ja, das ist eine Verschwendung von Worten, denn ich kann ja gar nicht rennen." Sie kicherte ein bisschen. „Aber die meisten Leute würden dir sowieso nicht glauben, und ich würde dir wahrlich nicht raten, jedem, den du triffst, zu erzählen, dass du Unterhaltungen mit deinem Pferd führst." Sie sah mich ernst an und ich nickte.

„Aber ich verstehe das", wiederholte sie, stützte ihre Hände auf ihre Beine und lehnte sich nach vorne. „Über die Jahre habe ich einige Lieblingspferde besessen. Keines, dem ich einen Namen gegeben hätte", sie nickte mir zu und grinste, „aber ich hatte bei ihnen auch oft das Gefühl, als seien wir seelenverwandt. Wenn ich sie galoppieren sah, galoppierte mein Herz mit ihnen. Oh, wie ich mich danach sehnte, aufzusitzen und die Welt an mir vorüberfliegen zu sehen, aber …" Sie sah zu Boden und schnaubte wieder. „… man würde drei oder mehr Pferde zusammenschirren müssen, um diesen Körper zu tragen." Die Frau seufzte, aber in ihren Augen brannte ein kleines Feuer. „Also habe ich vom Boden aus gearbeitet. Ich studierte ihr Blut und wählte mit Bedacht, welche Stute ich mit welchem Hengst zusammenbrachte. Ich ging sehr gewissenhaft zu Werke und habe meine Stuten nicht einfach laufen lassen, wie sie es – so habe ich gehört – im Norden tun. Ich habe mir Gedanken gemacht. Und ich beobachtete, welcher Hengst seine Merkmale auf seine Fohlen übertragen konnte und welche Stute ihre guten Anlagen weitergab. Ich achtete besonders auf starke Beine und natürlich auf kleine harte Hufe. Denn das macht ein schnelles Pferd aus." Genma schnaufte tief und lächelte. „Hör nur, wie ich wieder schwatze." Sie lachte. „Genauso gut kannst du einem Fluss sagen, er solle aufhören zu fließen, wenn ich erst einmal angefangen habe, über Pferde zu sprechen …"

Ich lächelte in meine Teeschale, denn ich verstand das nur zu gut.

„Aber sage mir eins, Oyuna", sagte Genma und sah mich direkt an. „Du hast deine Familie verlassen, um bei Bayan zu bleiben. Jetzt hast du sie wieder. Warum reitest du nicht einfach nach Hause?"

Ich hatte Genma nichts von dem Unheil, das an meinen Fersen klebte, erzählt. Ich dachte, wenn ich nicht darüber spreche oder daran denke, dann findet es mich hier vielleicht gar nicht. Also sagte ich einfach: „Ich suche ein schnelles Pferd, eins, das ein Rennen gewinnen kann. Jemand hat mir erzählt, dass es eine Herde von zehntausend weißen Stuten gibt südlich von hier. Stimmt das?"

Genma nickte. „Ja, ich habe gehört, dass der Kublai Khan zehntausend weiße Stuten hält."

In meinen Ohren klingelte es. Jetzt war ich doppelt entschlossen die Schätze abzuliefern.

„Und er hält sich ebenso viele weiße Kühe“, fuhr Genma fort. „Er glaubt, die Stuten bringen Glück und gebraucht ihre Milch für Zeremonien. Niemand darf seine Herden stören – selbst wenn sie eine Straße blockieren, dann muss man um sie herumreiten, auch wenn das einen Umweg von einem halben Tag oder mehr bedeutet. Niemand darf diese weißen Tiere stören.“ Nun ließ Genma ihren Blick über die beiden Ziegenledertaschen gleiten. Sie runzelte die Stirn. „Der Khan bekommt immer, was er will. Und er sollte auch diese dort sofort bekommen.“ Sie stampfte mit dem Fuß auf. „Dieser Delger! Dass er immer seinen Träumen nachjagt wird uns noch umbringen!“

Genmas Träume

Genma beendete unsere Unterhaltung abrupt. Ein langes Schweigen kroch heran, während sie auf den Shirdik starrte. Doch sie behielt ihre Gedanken für sich. Stattdessen fragte sie mich plötzlich mit einem sonnigen Lächeln, ob ich Bayan jetzt sehen wolle. Natürlich nickte ich glücklich. Bator und ich folgten ihr nach draußen und um das Stationshaus herum zu einer geschützten Weide. Einige sattelbereite Pferde mit Fußfesseln grasten hier zufrieden inmitten einer kleinen Schar schwarzweiß gefleckter Schafe.

Bayan jedoch stand abseits. Selbst mit der Fußfessel um die Vorderläufe und mit dem Verband am Hinterbein trat sie unruhig von einem Bein auf das andere. Sie starrte gebannt in das Dickicht im Süden, und zuerst dachte ich, sie würde nach Bator suchen. Doch als er zu ihr rannte, beschnupperte sie ihn nur kurz, ehe sie ihr unruhiges Weben wieder aufnahm.

„Was ist der denn unter das Fell gefahren?", fragte Genma.

Ich zuckte mit den Schultern, „Ich weiß es nicht." Aber ich fühlte, dass Bayans Unruhe sich auf mich übertrug, sich mir die Haare im Nacken aufstellten. Irgendetwas stimmte nicht.

Genma wandte ihre Aufmerksamkeit dem Verbleib ihrer Töchter zu. Sie ließ mich allein, um nach ihnen zu rufen. Weder Bayan noch Bator drehten ihre Ohren beim Klang ihrer Stimme. Beide starrten in die Ferne. Mit einem besorgten Stirnrunzeln und ausgestreckter Hand näherte ich mich Bayan. In dem Moment, in dem meine Finger ihre Schulter berührte, wieherte sie laut.

Ich zuckte zusammen. Bator schaute auf, miaute und sah wieder weg.

„Was ist nur los?", murmelte ich und kratzte den weißen Hals in großen beruhigenden Kreisen. Bayan zitterte am ganzen Körper und scharrte weiter. Ich sah hinunter zu Bator. „Was ist los?", fragte ich. Er beachtete mich nicht, obgleich er das Maul öffnete und schnell hechelte. Ich folgte dem Blick meiner beiden Freunde und schaute argwöhnisch zu dem Dickicht. Dort war nichts – zumindest nichts, was ich erkennen konnte.

Vielleicht wollten die beiden einfach nur weiter? Der Pfad zur nächsten Pfeilstation führte durch dieses Dickicht. Mein Herz schlug schneller, als ich daran dachte, dass Genma Echenkorlos Worte bestätigt hatte: Zehntausend weiße Stuten warteten im Süden. Ich war sicher, unter ihnen würde ich mein schnelles Pferd finden. Ich betrachtete Bayans Bein; es war zwar ein wenig steif, aber nicht lahm – obwohl dieses Schlurfen natürlich nicht dasselbe war wie Galoppieren. Und wenn mein Plan klappen sollte, dann mussten wir galoppieren – sehr schnell und sehr lange.

Ich zog mich in den Schatten einer Pinie zurück, um Bayans Bein genauer zu untersuchen und über die Einzelheiten meines Planes nachzudenken. Genma beachtete mich nicht, als sie zum Haus zurückwatschelte, gefolgt von Davasuren und Otgon. Die Mädchen tauchten wenig später mit Melksäcken wieder auf und verschwanden hinter einem kleinen Hügel. Dann kehrten sie zurück – und das fand ich seltsam – um den Pferden die Fußfesseln zu lösen und sie über den Hügel zu führen. Donnernde Hufe ließen darauf schließen, dass sie freigelassen waren. Nur Bayan und die Schafe blieben auf dieser Weide.

Erst am späten Nachmittag rief Genma meinen Namen. Bayan hatte aufgehört zu scharren, obwohl sie immer wieder das Grasen unterbrach und nach Süden starrte. Bator war auf meinen Schoß geklettert, aber auch er warf immer wieder einen wachsamen Blick auf den Pfad, der durch das Dickicht führte.

Er beschwerte sich nicht einmal, als ich ihn zu Boden setzte, um Genmas Aufforderung Folge zu leisten.

Schon als ich das Stationshaus betrat, fühlte ich, dass Genmas unbeständiges Gemüt auf Sturm stand. Alle arbeiteten schweigend. Davasuren brachte frisches Wasser herein und Otgon schlug Ayrag, während Genma sich beim Umrühren des Kochtopfes auf ihrem orangefarbenen Hocker wiegte und vor sich hin murmelte. Ich sah, wie die Mädchen wissende Blicke tauschten. Der seltsame Sohn saß wie gewöhnlich in seiner Ecke, aber auch er verhielt sich still.

Unruhe kroch meinen Rücken hinauf. Als wir uns schließlich zum Essen setzten, schossen alle Augen immer wieder ängstlich zu Genmas zornigem Gesicht. Erst als das Essen schon fast vorüber war, sprach sie. Aber da mit schonungsloser Offenheit.

„Liegt es an deinem verkrüppelten Fuß, dass du noch nicht verheiratet bist?“

Ich wurde rot. Dann nickte ich zögernd.

„Hat dein Vater – ich nehme an, du hast noch einen – je versucht einen Mann für dich zu finden?“

Ich nickte wieder. „Letztes Jahr bei dem Festival in Karakorum“, flüsterte ich. „Aber es wollte mich niemand.“

Genma starrte in ihre Schale und einige endlose Atemzüge lang wirbelte sie rhythmisch die Brühe herum. Dann hob sie den Kopf, richtete sich auf, so weit es ihre massige Gestalt erlaubte, und sagte: „Du wirst meinen Sohn Delger heiraten.“

Die beiden Töchter sahen erschrocken auf und Davasuren begann: „Aber er will doch …“

„Ruhe!“, befahl Genma.

Sie schüttete ihren restlichen Eintopf wieder in den Kochtopf und stieß dabei mit dem Porzellan gefährlich fest an den bronzenen Rand. Dann zog sie den Kessel mit kochendem Wasser vom Feuer und ließ einen Klumpen Teeblätter hineinfallen.

„Ich weiß, dass Delger ein Lama werden will“, sagte Genma ruhig, obwohl sie ihrer ältesten Tochter einen missbilligenden Blick zuwarf. „Aber ich will Babys in diesem Haus. Und zwar jetzt! Es dauert noch zwei, drei Jahre, bis du heiratest und mich verlässt, um bei deinem Mann zu leben – bei Otgon sogar länger.“ Die hungrigen, dunklen Augen wanderten über den Kopf ihrer jüngsten Tochter und blieben dann auf meinem überraschten Gesicht ruhen. „Aber es ist höchste Zeit für Delger. Wie viele Frühlinge hast du schon gesehen, Oyuna?“

„Fast dreizehn“, krächzte ich.

„Höchste Zeit dann auch für dich! Die Götter haben mir zugelächelt, indem sie deine Schritte in mein Haus gelenkt haben – denn sie wissen, wie wenige Frauen durch diese Türöffnung gekommen sind. Sie haben dich als meine Schwiegertochter geschickt.“ Genma beugte sich zitternd vor Erregung vor. „Du findest meinen Sohn doch stattlich, oder?“

Wieder errötete ich, denn ich dachte an die vergangene Nacht, als ich Delgers runden Kopf, seine vollen Lippen und seine empfindsamen Finger bewundert hatte. So jemanden wie ihn zu heiraten, wäre der Traum eines jeden Mädchens. Aber die Ehe, das wusste ich ja nun, war nicht sein Traum.

„Nun?“, bohrte Genma.

Ich blickte auf und antwortete wahrheitsgemäß: „Es wäre eine Ehre, Delgers Frau zu sein, Aber wenn es sein Traum ist, ein Lama zu werden, dann …“

„Träume!“ Genma spuckte dieses Wort förmlich aus. „Träume sind nichts für solche wie uns!“ Sie nahm einen ihrer Korallenohrringe heraus, rieb sich ihr fleischiges Ohrläppchen und steckte in dann wieder rein. „Delger träumt davon, ein Lama zu werden – er mit seinen dicken, schmutzigen Fingern! Sogar ich weiß ja, dass man schöne Hände haben muss, um ein Lama zu sein und Lieder zu singen. Und du!“ Wie ein Frühlingssturm blies der Zorn dieser Frau plötzlich in meine Richtung. „Du erzählst mir, dass du davon träumst, direkt in den Palast des Khan zu reiten, um ihm seine Schätze zu überreichen. Nun …“, sagte sie, beugte sich vor und senkte die Stimme, als ob sie ein Geheimnis mit mir teile, „meine Augen mögen ja schlechter werden, aber sie erkennen immer noch, dass du ein Krüppel bist, Oyuna. Und ich weiß, dass sie die Hässlichen und Gebrechlichen nicht in der Gegenwart des Khan willkommen heißen."

Zufrieden mit ihrem Ausbruch setzte sich Genma auf ihrem Hocker zurück und goss Tee ein. Für sie hatte die Luft sich jetzt wieder geklärt. „Je eher du aufhörst, auf etwas zu hoffen, das sowieso nie eintreten wird, desto glücklicher wirst du sein", sagte sie trocken. Sie reichte mir mit einem warmen Lächeln eine Schale Tee. „Und jetzt planst du einfach, hier bei meiner Familie zu bleiben, und du und Delger, ihr werdet viele, viele Babys haben. Und dann werdet ihr beide sehen, wie wunderbar das Leben sein kann."

Genma wechselte ganz plötzlich das Thema. Sie wandte sich an Davasuren und fragte sie, wie viele Lämmer im Frühling zu erwarten seien. Meine Hände zitterten, als ich die Finger um die Teeschale schloss und Genmas Worte noch einmal überdachte. Teilweise hatte sie ja sogar Recht, das musste ich zugeben. Ich, ein Mädchen – und ja, ein Krüppel – hatte in der königlichen Stadt Khanbaliq nichts verloren. Ich wusste ja nicht einmal, wie weit es bis dahin war oder wo sie genau lag.

Das Bild von Delgers schönem Gesicht kam mir in den Sinn. Wo würde ich je wieder so einen Ehemann finden? Ich schüttelte unmerklich den Kopf. Im Augenblick war Delger im Tempel – gegen den Wunsch seiner Mutter –, weil er lernen wollte ein Lama zu sein. Es war nicht sein Traum zu heiraten und – dessen wurde ich mir immer sicherer – es war auch nicht meiner. Mein Herzenswunsch lag im Süden. Ich musste weiterreiten.

Ich hätte wahrscheinlich an diesem Abend kein Wort mehr gesprochen, aber Bayan benahm sich weiterhin sehr seltsam. Irgendwie war es ihr gelungen, in den Vorratsschuppen neben dem Haus zu gelangen. Sie riss einen Sack Weizen auf, verstreute das teure Futter auf dem Boden und stopfte sich wer weiß wie lange voll. Erst lange nach dem Essen, als wir uns gerade bettfertig machten, hörten wir verdächtige Geräusche. Genma schickte Davasuren um nachzuschauen. Als das Mädchen zurückkehrte und berichtete, dass alles verschüttet war, zog wieder Sturm in Genmas Gesicht auf. Meine verzweifelten Entschuldigungen stießen auf taube Ohren. Die Frau stand auf, nahm ein kurzes Messer aus dem Schrank und stürmte in die Dunkelheit hinaus.

Ich glaube, Genma machte Bayans „Behandlung" in dieser Nacht richtig Spaß. Sie behauptete, das Blut des Pferdes sei durch das viele Korn viel zu dick. Und im Schein der Fackeln, die ihre Töchter hielten, ergriff sie die Oberlippe der Stute mit ihrer starken Faust und suchte dann mit dem Messer in Bayans Maul. Nachdem sie die richtige Stelle gefunden hatte, stach sie in den glänzenden Gaumen. Mir drehte sich der Magen um, als ich sah, wie das Blut aus Bayans offenem Maul heraustropfte. Genma zeigt keinerlei Gnade, obwohl die alte Stute stöhnend versuchte sich aus ihrem Griff zu befreien.

„Vertrau mir", murmelte sie. „Ich weiß, was das Beste ist."

Dann war es still in der Station, und nachdem wir einige wenige Worte gewechselt hatten, krochen wir unter unsere Decken. Doch noch lange nachdem Genma und ihre Familie schon schnarchten, lag ich wach und rieb mir das Schlüsselbein, denn ich hatte das Gefühl, als habe sich die Urga der Viehhirten um meinen Hals festgezogen. Ich musste von diesem Ort fortgaloppieren, und es musste morgen sein.

Bayan ist weg

Ich erwachte, als es noch dunkel war, doch meine Fluchtpläne wurden sofort hinfällig: Genma war schon aufgestanden. Eilig zog ich meine Stiefel an, doch noch ehe ich nach draußen schlüpfen konnte, hörte ich, wie sich schwere Fußstapfen näherten. Die Mädchen wälzten sich hin und her, aber weder sie noch ihr jüngerer Bruder standen auf. In dem rosafarbenen Licht, das hinter Genma hereinfiel, sah ich, dass die beerenfarbenen Ärmel ihres Del bis zu den Ellenbogen hochgeschoben und ihre fleischigen Arme mit Blut beschmiert waren.

Sie zuckte kurz zusammen und war einen Moment lang überrascht, mich schon auf der Bettkante sitzen zu sehen.

„Möge die Sonne dich bescheinen!“, begrüßte sie mich. „Würdest du das Kochfeuer wieder entfachen, meine Liebe? Ich mache uns einen Tee.“

Zögernd stocherte ich mit zwei Dungfladen in der Asche und nachdem ich hineingeblasen hatte, lockte ich ein kleines Feuerchen hervor. Schon bald saßen Genma und ich Tee schlürfend neben den Flammen, und während ich versuchte, ihrem Geplapper über Pferde zu folgen, fiel mein Blick immer wieder auf ihre blutigen Arme, und ich wünschte mich weit, weit weg. Eins nach dem anderen erwachten ihre Kinder und gesellten sich gähnend und mit ihren Teeschalen in den Händen zu uns. Mir war gar nicht bewusst, dass ich mir immer noch das Schlüsselbein rieb, bis Genma mich fragte, was denn mit mir los sei. Ich warf meine Hände in die Luft und lachte schwach.

Nach dem Frühstück fand Genma immer wieder etwas, um mich an ihrer Seite zu halten. Sie wühlte in einer Truhe, um mir einen alten, brüchigen Seidenschal zu zeigen, der ganz weit her, aus Shangtu, kam. Sie gab mir jede ihrer zarten Teeschalen in die Hand und erzählte mir, wann sie die alle bekommen hatte, und nannte die Namen der Reiter, die sie ihr gegeben hatten. Genma legte sogar eine Bahn distelfarbener Seide über meine Schulter und versprach mir, morgen mit dem Nähen eines neuen Dels für mich zu beginnen – gerade so, als hätte ich schon zugestimmt, bei ihrer Familie zu bleiben.

Auf diese Weise kroch der Morgen vorüber. Bator stiefelte herein und hinaus, döste im Sonnenlicht und sprang zwischendurch immer wieder auf, um nach draußen zu schlendern. Ich sehnte mich danach, ihm zu folgen, aber jedes Mal, wenn meine Augen hinauswanderten, schlug Genma mir auf die Schulter und zog einen weiteren Schatz und eine weitere Geschichte aus ihren Truhen.

Als ich sogar an den Schatten im Haus ablesen konnte, dass die Sonne schon hoch über den Himmel gestiegen sein musste, unterbrach ich höflich Genmas weitschweifige Erzählungen und sagte: „Bitte, ich muss jetzt mal nach Bayan sehen. Vielleicht ist ihr Bein heute besser.“

Die massige Frau fiel in sich zusammen, ihre Schultern hoben und senkten sich und sie seufzte. Breitbeinig auf ihrem orangefarbenen Hocker sitzend, winkte sie mich zu sich heran. „Komm her, Oyuna“, sagte sie ernst. „Ich habe dir etwas zu sagen.“

Angsterfüllt gelang es mir irgendwie, meine Füße vorwärts zu bewegen, bis ich in ihren fleischigen Armen eingeschlossen und an ihren weichen Busen gepresst wurde. Genma streichelte mich, während sie auf ihrem quietschenden Hocker hin und her schaukelte.

„Es tut mir Leid, Oyuna, so unendlich Leid!“, murmelte sie in mein Ohr. „Aber Bayan hat diese Nacht nicht überlebt. Ich habe sie heute Morgen dem Tode nahe vorgefunden.“ Sie hielt mich auf Armeslänge vor sich, schaute mir ins Gesicht und sagte: „Zu viel Getreide. Ihr Leben zu beenden war das Beste für sie. Ich weiß, du hättest nicht gewollt, dass sie noch mehr Schmerzen leidet.“

Ich schüttelte den Kopf. Eine wahnsinnige Angst ergriff mein Herz. „Nein! Ich muss sie sehen! Wo ist sie?“

„Bayan ist tot, Oyuna! Und es gibt nichts mehr, was du tun könntest. Du bleibst besser heute hier im Haus, bis ich den Ochsen anspannen kann, um die Leiche wegzuschleppen.“

„Nein!“, rief ich wieder und schüttelte entschlossen den Kopf. „Nein, werde ich nicht! Ich muss sie sehen! Du kannst mich nicht hier festhalten!“

Ich entwand mich ihrem Griff, aber mit unerwarteter Behändigkeit sprang Genma auf die Tür zu und versperrte mit ihrem massigen Körper den Ausgang. „Oyuna“, rief sie mit einer seltsam ruhigen Stimme, „ich kenne mich seit vielen Jahren mit Pferden aus, viel länger als du. Ich weiß, was das Beste ist. Du kannst ruhig weinen, mein Kind. Sogar ich habe Tränen vergossen, als ich deine arme alte Stute so leiden sah."

Sie klang so liebevoll – trotzdem wollte ich mit jeder Faser meines Körpers nur weg von diesem Ort.

„Ich verstehe, wie du dich fühlst, Oyuna", sagte sie. „Setz dich einfach zurück ans Feuer und wir sprechen über deine Stute, über Bayan. Du kannst mir von eurer gemeinsamen Zeit erzählen, und wenn du geweint hast, wirst du dich besser fühlen. Und morgen wird es noch besser sein und am Tag darauf noch ein bisschen besser, du wirst sehen."

In diesem Augenblick fegte Bator zwischen Genmas fetten Knöcheln hindurch, sah sich wild um und sprang nach draußen. Ich musste ihm hinterher – oder ich würde für immer in Genmas gieriger Falle bleiben. Mit einem raschen Blick stellte ich fest, dass mein Sattel und mein Zaumzeug fehlten, ebenso wie die Ledertasche, die ich von Echenkorlo hatte, und die beiden Ziegenledertaschen für den Khan.

Aber ich hatte immer noch das Messer, das ich an dem Tag, an dem ich meinen Zopf abgeschnitten hatte, in meinen Stiefel gesteckt hatte. Unter Genmas zornigem Blick fasste ich langsam in meinen Stiefel, zog es heraus und richtete seine Spitze auf die fette Taille der Frau. Genma sah mich entsetzt an.

„Oyuna!", sagte sie im Tonfall einer Mutter, „leg sofort das Messer weg. Ein solches Verhalten dulde ich in meinem Heim nicht."

„Lass mich hier raus!", sagte ich mit knirschenden Zähnen.

„Aber Oyuna!", begann sie und schlug mir dann plötzlich das Messer aus der Hand. Mit einer unheimlichen Präzision prallte es am bronzenen Topf ab, durchschnitt die Flammen und blieb – höchst unglücklich – im Feuer stecken, umleckt von kleinen Flammen. Genma stöhnte. Mir richteten sich die Nackenhaare auf. Doch ich war so entschlossen, hier herauszukommen, dass ich zum Messer sprang. Aus dem Windhauch neben mir schloss ich, dass Genmas Versuch, mich zurückzuhalten, fehlgeschlagen war. „Nein!", schrie sie und klammerte sich immer noch an den Türrahmen. „Dieses Messer hat das Feuer durchschnitten! Wir müssen einen Schamanen holen!"

Aber ich wollte ihr nicht länger zuhören. Mit meiner Stiefelspitze schob ich das Messer aus den Flammen. Dann kniete ich mich hin, schob meine Hand in den Ärmel meines Del und ergriff das kleine Messer. Das Herz pochte laut in meinen Ohren, als ich wieder aufstand.

„Lass mich hier raus!", sagte ich, richtete das Messer wieder auf Genma und machte einen Schritt auf sie zu.

Angst ließ Genmas fettes Gesicht erblassen, denn nun bedrohte ich sie nicht nur mit einem Messer, sondern auch mit Unheil. Ihre kleinen Augen auf die Schneide gerichtet, schob sie ihren Körper zur Seite und gab gerade so viel Tageslicht frei, dass ich an ihr vorbeihechten konnte.

Draußen stolperte ich über den blutigen Leichnam eines Schafes, achtete aber nicht weiter darauf, als ich eines von Genmas Pferden, einen grauen Schimmelwallach mit zwei weißen Strümpfen und einem weißen Bauch, gesattelt warten sah. Die dicken Ziegenledertaschen waren über seinen Rücken gelegt. Gleichzeitig hörte ich das sorglose Klappern von Pferdehufen. Ich blickte den Pfad hinunter und sah Delger auf uns zureiten. Genma war nun hinter mir, sie winkte und rief ihm zu, er solle sich beeilen. Aber er konnte sie nicht hören, und mit der gewölbten Hand hinter dem Ohr ritt Delger in die Pfeilstation und zügelte überrascht sein Pferd. Messerschwingend befahl ich dem ungläubig dreinschauenden Delger abzusteigen und seinem Pferd Fußfesseln anzulegen. Während er das tat, wirbelte ich herum und durchschnitt wild die Luft mit dem Messer. Ich sah die beiden Schwestern mit offenem Mund um die Ecke schielen. Ich muss furchtbar grimmig ausgesehen haben. Wie ein Tier kauerte ich auf dem Boden und fletschte mit den Zähnen.

Ein Grunzlaut ließ mich wieder hochfahren und herumwirbeln. Doch es war nicht Genma. Auf dem Boden im Schmutz spielend saß der seltsame Sohn. Er grinste mich an und grunzte. Er versuchte ernsthaft, mir etwas mitzuteilen. Hinter seinem Rücken zog er schließlich die Ledertasche hervor, die meine Großmutter mir geschenkt hatte, und hielt sie hoch in die Luft. Für einen Augenblick schmolz meine Wut. Ich lächelte ihm zu und drückte seine speckigen Hände, als ich die Tasche entgegennahm.

Dann schwang ich das Messer ein letztes Mal gegen die anderen, band die Zügel des Grauen los und schwang mich in den Sattel. Mit hämmernden Fersen galoppierte ich den Pfad entlang auf das Dickicht zu.

„Du kennst doch den Weg gar nicht!“, rief Genma mir hinterher. „Du wirst es niemals über die Berge schaffen!“

Das mag schon sein, antwortete ich im Stillen, aber ich wähle zumindest meinen eigenen Weg!

Furcht und Aufregung jagten durch meine Adern, als ich mich tief über den Hals des rennenden Pferdes beugte.

Purzelnde Bilder und Gedankenfetzen wirbelten mir durch den Kopf wie der Wind durch die flatternde Mähne. Ritt ich in die richtige Richtung? War ich nun in Sicherheit? Was im Namen von Tengri war nur mit Bayan geschehen? Und wo war Bator?

In ausgreifenden Sprüngen galoppierten wir den Berg hinauf und dann am Fluss entlang. Wir rasten immer weiter, bis wir den ersten Hügel erklommen und dann den zweiten hinter uns gelassen hatten. Erst dann hielt ich den Grauen an. Er schnaufte schwer. Zu schwer. Da stieg eine neue Furcht in mir hoch. Dieses Pferd, auf dem ich saß und das ich brauchte, um zu entkommen, war nicht schnell. Genmas Prahlerei hielt nicht, was sie versprach. Die Beine des armen Tieres zitterten von der plötzlichen Anstrengung. Es hatte weder Ausdauer noch Feuer. Jedes beliebige Pferd meines Vaters hätte es im Rennen schlagen können.

Versteckt in einer mit Gestrüpp bewachsenen Kuhle, die zwischen zwei Hügeln lag, ließ ich Genmas Pferd im Kreis gehen, damit es wieder zu Atem kam, während ich selbst die Luft anhielt und auf Verfolger lauschte. Meine Ohren hörten keinen Hufschlag, keine triumphierenden Jagdschreie. Aber der Wind trug den weit entfernten Schrei eines kleinen Tieres heran. Ich lächelte über Bators Beschwerden und obgleich es mich drängte, schnell weiter von der Pfeilstation wegzureiten, wartete ich auf ihn. Schließlich kam der kleine getigerte Kater mit hängender Zunge und laut miauend durch das Unterholz gesprungen. Jetzt hatte ich zumindest einen meiner Freunde wieder, obwohl Genmas Worte vom Tod Bayans mein Herz in Eis verwandelt hatten.

„Komm hoch, Bator!", sagte ich und klopfte auf mein Bein, damit er in den Sattel sprang.

Aber das klagend miauende Tier folgte nicht. Mit seinen grünen Augen gegen die Sonne blinzelnd, umkreiste Bator mich, wandte dem sprudelnden Fluss den Rücken zu und trottete in die Kuhle. Ich biss mir auf die Lippen aus Angst, dass wir doch noch gefasst würden, doch ich lenkte den Grauen hinter dem mit erhobenem Schwanz voranlaufenden Kater her.

Nicht einmal ein Dutzend Atemzüge später trug der Wind ein mir nur zu gut bekanntes Wiehern zu. Bayan! Es war Bayan! Ich stellte mich in die Steigbügel und sah mich um, konnte sie aber nicht sehen, denn die Berghänge um mich herum verschachtelten sich in Schluchten und erhoben sich zu Hügeln. Grün sprießende Büsche streckten mir ihre Zweige ins Gesicht, als ob sie meine Suche behindern wollten.

Bator lief rasch voran, also drängte ich den Grauen sich zu beeilen und Bator über den schroffen Fuß eines langen, felsigen Abhangs zu folgen. Doch noch ehe das Pferd sich in Bewegung setzte, war Bator verschwunden.

Ich trieb mein müdes Reittier zu einem zögernden Trab an und wandte meinen Blick hierhin und dorthin. Plötzlich gab der Sattel unter mir nach. Der Graue schnaubte erschrocken und glitt dann auf seinen Hinterbeinen in eine schlammige Schlucht. Ich konnte nur tief im Sattel sitzen und hoffen, dass wir heil unten ankamen.

Aber der Schreck war es wert, denn als ich die Zügel wieder aufnahm und dem ängstlichen Pferd auf den Hals klopfte, sah ich aus den Augenwinkeln etwas Weißes, das sich zwischen einigen großen Büschen bewegte. Dort stand an den Vorderbeinen gefesselt und an einen Baum gebunden stolz meine wunderhübsche weiße Stute: Bayan! Sie sah so schön aus, mit ihren lebendigen schwarzen Augen, dem stolz gebogenen Hals und der Mähne, die wie ein seidenes Gewand über ihre Schultern floss. Ich fiel förmlich aus dem Sattel, so ungeduldig war ich endlich zu ihr zu gelangen.

Ich fuhr mit meinen Händen ihre schlanken Gazellenbeine entlang, um die rauen Fußfesseln zu lösen, und band dann schnell ihren Kopf los. Ich schlang meine Arme um ihren Hals. Bayan schnaubte und rieb ihr Gesicht an meiner Schulter.

Auch Bator rieb sich an mir, fortwährend miauend, und ich wusste, wir mussten uns beeilen.

Ich führte den noch immer schwer atmenden Grauen neben Bayan, band ihn am Baum fest und legte ihm die Fußfesseln an. Dann nahm ich den Sattel von seinem Rücken, legte ihn Bayan auf und befestigte die schweren Taschen des Khan. Nachdem ich ihr auch das Zaumzeug angelegt hatte, war ich bereit.

Als ich Bator diesmal rief, kletterte er mein Bein hoch und legte sich in meinen Schoß. Ich gab Bayan die Zügel hin, damit sie sich selbst den einfachsten Weg aus der Schlucht suchte. Sie bewegte sich rasch und ohne ein Anzeichen von Lahmen, und bald waren wir wieder oben neben dem reißenden Fluss.

Also hatte Genma mich angelogen, dachte ich. Sie hatte gehofft, dass ich, wenn sie mir Bayan wegnähme, meine Träume aufgeben, bleiben und ihren Sohn heiraten würde.

Aber ich werde meine Träume nicht aufgeben, schwor ich mir. Und im Stillen betete ich, dass auch Delger nicht von seinen lassen würde.

Unsere Köpfe streifen den Himmel

Wir warfen uns dem Gebirge entgegen – Bayan, Bator und ich – und kletterten voller Begeisterung in den Himmel hinauf, dem mystischen Reich der Schamanen, dem Heim der Götter, dem Eingang zum Jenseits. Und zu meiner Mutter. Dieser Gedanke jagte mir eine Gänsehaut über den Rücken. Bayans weiße Schulter spannte und entspannte sich unentwegt unter mir, griff auf dem steilen Abhang aus und schob ihn hinter uns. Den Kopf tief gesenkt, setzte sie all ihre Energie daran, vor Einbruch der Nacht, den Gipfel zu erreichen. Ich bewunderte ihre ruhige Kraft.

Bator hingegen war völlig verspielt. Er sprang wagemutig ins Unterholz, überfiel Käfer, duckte und schlängelte sich, ehe er wie der Wind davonlief und dann miauend an der nächsten Ecke auf Bayan und mich wartete.

Wir hatten unsere Reise nach Süden wieder aufgenommen. Das Abenteuer erfüllte die beiden Tiere mit Aufregung. Aber ich – ich war voller Furcht. Meine Finger glitten über meine Hüfte, und ich strich mit der Hand über die leere Stelle, wo die goldene Paiza des Khan gelegen hatte. Meine Garantie für eine sichere Reise war weg. In meiner Eile, mit den beiden Ziegenledertaschen zu fliehen, hatte ich vergessen, die Nachrichtentasche und die goldene Paiza mitzunehmen. Jetzt war ich nur ein weiterer Reisender, der das Land durchquerte. Den Schutz des Khans als sein Pfeilreiter hatte ich nicht mehr.

Außerdem hatte ich weder Lebensmittel bei mir noch hatte ich genauere Angaben zum Weg – außer dem Fluss zu folgen –, der mich in die Stadt Khanbaliq führen sollte. Wie also sollte ich jemals den Kublai Khan und mein schnelles Pferd finden?

Und dann gab es da noch etwas, das mich bei jedem dornigen Busch, der an meinen Hosen zog, und bei jedem Zweig, der unter Bayans Hufen zerbrach, zusammenzucken ließ: das Unheil, mein Unheil. Ich war mir sicher, dass ich seinen eisigen Atem schon im Nacken spüren konnte.

Als mein Messer Genmas Feuer zerschnitt, waren sowohl das Messer als auch die Pfeilstation unrein geworden. Genma hatte Recht gehabt. Wir hätten einen Schamanen holen müssen. Aber nein, ich hatte kühn das besudelte Messer aus dem Feuer geholt und es als Waffe erhoben.

Den ganzen Nachmittag über hatte ich versucht, nicht daran zu denken. Ich hoffte, dass wir dem Unheil davonklettern konnten. Aber jetzt, da ich zum hundertsten Mal über die Schulter sah, erblickte ich das mich verfolgende Unheil: wütende, graue Sturmwolken. In diesem Augenblick erleuchtete ein Blitz den sich rasch verdunkelnden Himmel. Donner rumpelte über die Berge und zwickte uns in die Fersen. Ich zuckte im Sattel zusammen. Vielleicht könnte eine Opfergabe für den Berggeist uns retten? Mit zitternden Fingern griff ich in meinen Stiefel, holte das kleine Eisenmesser heraus und ließ es fallen. Das dichte Gestrüpp auf dem Abhang verschluckte das besudelte Messer und Bayans kraftvolles Tempo trug uns rasch daran vorüber. Aber das war nicht genug. Ein blauweißer Blitz entlud sich direkt vor uns und feuerte aus dem Himmel. In seiner blendenden Helligkeit sah ich das Gesicht meiner Mutter im Schlamm liegen, und Angst nagte an meinen Knochen. Meine Mutter war wegen des Unheils, das auf ihrer Tochter lastete, gestorben. Führte ich jetzt Bayan und Bator in das gleiche Schicksal?

Unaufhörlich rollte der Donner laut und immer lauter, bis seine betäubenden Schläge das Gebirge erzittern ließen. Bator gab seine Spielchen auf und kroch durchnässt und zitternd auf meinen Schoß. Obwohl sie ihre Schritte nun vorsichtiger setzen musste, kletterte Bayan weiter. Das quatschende Geräusch ihrer Hufe im Schlamm wurde zu dem klappernden Geräusch von Hufen auf Stein. Wir arbeiteten uns weiter und weiter nach oben. Wenn sie gelegentlich auf dem glitschigen Felsen ausrutschte und ihre Hüfte nach unten sackte, fielen Bator und ich fast aus dem Sattel, doch Bayan kletterte unbeirrt weiter.

Bei Einbruch der Nacht wurde der Regen heftiger und kälter. Die harten Tropfen trommelten auf meinen unbedeckten Kopf und stachen in meine brennenden Ohren. Der Regen gefror in meinem Haar und bildete dicke Eisschlangen in Bayans Mähne. Das Gefühl in meinen Zehen hatte ich schon lange verloren. Wenn ich das Wasser aus meinen Augen blinzelte, konnte ich zwar sehen, dass ich die Zügel in meinen Händen hielt, doch ich konnte das Leder nicht mehr fühlen. Ich war so nass, als sei ich mit meinen Kleidern in einen Fluss gefallen. Zitternd schlugen meine Knie gegen die Seiten des Sattels.

Regen und Schnee hüllten die Berge ein. Schließlich konnte ich nicht einmal mehr eine Armeslänge weit voraus sehen. Der Pfad vor mir, wenn da einer war, verschwamm in Dunkelheit. Ich hatte das Gefühl, als ob wir direkt ins düstere Jenseits der Toten klettern würden.

Ich spürte, wie Bayan sich abrupt drehte, und plötzlich schrammte mein Knie an eine felsige Wand, die an meiner Hose riss und zerrte. Mit angehaltenem Atem versuchte ich mein Bein enger an den Sattel zu pressen, doch der Druck verstärkte sich. Selbst Bayan war jetzt nervös. Sie hielt an und machte einige unregelmäßige Sprünge, bei denen ihre Hufe auf dem losen Schotter rutschten. Dann hielt sie wieder inne und schwang ihre Nase im dichten schwarzen Regenschleier hierhin und dorthin. Sie schnaubte und sprang schließlich ins Leere. Das Einzige, was ich als nutzloser Reiter auf ihrem Rücken tun konnte, war, Bator festzuhalten, der sich flach an den Sattel klammerte, und dem Instinkt meiner weißen Stute zu vertrauen. Zweige streiften meine Schultern und Wangen schon lange nicht mehr. Und noch ehe der betäubende Regen einsetzte, hatte ich das beruhigende Murmeln des Flusses nicht mehr gehört. Zum Schwindelgefühl in meinem Kopf gesellte sich jetzt auch noch ein unbehagliches Gefühl im Magen, das mich daran ermahnte, dass wir hoch oben auf einem Bergabhang balancierten. Doch mit der schwarzen Dunkelheit um uns herum konnte ich nichts erkennen. Gar nichts!

Bayan machte wieder einen Sprung nach vorne. Doch diesmal scharrten ihre Hufe hilflos und sie rutschte seitwärts weg. Ich wurde plötzlich nach unten gerissen, als sie stolperte und in die Knie ging und dann auf die Schulter fiel. Mein Bein wurde zwischen ihr und dem steinigen Abhang eingeklemmt, und dann schlitterten wir schnell hinab. Der Berg riss meine Haut ebenso mühelos auf wie mein Del und suchte nach Knochen. Trotz der trommelnden Schläge auf meinen Kopf, meine Ellenbogen und meine Hüfte spürte ich, dass es Bator gelungen war, sich zu befreien. Doch ich war unter einem drückenden Gewicht eingequetscht, und ich fiel und fiel und fiel in die Dunkelheit.

Wie lange es dauerte, ehe mir bewusst wurde, dass der Berg aufgehört hatte, unter meinen Fingernägeln wegzurutschen, weiß ich nicht. Der Regen hatte nachgelassen, und als ich den kalten Schlamm an meiner Wange und die Steine unter meiner Zunge bemerkte, versuchte ich aufzustehen. Bohrende Schmerzen, wie Eis im Fleisch, stachen in meine Rippen und meine Knöchel. Ich atmete in kurzen, stoßartigen Zügen, klammerte mich in die nasse Erde und wunderte mich, was das für Lichtflecken sein mochten, die über mir wirbelten. Langsam hörten die weißen Flecken auf zu tanzen und blieben in dem Rabenflügel hängen, der sich so fest auf mein Gesicht presste. Ich erinnere mich, dass ich die Hand hob, um das samtige Schwarz zu berühren. Stattdessen schob Weiß die Nacht beiseite und etwas Warmes blies sanft auf meine ausgestreckten Finger.

Bayan! Sie stand über mir und koste meine Hand mit ihrem weichen Maul. Meine Finger tasteten über die gekräuselten Lippen, fanden das Nasenbein, kletterten zum Jochbein und stolperten zu den Wimpern und in das feuchte Auge. Erschrocken fuhr Bayan zusammen. Meine Hand fiel kraftlos zu Boden und der schwarze Flügel fiel wieder über mich.

Wie lange ich dieses Mal mit geschlossenen Augen dagelegen hatte, weiß ich nicht. Nach und nach drang ein Brummen an mein Ohr, wie von einem geflügelten Käfer, und weckte mich. Doch ehe ich die Augen öffnete, wurde das Brummen zu einer Stimme und formte die Worte: „Es ist noch nicht zu Ende."

Ich blinzelte und öffnete die Augen. Wieder wurden die Sterne langsamer und hielten dann an. Bayan beugte ihren Kopf zu mir hinunter und blies warmen Atem über mein Gesicht.

„Es ist noch nicht zu Ende."

Da waren diese Worte schon wieder. Oder ich dachte zumindest, dass ich sie hörte. Stirnrunzelnd schaute ich in Bayans dunkle Augen. Dann kamen mir andere Worte in den Sinn. „Jedes Lebewesen hat eine Stimme ... Diese weiße Stute hat zu dir gesprochen, weil sie wusste, dass du sie verstehen würdest. Und du musst auf sie hören."

Bayan liebkoste mich mit ihren weichen Lippen und stupste mich sanft an der Schulter. Und dann war auch Bator da, leckte mir mit seiner kratzigen Zunge über die Nase und lief mir miauend über die Brust.

Ich wollte nicht aufstehen. Ich wollte aufgeben. Doch da war ein Wille, der stärker war als meiner. Ich rollte mich auf die Seite und schrie dabei fast vor Schmerzen. Zitternd und keuchend schaffte ich es schließlich, mich auf ein Knie zu stützen.

Die Augen hielt ich fest geschlossen, denn der Schmerz schlug seine Zähne mit beängstigender Wut in mein Fleisch. Ich hörte, wie Bayans Hufe heranklapperten. Ein lederner Steigbügel schlug mir gegen den Kopf. Mit zusammengebissenen Zähnen schlang ich einen Arm hindurch und zog mich hoch. Ich versuchte nicht an Blut, gebrochene Knochen und leblose, auf dem Boden zusammengesunkene Körper zu denken, sondern zog mich weiter hoch. Endlich im Sattel sank ich stöhnend wieder in mich zusammen. Bayan, die jetzt wenig mehr als einen leblosen Körper trug, setzte ihren Weg durch die Dunkelheit fort. Ich glaubte Bators Miauen zu hören, doch es klang weit entfernt.

Und dann stiegen wir wieder bergan. Bei jedem von Bayans gleichmäßigen Schritten spürte ich quälendes Stechen in meinem geschundenen Körper. Meine Stute bewegte sich nun mit neuer Zuversicht, ohne blinde Sprünge in die ungewisse Dunkelheit. Ein neugeborener Mond sah hinter silbrig umrandeten Wolken hervor und warf ein nasses Licht auf die von Zweigen und Blättern rein gewaschenen Felsen.

Schließlich waren wir oben. Undurchdringliches Schweigen hing über den Berggipfeln. In dieser unheimlichen Leere stampfte Bayan mit einem Huf auf und schnaubte. Dann schüttelte sie sich und warf mich dabei fast ab. Sie spitzte ihre Ohren in die Dunkelheit vor sich und wieherte laut. Ich lauschte, doch der Ruf der Stute verhallte unbeantwortet und gedämpft im Nebel.

Ein Regenschauer blies mir ins Gesicht. Ich muss einen Unterschlupf finden, dachte ich. Mir war eiskalt, ich war durchnässt bis auf die Haut und jeder Knochen im Leib tat mir weh. Noch so einen Regensturm würde ich nicht überleben. Aber als ich Bayan mit den Fersen antrieb, weigerte sie sich weiterzugehen. War sie auch verletzt? Oder hatte sie Angst? Oder war sie einfach nur erschöpft?

Aus der Dunkelheit gesellte Bator sich wieder zu uns. Seine grünen Augen leuchteten im Mondlicht. Bayan senkte den Kopf und berührte mit ihrem Maul seine Nase. Die beiden tauschten Atem. Dann hob sie ihren Kopf und die müde alte Stute machte einen zuversichtlichen Schritt nach vorne und folgte Bator zu einer Gruppe dünner Nadelbäume. Ich hing hilflos über ihrem Hals und klammerte mich mit eisigen Fingern an den Sattel.

Ich musste eingeschlafen sein, denn ein unerwarteter Blitz rüttelte mich wach. Mein Herz hämmerte in meiner Brust – fast so laut wie der nun folgende rollende Donner. Nein! Nicht schon wieder!, dachte ich und sah mich verzweifelt um. Noch ein Blitz zuckte über den Himmel und verwandelte die Berggipfel für einen Augenblick in eine schwarze, starre Silhouette. In diesem Moment sah ich den Ochsenkarren, dessen Deichsel auf dem Boden lag – und dahinter eine kleine Höhle. Ich warf alle Bedenken vor den Fremden, die dort drin hocken mochten, beiseite. Zumindest würde ich die Nacht nicht alleine verbringen müssen.

Ich hämmerte Bayan die Fersen in die Seite und trieb sie näher zum Eingang der Höhle.

„Hallo!", rief ich, „hallo?" Keine Antwort. Vielleicht schlafen sie?, dachte ich. Ich rief noch einmal, lauter, und wartete. Vielleicht waren sie jagen gegangen? Sollte ich ohne Einladung einfach so das Quartier eines Fremden betreten? Wieder zischte ein Blitz über meinen Kopf und nahm mir die Entscheidung ab. Ich sprang aus dem Sattel und stolperte zum Eingang der Höhle.

Die Höhle gähnte weit genug, um auch Bayan Schutz zu bieten. Und als der Widerhall des Donners verklungen war, lief ich hinaus und zog an den Zügeln. Doch seltsam, die weiße Stute warf sich mit all ihrem Gewicht dagegen und weigerte sich, auch nur einen Schritt näher zu kommen. Mit vor Kälte klammen Fingern zog ich die beiden Ziegenledertaschen zu Boden und löste Sattel und Zaumzeug. Bayan lief sofort mit gesenktem Kopf davon und suchte Gras.

Ich musste zweimal gehen – und jeder Schritt schmerzte. Ich zog Sattel, Satteldecke und Zaumzeug sowie die beiden Taschen des Khan in die Höhle. Ich rief noch einmal, falls hier drinnen doch jemand schlief. Niemand antwortete. Bator saß schon schweigend auf der Erde, das dürftige Mondlicht glitzerte in den Regentropfen auf seinem Fell.

Plötzlich streckten mich der anstrengende Tag und die lange beängstigende Nacht förmlich zu Boden. Ich lehnte meinen zerschundenen Körper an die kalte, felsige Wand und verlagerte mein Gewicht unruhig von einer Seite auf die andere, doch der Schmerz war überall. Die Satteldecke war nass, aber sie war dick und noch warm von Bayans Körper. Ich zog sie mir über die Beine. Bator krabbelte mir auf die Brust und leckte mir über das Gesicht, ehe er sich auf meinem Schoß zusammenrollte. Beim nächsten Atemzug hörte ich ihn schnurren.

Doch ich konnte seine Zufriedenheit nicht teilen. Ich war verletzt. Ich war hungrig, allein und auf einmal hatte ich so große Angst wie noch nie zuvor in meinem Leben.

„Großmutter?“

„Ja, mein Kind?“

„Hattest du sehr, sehr große Angst?“

„Ja, in dieser Nacht hatte ich sehr, sehr große Angst."

In der Dunkelheit schaute das Mädchen auf ihre keuchende Stute, die wieder auf dem trockenen Gras zu ihren Füßen lag und einen ganz feuchten Kopf hatte. Geistesabwesend hob sie die Hand zu ihrer eigenen warmen Stirn. Dann seufzte sie, kuschelte sich erneut an ihre Großmutter und begann wieder an dem geknoteten Knopf ihres Dels zu drehen.

„Was hast du dann gemacht?", fragte das Mädchen nach einer Weile. „Ich meine, du warst so verloren und allein in dieser dunklen Höhle im Gebirge. Wie hast du es geschafft, nicht einfach nur laut zu schreien?"

Ein krächzendes Lachen entrang sich der Brust der alten Frau.

„Nun", sagte sie, „um ehrlich zu sein, das Schreien kam später. Aber in dieser Nacht, nachdem ich geweint und dann den Kater auf meinem Schoß umarmt hatte, versuchte ich, so gut ich konnte, zuversichtlich zu sein." Sie schwieg und überlegte. „Weißt du, das Leben eines Hirten ist nicht einfach. Das Wetter wechselt von feuriger Hitze zur Kälte eines Eissturms – manchmal sogar am gleichen Tag. Die Tiere immer wieder zu guten Weidegründen zu führen ist eine schwierige und einsame Aufgabe. Krankheit und Tod kommen ohne Warnung." Die runzlige Frau hielt kurz inne. „Es ist so: Wenn du die ganze Zeit an einem tiefen Abgrund entlanggehst, wagst du es nicht, zu Boden zu schauen – du schaust lieber lachend in den Himmel."

Sie drückte den Arm ihrer Enkelin. „Aber beim nächsten Sonnenaufgang verging mir das Lachen."

Der Morgen

Entsetzen. Blindes, namenloses Grauen schnürte mir mit knochigen Fingern die Kehle zu. Denn als morgens das erste Licht auf meinen Lidern kitzelte und ich die Augen aufschlug, blickte ich in tote, starre Augen, und eine graue Hand streckte ihre knochige Klaue nach mir aus.

Wieder und wieder schrie ich, bis ich dachte, dass meine Seele aus meinem Mund fliegen und mich ebenso leblos in diesem steinigen Grab zurücklassen würde. Das schrille Echo hallte von den feuchten Wänden wider wie aufgeschreckte Krähen, ehe es in die kalte Gebirgsluft hinausflatterte.

Ich trat mich von der Satteldecke frei, die sich auf einmal zwischen meinen Beine verheddert hatte und mich festzuhalten schien, und krabbelte aus der Höhle hinaus. Immer weiter schob ich mich vom dunklen Schlund der Höhle weg, bis ich zitternd hinter einem riesigen Felsbrocken kauerte.

Ich keuchte, schnaufte – und bekam doch kaum Luft. Mein Magen schob die Lungen beiseite und eine unsichtbare Faust grub sich mir in den Körper. Ich klappte zusammen und würgte. Schließlich rollte ich mich völlig am Ende meiner Kräfte auf dem steinigen Boden zusammen und nahm kaum wahr, wie die Nässe durch meine Kleidung sickerte. Ich schlang die Arme um mich und schluchzte.

Hoch oben auf den Berggipfeln, wo ich mit dem Kopf den Himmel streifte, hatte ich das Gefühl, alles sei verloren. Ich hatte nichts und niemanden – und nun griff der Tod nach mir.

Das Grab Eschenkorlos

Die Sonne schien auf die Berggipfel, und eine leichte Brise säuselte in den Nadelbäumen. Nicht weiter als einen Pfeilflug entfernt hörte ich Bayan unter den Bäumen herumschnüffeln. Als ich ihren Namen rief, erschrak ich beim dünnen Klang meiner eigenen Stimme, die der Wind hinauf in den leeren Himmel trug. In diesem Augenblick kam meine schlammbespritzte weiße Stute auf dem Pfad zwischen den Bäumen heran. Doch als ihr Vorderhuf den Schiefer vor der Höhlenöffnung berührte, hielt sie inne. Mit lang gestrecktem Hals sog Bayan die Luft durch ihre rosafarbenen geblähten Nüstern. Dann schnaubte sie kurz wie zur Warnung. Ein heftiges Zittern begann an ihren Ohren und lief über ihren Körper bis zum Schweif, wobei sie kleine Klümpchen getrockneten Schlammes auf die feuchte Erde spritzte. Ihr Urteil war gefällt, Bayan wandte sich wieder um und lief zurück in den Wald.

Sie roch den Tod. Sie hatte ihn, das wusste ich jetzt, schon gestern Nacht erkannt, als sie sich geweigert hatte, einen Huf in die Höhle zu setzen.

Das Kinn auf die Hand gestützt, dachte ich grimmig, dass mir, dem stumpfsinnigen Menschen, alle elementaren Instinkte fehlten, und deshalb hatte ich eine ganze Nacht gleichsam Wange an Wange mit dem Tod verbracht. Jetzt schauderte ich. Diesmal konnte ich nicht fliehen. Ich war gefangen und ich war unrein.

In diese freudlosen Gedanken drang auf einmal ein fernes klingelndes Geräusch, fraglos fröhlich. Neugierig versuchte ich mich aufzurichten. Doch beim ersten Versuch sackte mein Körper unter starken Schmerzen zurück zu Boden. Die Pein in meinen Rippen und in meinem verletzten Fuß überschrie alle übrigen Schmerzen. So vorsichtig wie möglich streifte ich mir den Filzstiefel vom Fuß. Ich zuckte zusammen, als ich über die heiße Haut strich, die sich über meinen Knöchel spannte, der doppelt so dick war wie sonst. Ich schob mein Hosenbein höher und wand mich beim Anblick der grell grünen und tieflilafarbenen Flecken, mit denen ich übersät war. Mit einem Seufzer sank ich zurück. Doch ein zerrender, reißender Schmerz unterhalb meiner Rippen ließ mich auffahren. Stöhnend presste ich meine Hand auf meine Seite und stützte mich auf den Boden.

Ich musste sterben. Das wusste ich nun. Weil ich die Nacht bei einem Toten verbracht hatte, wurde jetzt auch ich ins Jenseits hinübergezogen. Ich schloss die Augen und wartete.

Ich bin sicherlich eingeschlafen, denn als ich die Sonne heiß auf meinem Rücken spürte, lag ich immer noch auf dem Boden. Vielleicht muss ich ja doch noch nicht sterben?, dachte ich und schlug die Augen wieder auf.

Wenn ich den Schlaf mit dem Tod überlebt hatte, konnte es dann nicht sein, dass ich von dem Fluch wieder befreit war? Ich hatte erzählen hören, dass in einigen Teilen des

Landes die Lieblingsdiener mächtiger Männer bei deren Tod mit ihnen beerdigt werden – bei lebendigem Leibe. Wenn dann später die Freunde des Mannes kommen, das Grab wieder aufgraben und den Diener noch atmend vorfinden, dann wird er mit viel Ehre überhäuft und er ist frei zu gehen, wohin es ihm beliebt. Ich habe die Nacht auch in einer Art Grab verbracht, dachte ich, und trotzdem lag ich jetzt hier und blinzelte wieder in die Sonne.

Plötzlich zwängte Bator seinen pelzigen Körper unter meinen Armen hindurch und ließ eine tote Feldmaus in meinen Schoß fallen. Dann drückte er sein blutverschmiertes Gesicht immer wieder an meine Wange, bis ich endlich lächeln musste und ihn streichelte.

„Danke, Bator“, murmelte ich, nahm den kleinen Nager am Schwanz und log: „Aber ich bin gar nicht besonders hungrig. Friss du.“ Ich warf die Maus hoch in die Luft, und Bator fing sie glücklich mit den Vorderpfoten auf, ehe sie den Boden berührte. Ich lächelte wieder. „Was würde ich bloß ohne dich tun?“, flüsterte ich.

Hinter mir raschelte es. Vorsichtig spähte ich über meine steife Schulter und sah, wie Bayan ihren Kopf neugierig durch einige kahle Äste schob. „Und natürlich ohne dich, Bayan!“, sagte ich und lachte ein wenig, ehe ein schmerzhafter Stich in den Rippen mich wieder ernst werden ließ.

Nicht weit von Bayan lag ein Ast, den der Sturm zu Boden gefegt hatte – und plötzlich kam mir eine Idee. Über den Boden kriechend wie eine Schlange erreichte ich den Ast, befreite ihn von überflüssigen Zweigen und klemmte ihn mir unter die Achselhöhle. Dann stützte ich mein Gewicht schwer darauf und machte mich wie betrunken schwankend auf, die Quelle der klingelnden Geräusche zu erkunden. Bator und Bayan, die sich offenbar mehr für mein drittes Bein interessierten als für die Herkunft der Geräusche, folgten mir.

Mein Atem ging keuchend, als ich humpelnd eine sonnige Lichtung erreicht hatte, in deren Mitte zum Himmel zeigend ein Obo stand. Es war ein beeindruckender Schrein für den Berggeist, den Reisende aus langen ineinander verwebten Zweigen in Form eines Kegels geflochten hatten. Zahllose nasse Bänder aus blassblauer Seide waren an diese Zweige geknotet und wehten nun schlaff. Die silbernen Perlen einer zerrissenen Halskette hingen im Sonnenlicht glitzernd über einem Ast. Eine Schnur mit kleinen Messingglöckchen hüpfte in der leichten Frühlingsbrise.

An so einem Obo waren mein Vater und ich auch auf unserer Reise zum Festival von Karakorum vorbeigekommen. Wie damals war ich voller Ehrfurcht. Ich humpelte in einem langsamen Kreis darum herum, den Obo immer respektvoll rechts von mir haltend. Dann nahm ich meinen Gürtel ab, legte ihn mir um den Hals und verbeugte mich unter Schmerzen neunmal vor dem hölzernen Schrein. Schließlich kniete ich mich auf den feuchten Boden und schloss fest die Augen. Ich betete glühend zu dem Berggeist um Schutz – und um Rat.

In der Dunkelheit hinter meinen geschlossenen Lidern spürte ich, wie die Erde unter meinen Knien erbebte. Ein Brüllen wie von rauschendem Wasser erfüllte meine Ohren. Ein Schwindelgefühl überkam mich, und tausend weiße Pferde, die wahnsinnig grinsten, schielten und lautlos lachten, erfüllten auf einmal meine Gedanken. Ich öffnete die

Augen, presste meine Handflächen auf die Erde, um mich abzustützen, und schüttelte energisch den Kopf, um sie wieder aus meinen Gedanken zu vertreiben.

Nun war mir klar, weshalb Schamanen für ihre Visionen dem Himmel so nah sein wollten. Aber ich war keine Schamanin, nur ein sehr erschöpftes und sehr hungriges Mädchen. Ich beschloss zur Höhle zurückzukehren.

Ich zog mich an der rohen Krücke vom Boden hoch und entfernte mich vom Obo. Da bemerkte ich auf einem flachen Felsen weitere Opfergaben für den Berggeist. In einer halb gefrorenen Pfütze lagen einige kleinere Münzen und ein kaputtes Teil eines Zaumzeuges. Ein nasser Ring von Hülsen wies auf eine Opfergabe von Korn hin, das aber schon längst von Wind und Vögeln zerstreut worden war. Auf einem anderen Felsbrocken lag eine alte hölzerne Schöpfkelle mit einer blassen weißen Haut drin, das musste Ayrag gewesen sein. Daneben lag, feucht im Sonnenlicht glänzend, ein durchnässter Block Teeblätter.

Ich war so hungrig, dass ich meine Finger ausstreckte und die dunkle Oberfläche berührte. Mein Magen knurrte, doch ich wagte es nicht, Nahrung aus der Schüssel der Götter zu stehlen.

Mir fiel eine Opfergabe ein, die ich mit meinem Vater zusammen an dem anderen Obo gesehen hatte. Ich hinkte auf meinem Stock zu Bayan, die einige Schritte weiter graste, und zupfte ihr einige Haare aus dem langen Schweif. Dann humpelte ich zurück zum Obo – obwohl das Schwindelgefühl in meinem Kopf wieder stärker wurde – und knotete sie um einen Zweig. Zufrieden trat ich zurück und beobachtete, wie die seidenen Haare in der sanften Brise wehten.

Meine weiße Stute hatte mir immer Glück gebracht, und das wollte ich nun mit dem Berggeist teilen.

Schon fühlte ich mich viel stärker und zuversichtlicher. Das Schwindelgefühl ließ nach. Ich dachte an den alten Menschen, der in dieser trostlosen Höhle allein und hilflos gestorben war. Ich wollte dem Fremdling eine Art Begräbnis zuteil werden lassen, damit sein geschiedener Geist auch Ruhe finden konnte.

Als ich die Höhle nach einer weiteren anstrengenden Wanderung auf meiner Krücke wieder betrat, fiel mir etwas auf, das ich bisher übersehen hatte. In der fedrig grauen Asche des Feuers lag etwas Hartes, Weißes. Und noch ehe ich den nächsten Schritt machte, erkannte ich die Schulterblätter eines Schafes, versengt von der Hitze der Flammen, damit der Entzünder des Feuers in die Zukunft schauen konnte.

Verschwommene Bilder wirbelten mir durch den Kopf – Szenen aus Echenkorlos Zelt, von ihrer seltsamen Begleiterin, den ungewöhnlich geformten Taschen und Säcken im rauchigen Dunst. Ich konnte sogar wieder das nach Moschus riechende Gebräu schmecken, den beißenden Geruch der Kräuter in der Nase spüren und die weiß glühenden Schafschultern sehen. In meiner Erinnerung schwebte Udbals zahnloses Gesicht ganz nah an die gezackten Linien und sah in die Zukunft – in meine Zukunft. Wiederum schüttelte ich meinen Kopf, um mich von Bildern zu befreien. Dann war dieser Mensch dort in der Höhle also ein Schamane … oder eine Schamanin. Mein Herz schlug schneller. Konnte es denn sein …? Nein, das war unmöglich. Es gab zu viele Berge. Da war es wahrscheinlicher, dass der Goldene Nagel in die Sieben Riesen stürzte, als dass Echenkorlo und ich auf den gleichen Wegen reisten.

Trotzdem hatte ich eine Gänsehaut, als ich nach draußen humpelte, um in den Ochsenkarren zu schauen. Filzbündel quollen hinten heraus, als ob jemand begonnen hatte, ein Ger aufzubauen, und es sich dann doch anders überlegt hatte. Vielleicht hatte der plötzliche Sturm den Fahrer des Karrens in den Schutz der Höhle getrieben? Und noch etwas nagte in meiner Magengrube: Der Filz für das Ger war schwarz – wie der von Echenkorlos Zelt. Mit beiden Händen zog ich den schweren Filz vom Wagen, dessen Mitternachtsfarbe durchtränkt war von der Wärme der Morgensonne. Ich starrte auf das, was darunter lag: Es waren die eigenartigen Pelze und Felltaschen, die ich in Echenkorlos Zelt gesehen hatte. Ich hatte die Nacht mit meiner toten Großmutter verbracht. Eine Gänsehaut lief mir über den Rücken und mir war plötzlich sehr kalt.

Aus Respekt für die Tote hielt ich den Atem an und schlich mich auf Zehenspitzen zurück in die dunkle Höhle. Auf der feuchten Erde kniend schaute ich in die toten Augen und den lippenlosen gähnenden Mund. Wie hatte ich dieses Gesicht nicht erkennen können, so ausdrucksvoll – selbst im Tod. Auch ohne Echenkorlos hypnotisierende Worte war ich wieder völlig fasziniert. Ich betrachtete ihre Fältchen und bemerkte, dass ein schwaches Leuchten Echenkorlos Haut liebkoste – wie ein Spätsommerhimmel, der von einer unsichtbaren Sonne beschienen wurde.

Trauer und Verzweiflung wuchsen in meinem Herzen und quollen als salzige Tränen aus meinen Augen. Echenkorlo hatte mich auf diese Reise geschickt, und die Nacht, in der sie sich über mich gebeugt und mir in mein Ohr geflüstert hatte, schien Jahre zurückzuliegen. An die Hälfte dessen, was sie mir beigebracht hatte, konnte ich mich nicht erinnern. Und nun würde ich es auch nie mehr lernen. Mit Schrecken wurde mir bewusst, dass ich, Oyuna vom Stamm der Kerait, noch nicht einmal dreizehn Jahre alt, nun das älteste weibliche Mitglied unserer Familie war. Eine schwere Verantwortung legte sich damit auf meine Schultern, geboren aus der generationenalten Sorge für die Lebenden und für die Toten. Und während die Tränen über meine Wangen strömten, tat ich das, was ich tun musste. Ich biss die Zähne zusammen, griff unter die gefühllosen Achselhöhlen und zog. Schließlich gelang es mir, den steifen Körper nach hinten in die Höhle zu ziehen. Er roch nicht. Die kalte Bergluft hatte den Leichnam frisch gehalten. Zuerst legte ich meine Großmutter auf den Rücken, wie es sich gehörte. Doch nachdem ich eine Weile mit ihrem ausgestreckten Arm gekämpft hatte, rollte ich sie auf die Seite, sodass ihr Kopf auf dem störrischen Arm ruhte. Mit leichten Rippenstößen zwängte ich ihren Körper dann in die Spalte im hinteren Teil der Höhle. Die braune Decke, die zusammengeknüllt neben ihr gelegen hatte, nahm ich mit nach draußen, um sie in der frischen Luft auszuschütteln. Etwas fiel aus den Falten. Ein daumengroßes Ding schlitterte über den Schiefer, bis es endlich liegen blieb und matt im Sonnenlicht schimmerte.

Ich bückte mich steif. Es war das schwarze Amulett, das damals in dieser Nacht vor so langer Zeit auf Echenkorlos Handfläche erschienen war. Die kleine Figur auf dem galoppierenden Pferd ähnelte so verblüffend dem Goldmedaillon, das ich in meiner Tasche trug, dass ich es hervorholen musste, um die beiden miteinander zu vergleichen. Als ich sie im hellen Licht betrachtete, war ich mir sicher, dass sie aus den Händen desselben Künstlers stammten. Nur in dem größeren, in dem Medaillon, hatte das Pferd Flügel und man konnte sehen, dass der Reiter ein Mädchen war, das Blumen im Arm trug. Ich schloss meine Finger um das schwarze Amulett, und Echenkorlos Worte kamen mir wieder in den Sinn: „Kannst du nicht zugreifen und das Glück oder das Unglück in deine Hände nehmen?" Einen nach dem anderen öffnete ich meine Finger wieder. Doch der schwarze Anhänger war noch da. Echenkorlos Tricks würden nun für immer ihr Geheimnis bleiben. Lächelnd steckte ich das Medaillon zurück in meine Tasche und brachte die Decke und das schwarze Amulett zurück in die Höhle.

Ich legte das Amulett in die ledrige Hand, die sie an ihren Körper gezogen hatte, und breitete die braune Decke über ihr aus. Beim Kramen in ihrem Karren hatte ich eine Speiseschale gefunden, die ich nun neben ihren Kopf stellte. Mit gerunzelter Stirn überlegte ich, was meine Großmutter in der jenseitigen Welt essen sollte. Ich hatte weder Milch, die ich in ihre Schale schütten konnte, noch hatte ich eine Stute mit einem Fohlen. Ich kehrte zu ihrem Karren zurück und öffnete einige der vielen Ledertaschen. Anfangs fand ich nur Wurzeln, Kräuter und Pülverchen, doch als ich einen besonders schweren Ziegenledersack heraushob, tauchten meine Hände in den öligen Reichtum getrockneter Fleischstreifen. Ich muss gestehen, dass ich den ersten Streifen sofort selbst in den Mund gesteckt habe und mir das Wasser im Munde zusammenlief. Dann trug ich eine Hand voll der Fleischstreifen zu Echenkorlos Schale. Jetzt fühlten wir uns beide besser. Denn nun hatte ich Nahrung im Mund, und sie würde immer etwas zu essen zur Hand haben.

Als ich in das runzelige Gesicht meiner Großmutter schaute, fragte ich mich, ob sie wohl allein gestorben war. Hatte Udbal ihre Hand bis zum Schluss gehalten oder hatten sich ihre Pfade schon lange vorher getrennt? Ich schaute auf ihre einfache Kleidung und erinnerte mich, wie anders, wie elegant meine Mutter am Tag ihrer Beerdigung ausgesehen hatte. Doch Echenkorlo besaß keine fein bestickten Dels und keinen Schmuck. Sie hatte unzählige seltsame Dinge auf ihren Reisen gesammelt, aber Reichtümer waren keine darunter. Dennoch wollte ich ihr noch etwas Besonderes mit in die nächste Welt geben. Da fielen mir die hübschen Blumen ein, die ich draußen in einer Felsspalte gesehen hatte. Ich humpelte aus der Höhle und kam mit einem Frühlingsstrauß zurück, den ich ihr unter die Nase legte. Was auch immer sie in der nächsten Welt vorfinden würde, dachte ich, meine Großmutter würde auf jeden Fall immer den Duft dieser Welt bei sich tragen.

Dann stapelte ich um sie herum all die pelzigen Taschen und Lederbeutel, die Heilung für unbekannte Krankheiten enthielten, damit sie ihre Heilkraft auch im Jenseits einsetzen konnten. Eindeutig bestimmen konnte ich nur den Inhalt von vier Taschen, und aus diesen nahm ich mir je eine Hand voll für den eigenen Gebrauch. Bei einem der vielen Gänge, die ich zwischen dem Karren und der Höhle machte, bemerkte ich an der Stelle, an der ich meine Großmutter gefunden hatte, einen Handabdruck, den meine achtlosen Schritte fast verwischt hatten. Ich ließ die Taschen, die ich trug, fallen und kniete mich daneben. Vorsichtig wischte ich die Steinchen weg, die durch mein Kommen und Gehen darauf gefallen waren.

Also hatte meine Großmutter ihren eigenen Tod voraussagen können, dachte ich, denn ich kannte das Beerdigungsritual, bei dem man die Hand des Toten in die feuchte Erde im Grab presste. Dann bemerkte ich ein weiteres Bild und beugte mich tiefer. Im düsteren Licht der Höhle erkannte ich die grobe Zeichnung einer Blume mit langer Wurzel und daneben ein Strichmännchen-Pferd, das kränklich lächelte. Das laute Tosen, das ich beim Obo gehört hatte, hallte wieder in meinem Kopf und machte mich schwach und schwindelig. Was hatte das zu bedeuten? Ich krallte meine Fingernägel in die Erde und zwang mich, auch das dritte Bild zu betrachten: Es war länglich und sah fast aus wie die Paiza des Khan, die ich zurückgelassen hatte. Ich hockte lange über diese Zeichnungen gebeugt da, konnte aber keine Botschaft aus ihnen herauslesen.

Kopfschüttelnd erhob ich mich schließlich und fuhr fort, die Taschen rund um Echenkorlo zu stellen. Dann verließ ich die Höhle auf der Suche nach Steinen, die ich bewegen konnte. Immer wenn ich wieder hereinkam, presste ich einen weiteren Stein oder einen Zweig gegen den steifen Körper meiner Großmutter, dann hinkte ich mit leeren Händen wieder hinaus – auf der Suche nach einem weiteren Grabopfer. Diese Wanderungen waren anstrengend, mein Bein pochte vor Schmerzen und ich musste alles auf der Hüfte balancieren, um es von meinen schmerzenden Rippen fern zu halten. Bator streifte indessen herum, fing und fraß irgendwann einen Vogel. Bayan sah ich nicht, doch ich hörte ihre Hufe im Schlamm, als ich einmal innehielt und lauschte.

Die Sonne hatte ihren Zenit schon überschritten und ich schwitzte – selbst hier in der kalten Bergluft –, als ich den letzten Stein in die behelfsmäßige Mauer zwängte. Erschöpft stolperte ich nach draußen und ruhte mich auf dem leeren Ochsenkarren aus. Mit schmutzigen Händen steckte ich mir schwer atmend Streifen getrockneten Fleisches in den Mund und warf kleinere Stückchen dem miauenden Bator zu. Zwischen dem Geräusch des Windes und dem Glöckchenklingeln hörte ich jetzt auch wieder das Murmeln des Gebirgsbaches.

Ich überlegte kurz, ob ich Bayan vor den Ochsenkarren spannen könnte, denn das Geschirr lag vor dem Karren. Doch als meine Stute herankam, fast braun gefärbt von einem Schlammbad, entschied ich, dass ich sicher schneller vorankäme, wenn ich sie weiterhin ritt.

Ich rief Bayan. Sie schnüffelte auch diesmal wieder, schien jetzt aber zufrieden, denn sie kam zum Ochsenkarren getrottet. Bator machte zur Begrüßung einen Buckel und die Stute fuhr ihm mit den Lippen durchs Fell. Ich lachte vor mich hin und fühlte mich ganz eigentümlich erholt. Dann humpelte ich in die Höhle, um meine Sachen zusammenzusuchen.

Die weißen Schulterblätter lagen immer noch starr in der kalten Asche. Neugierig blieb ich stehen, betrachtete sie ein letztes Mal und versuchte die spinnenwebartigen Linien zu verstehen, so wie Echenkorlo und Udbal das vermocht hatten. Aber ich konnte mich nur daran erinnern, welche

Linien sich auf Reisen bezogen. Also drehte ich die Schulterblätter um und studierte die dünnen Risse.

Der Winkel der Linien schien zuerst eine gefährliche Reise anzudeuten, doch dann wurden sie so undeutlich, dass es unmöglich war, ihre Botschaft zu entziffern. Ich ging in die Hocke und dachte nach. Hatte Echenkorlo versucht den Verlauf ihrer eigenen Reise vorauszusehen? Oder wollte sie den Ausgang einer zukünftigen Reise erkunden, einer, die sie noch gar nicht begonnen hatte? Ich zuckte mit den Schultern. Diese Linien und Risse mochten vielleicht für Echenkorlo eine Bedeutung gehabt haben, aber für mich nicht. Vorsichtig trug ich die Schulterblätter in den Hintergrund der Höhle und lehnte sie an die schiefe Mauer.

Wieder draußen im Sonnenlicht fand ich ein Stück Rinde und kratzte so gut es ging den trockenen Schlamm von Bayans Fell. Dann sattelte und zäumte ich sie auf, legte die geheimnisvollen, schweren Taschen des Khan über den Sattel und saß auf. Mit schief gelegtem Kopf lauschte ich einen Augenblick und lenkte Bayan dann in Richtung des plätschernden Wassers, auf einen Pfad, der uns, wie ich hoffte, aus dem Gebirge herausführen würde. Bator lief hinter uns her.

Gobi

Niemand hatte mir je gesagt, wie weit es nach Khanbaliq ist! Die Gedanken an das Unglück und an den Tod meiner Großmutter musste ich beiseite schieben und jeden langen Tag aufs Neue ums Überleben kämpfen.

Die Landschaft um uns herum veränderte sich. Wir hatten die Berge hinter uns gelassen, und die grasbedeckte Steppe dehnte sich wellig in alle Richtungen vor uns aus – ganz ähnlich wie bei mir zu Hause. Doch immer öfter klapperten Bayans Hufe über harte, nackte Erde, die höchstens mit Flugsand und Schutt bedeckt war.

Wir ritten nun auf der Karawanenroute, die durch viele tausend Füße und über viele hundert Jahre hinweg zu einem ausgetrampelten Pfad geworden war. Ich zeigte mich jetzt wieder offen als Mädchen. Obgleich das recht ungewöhnlich war, fühlte ich mich ziemlich sicher. Mein Volk heißt Fremde willkommen, und zu dieser Zeit sagte man, dass eine junge Frau – wenn sie das wollte – mit einem Topf Gold auf dem Kopf durch das Land des Kublai Khan wandern könne, ohne belästigt zu werden. Das hielt die Leute natürlich nicht davon ab mich anzustarren.

Ungefähr jeden zweiten Tag erreichten wir drei ein Haus mit Lehmwänden, das für gewöhnlich in der Nähe eines

Brunnens oder einer Quelle stand. Diese Hütten waren zugleich Pfeilstationen, und zehn oder zwölf klapprige Ersatzpferde grasten mit Fußfesseln in der Nähe. Karawanen, die zwischen Marktstädten umherreisten, hielten hier, um ihre Tiere zu tränken und Neuigkeiten mit dem Stationsführer auszutauschen. Ich war immer dankbar, wenn eins der Lehmhäuser, das vor mir auftauchte, ruhig und leer war, denn das bedeutete, dass ich Bayan tränken, meinen Wassersack füllen und ohne große Erklärungen weiterreiten konnte. Wenn aber eine Karawane dort rastete und Kamele und Ochsen wie zahllose haarige Hügel auf der Steppe lagerten, verursachte meine Ankunft immer heftiges Winken und laut gerufene Einladungen, mich doch zu ihnen zu setzen. Ein Mädchen, das alleine ritt und eine Katze bei sich hatte, so vermuteten sie, musste eine gute Geschichte zu erzählen haben. Und die Fahrer der Ochsenkarren und ihre Familien hungerten immer nach Geschichten.

Ich sprach schüchtern, beantwortete nur, was ich gefragt wurde. Die Männer und einige der Frauen schüttelten den Kopf, wenn ich sagte, dass ich direkt zum königlichen Hof des Kublai Khan reiten würde. „Du solltest in deinem Ger bei deinem Ehemann bleiben", schimpften die Väter. „Oder zumindest bei deiner Familie!", tadelten die Frauen. Aber in den vom Staub geröteten Augen einiger Frauen, besonders denen junger Mädchen, sah ich oft einen kleinen Funken Neid aufglimmen.

Natürlich erzählte ich nicht alles – vor allem erzählte ich nicht, dass Bayan manchmal zu mir sprach, und auch nicht von den Träumen, die mich quälten. Seitdem wir das Gebirge verlassen hatten, drangen fast jede Nacht die geisterhaften Bilder von weißen Pferden, deren Gesichter in schweigendem Gelächter verzerrt waren, in meine Träume. Mittlerweile graute mir schon fast vor der sinkenden Sonne, denn ich konnte mir nicht erklären, was ich getan haben mochte, um solche Qualen auf mich zu laden.

Mit jeder Tagesreise Richtung Süden wurde die Steppe trockener. Das Gras verkümmerte zu einigen wenigen graugrünen Halmen, die in den Rissen zwischen trockenen Platten harter Erde wuchsen. Die Luft hing bewegungslos und heiß über uns, und ganz gleich, wie schnell wir auch auf den Horizont zutrabten, er schwebte schimmernd und auf ewig außer Reichweite vor uns her. Das war also die Gobi.

Obwohl die Erde hier flach vor uns lag und zur Geschwindigkeit einlud, konnte ich die Gobi nicht schneller durchqueren als das Gebirge, denn die Verletzungen, die ich erlitten hatte, waren noch nicht ausgeheilt. Und jede Gangart schneller als Schritttempo war unerträglich schmerzhaft. Dennoch merkte ich, dass mein Körper heilte – Bayans Körper hingegen wurde mit jeder Tagesreise steifer und schwächer. Wenn wir schließlich am späten Vormittag anhielten, um die Sonnenhitze abzuwarten, sank die weiße Stute in die Knie, sobald ich ihr den Sattel abgenommen hatte. Dann lag sie den ganzen Tag und stand nicht einmal auf um zu grasen. Doch ihre Ohren waren immer lauschend nach Süden gerichtet. Nach und nach drückte die Hitze ihre Nase nach unten und sie döste im spärlichen Schatten ihres eigenen Körpers. Sorge nagte an mir. Steppenpferde sind bekannt für ihre robuste Natur. Sie können auch unter härtesten Bedingungen mit wenig Futter auskommen. Doch wenn ich mich umsah, sah ich, dass es in der Gobi fast gar nichts für Bayan gab. Sie musste mit den Zähnen die Rinde von kleinblättrigen Büschen nagen und mit den Hufen blasse Knollen ausgraben. Mit jedem Tag traten ihre Knochen stärker hervor.

Auch das Wasser wurde immer knapper, besonders wenn wir vor der Mittagshitze keine Pfeilstation erreicht hatten. In den frühen Morgenstunden versuchte ich mit aller Macht Wasser zu riechen – so wie auf dem Weg von Karakorum. Doch der Staub der Gobi verklebte mir Augen, Nase und die Kehle. Ich roch nichts. Also verließ ich mich auf Bayan, gab ihr die Zügel frei und wiederholte das Wort: „Usan! Usan!“ Doch selbst ihre Sinne schienen gedämpft.

Zum Glück gelang es mir bald recht gut von weitem wilde Kamele und Esel zu entdecken. Ihnen folgten wir dann zu den Wasserlöchern – allerdings in sicherem Abstand, denn es war Frühling und die Bullen und Hengste verteidigten ihr Revier. Das waren selten mehr als schlammige Teiche, dick zugewachsen mit gelben Binsen und voller schwarzköpfiger Enten und umherwatender Vögel. Das Wasser war warm und schmeckte schal auf der Zunge, doch wir drei beugten uns hinab und tranken dankbar. Dann zogen wir uns zurück und brachen unter der sengenden Sonne zusammen.

Bator streckte sich immer mit geschlossenen Augen und hechelnder rosa Zunge in den fleckigen Schatten kleiner Büsche. Ich verbarg mein Gesicht im heißen Schatten des umgestülpten Sattels und versuchte nicht an die Schweißbäche zu denken, die mir den Hals hinabrannen und unter meinen Achselhöhlen und zwischen meinen Beinen. Das dicke Winterdel meines Stiefbruders – es war mit Schaffell gefüttert – hing schwer an meinem feuchten Körper. In der durchdringenden Kälte der Nacht war mir das dicke Del willkommen, aber tagsüber sehnte ich mich danach, es auszuziehen. Wir verbrachten den Tag halb schlafend mit Warten – Warten auf das Ende der sengenden Hitze. In der riesigen Gobi war es zu heiß, um sich zu bewegen, zu heiß, um zu essen, und sogar zu heiß, um zu denken.

Erst wenn die Sonne hinter dem Horizont verschwunden war, konnten wir einschlafen. Wir erwachten, sobald das kühle Mondlicht durch unsere Augenlider drang und die kalte Nachtluft unsere Wangen streichelte. Wie immer betrachtete ich den Mond genau – ob er zu- oder abnahm, denn während der beiden letzte Monate hatte ich die Kraft des Mondes an meinem eigenen Körper gespürt. Bayan sprang dann mit einem langen Seufzer steif auf die Beine, schüttelte den Staub ab und wanderte mit der Nase am Boden auf der Suche nach Gras herum. Mein besorgter Blick folgte ihr in die Dunkelheit.

Um Bator machte ich mir auch Sorgen, denn er schien jede Nacht ruheloser zu werden. Anstatt sich neben mir zusammenzukauern und mit großen Augen aufmerksam zu beobachten, wie ich mit meinem Stahl Feuer schlug, war er dazu übergegangen, große Kreise zu ziehen und den Mond anzufauchen. Seine Klagen wurden leiser, während die Kreise, die er zog, größer wurden. Eines Nachts, nachdem Bator sich wieder vom Feuer entfernt hatte, hörte ich in der Ferne eine Katze derart schreien, dass es mir eine Gänsehaut über den Rücken jagte. Ich stand da und hielt den Atem an, aber mehr war nicht zu hören.

Eine kurze Weile später jedoch blickte ich auf und sah, dass zwei runde gelbe Augen mich beobachteten. Im nächsten Augenblick tauchten ein Paar gelbgrüne Augen auf, die über das Feuer hinwegstarrten. Bewegungslos beobachteten die Tiere einander eine ganze Zeit, keines gab einen Laut von sich. Dann rückte das Tier mit den gelbgrünen Augen näher zum Feuer. Es war Bator! Er schlich sich mit peitschendem Schwanz neben mich, das Fell auf seinem Rücken war gesträubt. Als ich wieder aufblickte, war das andere Tier weg.

Meine tägliche Mahlzeit, die ich nach Einbruch der Dunkelheit einnahm, begann ich, indem ich in dem kleinen eisernen Kessel, den Echenkorlo mir geschenkt hatte, Tee kochte. Wenn ich den Tee getrunken hatte, wühlte ich in meiner Tasche und warf alle Fleischstückchen, die mitleidige Reisende mir geschenkt hatten, in den Topf. Als meine Hände eines Abends leer aus der Tasche auftauchten, beschwerte sich mein Magen sofort mit einem lauten Knurren. Bator hatte immer seine Beute mit mir geteilt, doch das Wild war in der Gobi so rar wie das Gras. Und das Ergebnis seiner Jagd, zwei graugrüne Eidechsen, warf ich dem wartenden Kater angewidert zurück.

Und so habe ich in dieser Nacht meinen ersten Fisch gefangen, gekocht und gegessen – und meine Zunge verknotet sich immer noch bei der Erinnerung daran. Ich nahm den Fischhaken aus der Tasche von Echenkorlo, fing eine große Motte, die um das Feuer gegaukelt war, und steckte den flatternden Körper auf den Haken. Dann marschierte ich zu dem mondbeschienenen Teich und zog, nachdem mein Köder gerade mal eben auf der Wasseroberfläche gelandet war, einen kleinen hin und her zappelnden Fisch ans Ufer. Ich holte die lila- und orangefarbenen Eingeweide mit dem Messer heraus und warf das, was übrig blieb, in den Topf mit kochendem Wasser. Der gekochte Fisch war breiig und geschmacklos, aber mein Magen hatte aufgehört zu knurren und ich saß ziemlich stolz auf meine neu erworbene Fertigkeit am Feuer. Jeden Abend befühlte ich die mit wächsernen Siegeln verschlossenen Säcke des Khan und hätte zu gerne gewusst, was sie enthielten. Ich glaubte spitzes, trockenen Gras durch das Ziegenleder zu fühlen, das schützte, was immer auch darin verborgen war. Vielleicht waren es Teeschalen aus Porzellan, wie Genma sie sammelte? Oder goldene Bilder für einen Tempel? Oder juwelenbesetztes Zaumzeug und Brustgeschirr?

In einer anderen Nacht, als ich den Kochtopf schon eingepackt hatte und ein heller Halbmond über mir schwebte, wollte ich gerade den Sattel auf Bayans Rücken schwingen, da hörte ich den Schrei eines Tieres, der so schrill war, dass mir das Blut in den Adern gefror. Ich drehte mich um und stand von Angesicht zu Angesicht vor einem unruhig mit dem Kopf nickenden, wilden Gobi-Hengst mit gelbem Fell. Ein Stück hinter ihm, in der Dunkelheit, wartete mit interessiert gespitzten Ohren seine Herde scheuer Stuten. Und zwischen den Wildpferden mit gestreiften Beinen und steifer schwarzer Mähne standen auch einige Steppenponys wie Bayan!

Der kräftige Hengst tänzelte auf der Stelle und hob dann sein weißliches Maul zu einem weiteren durchdringenden Schrei. Plötzlich griff er mit gebleckten Zähnen an, warf mich zu Boden, trat und biss Bayan und versuchte sie zu seiner Herde zu treiben. Von der Wucht seines Angriffs glitt der Sattel zu Boden. Aber die Zügel hatte ich fest in der Hand und Bayan, die durch mein Gewicht behindert wurde, konnte nur im Kreis tänzeln und versuchen den grausamen Tritten auszuweichen, wobei sie gleichzeitig vermeiden musste, mich zu zertrampeln. Ich kam wieder auf die Beine. Der Hengst griff erneut an, rammte Bayan mit seiner Schulter und zerrte brüllend an ihrem Nacken. Jetzt war es an mir, aus dem Weg zu tänzeln. Ich riss an den Zügeln und versuchte Bayan hinter mich zu ziehen. Der Hengst schüttelte wütend seinen Kopf. Mit schwarzem Feuer in den Augen starrte er direkt durch mich hindurch auf Bayan. Tänzelnd bereitete er den nächsten Angriff vor. Ich warf meine Hände in die Höhe, stampfte mit den Füßen und schrie, so laut ich konnte. Er wandte sich um, überrascht, als ob er mich zum ersten Mal bemerkte. Laut schnaubend sog das sandfarbene Tier wieder und wieder Luft ein und versuchte abzuschätzen, wie gefährlich ich war. Seine Seiten flatterten wie die Türmatte vor einem Ger im Wind. Als eine der Stuten hinter ihm schnaubte, drehte er ein Ohr nach hinten. Dann kam tief aus seinem Inneren ein Knurren, das in einem Schrei gipfelte, der mir die Haare zu Berge stehen ließ. Der wilde Hengst griff wieder an. Mit seinem Gewicht presste er mich gegen Bayan, bis sie rückwärts stolperte. Ich spürte, dass die Zügel mir aus den Händen glitten, als ich zu Boden sank und alle Luft aus meiner Brust entwich. In dem Augenblick donnerten hunderte von Hufen über den Boden und der blasse Staub hing in der Luft wie ein erdrückender Nebel. Nach und nach verebbte der Donner und die Ruhe der Nacht umschloss mich.

Meine Finger gruben sich in den Sand, doch die Körner rannen mir zwischen den Fingern durch. Blind starrte ich nach oben. In meinem Kopf pochte es und mein verwirrtes Hirn schrie meinen Körper an: „Tu doch etwas! Tu doch etwas!" Schließlich wurde ich gewahr, dass meine zitternden Arme mich vom Boden gestemmt hatten. Doch ich blieb auf einen Arm gestützt sitzen, rang nach Atem und bebte am ganzen Körper. Ich hatte versucht die Angst zu verdrängen, ich könnte allein und zu Fuß in dieser Gobi gestrandet sein, aber diese Furcht umklammerte meine Gedanken wie die Zähne eines Hundes seine Beute.

Das Geräusch galoppierender Hufe drang an mein Ohr. Erschöpft stand ich auf. Diesmal waren es nicht so viele. Ich konnte in der stauberfüllten Luft nichts sehen, doch ich hörte, dass die Hufe in meine Richtung kamen. Ich konnte mich nirgends verstecken. Dann preschte – wie ein Geist aus dem Jenseits – der weiße Körper eines Pferdes durch den staubigen Nebel und kam an meiner Seite zum Stehen. Bayan! Sie war zurückgekommen!

Keuchend rollte meine weiße Stute nervös mit den Augen und tänzelte in unregelmäßigen kleinen Kreisen um mich herum. Sie sah immer wieder zurück in die Dunkelheit. Wir lauschten beide, doch hörten keine Hufe. Ich legte eine Hand auf Bayans Widerrist, der noch ganz nass von den Bissen des Hengstes war, und streichelte beruhigend ihren Hals. Ich lauschte noch einige Atemzüge lang in die Dunkelheit, ehe ich entschied, dass wir lieber unsere Chance zur Flucht nutzen sollten.

Es war ein Kampf, den Sattel auf Bayans Rücken zu befestigen. Aber es gelang mir, ihn festzuziehen und die

Taschen des Khan aufzuladen, obwohl sie immer wieder gegen Bayans Seiten stießen, weil sie ruhelos um mich herumtänzelte. Ich hatte an ihr keine blutigen Wunden von dem Angriff bemerkt, doch einer ihrer Zügel war vom Gebiss abgerissen. Ich riss drei Streifen Seide von dem Gürtel um meine Taille, flocht sie rasch zu einer festen Schnur und knotete sie an das Gebiss. Dann kletterte ich in den Sattel. Bayan bäumte sich unter mir auf und sprang sofort nach Süden auf den schattigen Horizont zu.

„Bator!", rief ich, als wir lostrabten, „Bator!"

Aus der wolkigen Nacht sprang das getigerte Fellbündel hervor und haute seine Klauen schmerzhaft in meine Beine. Der angsterfüllte Ausdruck auf seinem Gesicht spiegelte wohl meinen eigenen. Ich griff zu und zog den hechelnden Kater sicher auf meinen Schoß. Dann gab ich Bayan die Zügel frei und wir drei trabten los.

Mit einem langen, tiefen Seufzer kämpfte sich die alte Frau auf die Füße. Sie lehnte sich gegen die raue Stallwand und rang nach Atem. Dann bemerkte sie den besorgten Blick ihrer Enkeltochter.

„Mach dir keine Sorgen. Uns beiden, deiner Stute und mir, geht es gut."

Sie hinkte das kleine Stück zu der weißen Stute, die mit ausgestrecktem Hals dalag. Langsam beugte die Frau sich über sie und legte ihr die knotigen Finger auf die flache Stirn. Sie lauschte. Dann klopfte sie auf den Jadeanhänger, der um den Hals der Stute hing – einmal, zweimal –, und machte einen Schritt an dem weißen Bauch vorbei, der sich in einem angestrengten Rhythmus hob und senkte. Mit einem Echo ihres früheren Seufzers sank die alte Frau in das getrocknete Gras.

„Ich habe keine Vorstellung davon, wie Bayan in dieser Nacht dem Gobi-Hengst entkommen ist“, sagte sie, während sie mit einer Hand über die bebende Flanke der Stute strich. „Aber von dem Abend an vergaß ich nie, Blut auf ihre Stirn zu schmieren – zum Schutz –, ehe sie zum Grasen davonwanderte“, schloss sie. Die vom Alter dunklen Hände hoben die seidigen weißen Schweifhaare hoch und begannen geschickt einen Zopf zu flechten.

„Was tust du da?“, fragte das Mädchen, das nun auf ihren Knien saß. „Bist du sicher, dass es ihr gut geht?“

„Ja, ja!“, antwortete die alte Frau mit ruhiger Stimme. „Ihre Zeit naht. Sei ruhig und höre zu.“

Eisfeuer, Erdschlangen und jadegrüne Augen

Wir waren schon sehr lange durch die Gobi getrottet, als die Landschaft sich wieder veränderte. Statt des sandigen Schotterbodens wölbten sich nun sanfte grüne Hügel vor unseren Füßen, die in der Ferne in zum Himmel ragende blaue Berge übergingen. Unser Pfad schlängelte sich durch sie hindurch. In dem Moment, in dem wir mit dem Aufstieg begannen, griffen kühle, feuchte Schatten nach unseren Schultern und unbeständige Windböen flüsterten aus allen Richtungen. Ich bekam eine Gänsehaut und wusste sofort, dass wir an einen seltsamen Ort gelangt waren.

Eines diesigen Abends wurde unser Mut von den Gefahren dieses Landes auf die Probe gestellt, als ein dicker Nebel sich lautlos von hinten an uns heranschlich, an uns vorüberwogte und den schmalen Pfad vor uns völlig verbarg. Bayan, Bator und ich waren gezwungen, eng an die harte, kalte Felswand gepresst auf dem Pfad zu dösen. Die ganze lange, schwarze Nacht hindurch klammerte ich mich mit einer Hand in eine Felsspalte und mit der anderen hielt ich mein goldenes Glücksamulett fest – so groß war meine Angst, ich könne in die dunkle Leere unter mir stürzen.

Aber als wir erwachten, was bot sich uns da für ein Anblick! Jeder Felsvorsprung, jeder kleine Zweig, jedes Blatt war mit glitzerndem Silber angemalt. Und direkt über uns in der klaren Morgenluft erhob sich ein überwältigender weißer Palast. Seine unzähligen Dächer waren geschwungen wie die nach oben schlagenden Flügel von Vögeln. Wir hatten wahrhaftig ein magisches Land betreten, dachte ich, denn nur die Götter konnten auf den Berggipfeln gebaut haben. In diesem Augenblick brach die orangefarbene Sonne zwischen zwei Gipfeln hervor und entzündete in jedem kristallenen Tropfen ein flackerndes Feuer. Ich wusste nicht, welche Götter in diesen Bergen wohnten, doch ich beugte meinen Kopf neunmal gegen den Palast, hielt das Glück in meiner Tasche fest und nahm die Zügel auf. Wir hasteten weiter auf unserem Pfad.

Die wenigen Gesichter, die uns begegneten, veränderten sich auch, sie wurden flacher. Die Menschen starrten mich an, jedoch nicht mit der Freundlichkeit meines Volkes, sondern mit Misstrauen. Und sobald ihnen klar wurde, dass hinter diesem schmutzigen Gesicht nur ein Mädchen steckte, mit Verärgerung.

„Sain bainu?", rief ich immer höflich. Doch sie gaben vor mich nicht zu verstehen. „In welche Richtung geht es zum Khan?", fragte ich. Sie stierten nur mit offenem Mund und trübem Blick zurück. Manchmal flog ein Schwall keckernder Laute an meinem Ohr vorüber, die mir jedoch ihre Bedeutung nicht enthüllten. Dann starrten wir einander an, bis Bayan ungeduldig mit den Hufen aufstampfte und wir weiterritten.

Doch schon bald wurde ich recht geschickt darin, meine Hände und Augen zu gebrauchen, um meine Bedürfnisse klar zu machen. Obgleich die Leute, die ich traf, mich weiterhin grimmig und ohne zu lächeln anschauten, gestikulierte ich beharrlich weiter. Ich deutete auf die wächsernen Knoten mit dem königlichen Siegel auf jeder Tasche, sprach die Worte: „Kublai Khan?“ und blickte mit nach oben gekehrten Handflächen suchend zum Horizont. Zumeist deutete dann zumindest einer auf einen Hügel oder einen Pass am Horizont. Dann nickte ich meinen Dank und lenkte Bayan in die Richtung, in die der ausgestreckte Finger wies. Auf diese Weise setzten wir unsere Reise fort, mit dem Ziel, die Schätze des Khan abzugeben und ein schnelles Pferd für mich zu finden.

Wir trotteten durch saftige grüne Täler – Bayan, Bator und ich –, und unsere Köpfe wurden nun von den sanft herab hängenden Zweigen langblättriger Bäume beschattet. Ich – und ich glaube auch Bayan – empfand die saftigen grünen Grasflächen als einen wahren Himmel für Pferde. Doch wir sahen nur wenige Pferde. Die Menschen, die wir trafen, galoppierten nicht stolz auf Pferderücken, sondern kauerten halb nackt über schlammige Gräben, die das Land durchzogen. Am Ende des Tages schlurften sie zurück in ihre dunklen Behausungen hinter Lehmwänden und holten auch die eingesperrten Lerchen, die in Käfigen vor jeder Haustür hingen, hinein.

Manchmal drängte es mich, ihnen zuzurufen, sie sollen aufstehen, auf einen Pferderücken klettern und den Wind in ihren Gesichtern spüren. Doch am Ende ritt ich stumm an den Erdarbeitern vorüber und fühlte nur schmerzhaftes Mitleid mit ihnen.

Hunger nagte wieder in meinem Magen. Die Kamelmilch, die ich von anderen Reisenden am Rande der Gobi bekommen hatte, war schon lange aufgebraucht. Es überraschte mich nicht, dass die Leute, an denen ich vorüberritt, mir weder zu essen noch zu trinken anboten, denn sie hoben bei meinem Herankommen ja kaum den Kopf. In meinem Land lässt niemand einen Fremden vorüberreiten, ohne ihn in sein Ger einzuladen. Es nicht zu tun, wäre grob unhöflich. Aber in diesem seltsamen Land bekam ich keinen einzigen Krümel angeboten. Noch nicht einmal, als ich in hungriger Verzweiflung auf meinen offenen Mund deutete und mir den leeren Bauch rieb. Die einzige Antwort war ein Grunzen und eine ungeduldige Bewegung mit der Hand. Bis heute danke ich Tengri für meinen geschickten kleinen Kater Bator. Jeden Abend, wenn ich Bayan absattelte, verschwand Bator in der Dunkelheit und kehrte fast immer mit einem kleinen pelzigen Tierchen wieder, das leblos in seinem Maul hing.

Eines Tages ritten wir an einer grauen Erdmauer vorüber, die um Lehmhäuser gebaut war, als eine Frau schnatternd und gestikulierend auf mich zukam. Ich hielt Bayan an. Verängstigt sprang Bator aus dem Sattel und verschwand unter den Zweigen eines Baumes am Bachufer. Die Frau plapperte weiter und deutete mit schmutzigen Fingern auf mein Knie. Schließlich verstand ich, dass sie auf einen der silbernen Anhänger deutete, mit denen Genmas Sattel verziert war. Vielleicht konnte ich meinen Bauch durch ein Tauschgeschäft füllen. Ich deutete ebenfalls auf einen der silbernen Anhänger, dann auf sie und schließlich auf meinen Mund. Die Frau nickte eifrig. Sie verschwand hinter der Lehmmauer und kam mit einem Stoffsäckchen und einem Messer wieder. Sie gab mir den Beutel, in dem irgendein Getreide zu sein schien, und schnitt den Anhänger mit einem einzigen Streich ab. Wir gingen beide glücklich und zufrieden unserer Wege.

Abends kochte ich eine Hand voll dieser Körner in meinem Eisentopf und stellte fest, dass das Ergebnis zwar klebrig war, aber angenehm nussig schmeckte. Als ich Bayan am folgenden Morgen sattelte, freute ich mich schon auf meine nächste Mahlzeit. Bator jagte weiterhin, sodass ich zweimal sogar leicht verbrannte Fleischstückchen in meiner Schale hatte. Nachdem ich weitere acht Tage geritten war, sah der Sattel längst nicht mehr so prächtig aus, aber mein Beutel war voller Körner, getrockneter Früchte und Vogeleier. Um ehrlich zu sein, konnte ich es nicht über mich bringen, die glibberigen Eigelbe zu schlucken, deshalb zerbrach ich die Schalen auf dem Boden und ließ Bator den gelben Inhalt aufschlabbern.

Als wir auf einem mit Kieseln bestreuten Pfad vorsichtig von einer weiteren kleinen Hügelkette hinabstiegen, sahen wir in dem Tal unter uns eine riesig lange Schlange oder Eidechse mit einem gezackten Rückgrat liegen, deren langgestreckter Körper zum Teil hinter einem der fernen Hügel verschwand. Ich zügelte Bayan abrupt und bekam den Mund nicht wieder zu. Erst nach einigen Augenblicken erkannte ich, dass dieser sich windende, erdfarbene Kamm eine endlose Erdmauer war, die sich in beiden Richtungen weiter erstreckte, als mein Auge blicken konnte. Auch das musste ein Werk der Götter sein, denn wie sollten Menschen eine Mauer errichtet haben, die kein Ende hatte?

Am späten Nachmittag, die Sonne hing schon tief am rosafarbenen Himmel, näherten Bayan, Bator und ich uns dem weitläufigen Bauwerk. Wir konnten nun erkennen, dass das alte Bauwerk an vielen Stellen schon einstürzte und dass keine Soldaten es bewachten. Trotzdem schlug mein Herz schneller, als Bayan einen Durchgang fand und wir diese geheimnisvolle Barriere überwanden.

Im Schatten der langen Mauer duckten sich wieder einige Lehmhütten. Einer der Erdarbeiter verschwand in einer Hütte und ich ritt ihm hinterher und rief einen Gruß. Ein zerlumptes Mädchen, nicht wesentlich älter als ich, erschien im Türrahmen, ein schreiendes Kind auf ihrer Hüfte. Ich deutete auf einen der Silberanhänger an meinem Sattel, die noch übrig waren. Doch die aufgeregte Mutter schickte mich schimpfend weg. Ich lenkte Bayan wieder auf den Pfad, als ein lauter Zischlaut mich zurückblicken ließ.

Eine zerbrechlich aussehende Frau, die in Lavendelgrau gekleidet war, lehnte am Türrahmen und winkte mir zurückzukommen. Neugierig ritt ich hin. Als die Frau an den Türrahmen gelehnt stehen blieb, stieg ich ab und hinkte näher – hielt aber einen respektvollen Abstand. Bator war mit mir aus dem Sattel gesprungen, blieb aber neben Bayans Hufen sitzen. Die schlanke Hand winkte mich noch näher heran. Ziemlich nervös kam ich nah genug, um den Zwiebelatem der Frau zu riechen. Sie war nicht alt, auch wenn ihr Gesicht müde, nein sogar krank aussah. Es waren ihre Augen, die meine Aufmerksamkeit fesselten: zwei bewölkte grüne Monde, die mit Gold gesprenkelt waren. Sie starrten ohne zu blinken in die letzten Sonnenstrahlen.

Ich war so fasziniert, dass ich die zitternde Hand, die nach meiner Brust griff, erst bemerkte, als die knochigen Finger mein Del untersuchten. Sie suchten nach dem Jadeanhänger, den ich auf der Haut versteckt trug. Geheimnisvoll lächelnd klopfte die Frau zweimal darauf und hob ihre Hand dann zu meinem Kopf. Sie sagte immer noch kein Wort und legte ihre kühle Handfläche auf meine Stirn, dann senkte sie ihren Blick in meinen. Für einige lange Atemzüge standen wir so Gesicht an Gesicht. Was ihre trüben Augen wohl sehen mochten? Ich hatte keine Ahnung. Schließlich lächelte die Frau, nickte und ließ ihre Hand fallen.

Mit der verhaltenen Bewegung einer Kranken bückte sie sich, um einige Beutel, die hinter ihr lagen, aus der Tür nach draußen zu ziehen. Mit flatternden Händen drängte sie mich, die Taschen zu nehmen. Es schien fast, als habe sie mit ihnen auf mich gewartet, als hätte sie gewusst, dass ich komme. Ich nickte, nahm je zwei Beutel mit einer Hand und stellte sie vor mich.

Als ich wieder aufblickte, sah ich, dass die Frau schweigend mit dem Finger auf den Lederbeutel deutete, den Echenkorlo mir gegeben hatte und den ich über die Brust gebunden trug. Irgendwie vertraute ich ihr, also nahm ich ebenfalls wortlos die Tasche ab und stellte sie offen zwischen uns. Mit einem pfeifenden Geräusch tastete die Frau aufgeregt in der Tasche umher und zog die kleinen Beutel getrockneter Kräuter hervor, die ich aus Echenkorlos Besitz an mich genommen hatte, damals an jenem Tag, als ich sie beerdigt hatte. Einen nach dem anderen hob die Frau sie an die Nase, atmete tief ein und lächelte dann strahlend. Nickend und gestikulierend schien die Frau zu fragen, ob sie etwas davon für sich nehmen dürfe. Ich warf einen Blick auf die vier Beutel, die zu meinen Füßen lagen, und nickte zustimmend. Doch sie nickte weiter aufgeregt mit dem Kopf, also legte ich meine Hand über ihre und drückte sie. Sofort wurde ihr Lächeln zu einem zufriedenen Grinsen. Sie bückte sich, zog etliche große Seidenstücke aus einer Tasche, breitete sie auf dem Boden aus und häufte je eine Hand voll Kräuter in ein Tuch. Dann verknotete sie sie rasch und steckte sie zurück in ihre Tasche.

„Du kommen unser Land", sagte die Frau stockend in meiner Sprache. „Gefahr kommt auch. Hör die Stute."

Aus der Hütte drang die klagende Stimme der jungen Mutter, die das Heulen des Kindes übertönte. Und mit einer letzten Warnung: „Geh! Sofort!" verschwand die zerbrechliche Frau im Schatten des Hauses. Schnell kletterte ich in Bayans Sattel, Bator sprang auf meinen Schoß, und dann ritten wir, immer mit den Augen den Horizont absuchend, bis lange nach Sonnenuntergang. Erst als etliche Hügel zwischen uns und dem Lehmhüttendorf lagen, hielten wir an und rasteten hinter einem Vorhang tief hängender Zweige.

In der Dunkelheit des Abends und dem Schutz der Bäume spähte ich endlich in die Beutel, die mir die Frau mit den überwölkten Augen gegeben hatte, und fand, fast nur durch Tasten und Riechen, die besten Speisen meines Heimatlandes: Aaruul, getrocknetes Hammelfleisch, Stutenmilch-Pulver und einen Block Teeblätter. Doch mein Magen war so nervös, dass ich nur einige Stückchen des salzigsüßen Aaruul essen konnte und mich dann mit gespitzten Ohren nach der herannahenden Gefahr lauschend hinlegte.

Das gedämpfte Geräusch eines sanften Regens weckte mich. Als ich mich bewegte, miaute Bator schläfrig und drückte seine Pfoten protestierend gegen meinen Bauch. Ich drehte mich trotzdem um und sah, dass Bayan immer noch im dichten Schutz der Bäume kniete, aber ihre Augen blickten mich mit wachsamem Interesse an. Mir fiel wieder die Gefahr ein, die uns folgte, und ich machte mich daran, Bayan zu satteln, damit wir unsere Reise fortsetzen konnten. Bator schmollte und peitschte mit seinem Schwanz.

Der feine, stete Regen folgte uns den ganzen Morgen. Wir ritten erst an einem, dann an einem zweiten Lehmhüttendorf vorbei, dessen Bewohner sich schon draußen über die endlosen Reihen schwarzer Gräben beugten. Gegen Mittag jedoch blies der Wind von Westen, jagte die Wolken davon und enthüllte uns einen klaren, tiefblauen Saphirhimmel. Die Sonne schien auf ein frisch geschrubbtes Land, das in große gelbe, grüne und schwarze ordentlich umstickte Quadrate eingeteilt war. Und dann gelangten wir zu einem weiteren Wunder der Götter.

Am Ufer eines breiten, langsam dahinfließenden Flusses sprang unser Pfad hoch in die Luft und landete in einem großen Bogen aus leuchtend weißem Stein auf der anderen Seite.

Riesige behauene und geglättete Steinplatten lagen auf gigantischen Säulen, die wie durch Zauberei aus dem schlammigen braunen Wasser herausragten. Von beiden Seiten des Flusses hoben die Leute ihre Füße völlig gleichmütig vom Ufer und gingen vertrauensvoll über diese Platten, die hoch über dem Fluss schwebten.

Bayan schnaubte und senkte den Kopf. Ich wusste nicht, ob ich sie antreiben oder zurückhalten sollte. Versuchsweise stellte sie einen Fuß auf den steinigen Pfad. Er rutschte nicht ab. Dann stellte sie den zweiten Huf auf die Steinplatte und schnaubte wieder. Dann den nächsten Huf und den nächsten – und schon bewegten wir uns hoch oben in der Luft.

Das Blut rauschte in meinen Ohren. Ich starrte sehnsüchtig auf das feste Ufer auf der anderen Seite und klammerte mich mit beiden Händen an den Sattel aus Furcht, ich könne fallen und in den Fluss unter mir stürzen. Bator hing flach gedrückt auf meinem Schoß und verbarg sein Gesicht in meinem Del. Mit einem vorsichtigen Schritt vor dem anderen überquerte Bayan den Fluss und wir blieben alle trocken. In dem Augenblick, in dem sie einen Huf auf das andere Ufer setzte, sprach mich eine ernste Männerstimme in der Sprache meines Volkes an: „Was trägst du da bei dir?"

Überrascht sah ich auf und erblickte einen prächtig in Schwarz gekleideten Soldaten auf einem schönen dunklen Pferd, das rotes Zaumzeug und eine rote Decke trug. Ich lächelte, doch die harten Gesichtszüge des Mannes, dessen Gesicht zerfurcht war wie ein zersplitterter Felsen in den Bergen, die wir überquert hatten, jagten mein Lächeln davon.

Ich richtete mich auf. „Ich bin ein Bote des Khan", sagte ich stolz und deutete auf die beiden Siegel an den Taschen.

„Zeig mir deine Paiza", befahl der Soldat.

Ich wurde rot und starrte auf meine Hände. „Ich … ich habe sie verloren", log ich.

„Du bist ein Dieb", rief der Mann. „Du kommst mit!"

Sofort kamen Soldaten heran – auch sie alle in Schwarz gekleidet –, die uns umspülten wie tosendes Wasser und

Bayan einzwängten. Sie legte die Ohren an und schnappte nach einem dreisten Wallach, der seinerseits auch die Ohren anlegte und wütend den Kopf schüttelte. Ein anderes Pferd beugte sich vor, um Bayan in die Flanke zu beißen. Sie schrie auf und wölbte den Rücken, um auszuschlagen, doch die Welle schwemmte uns vorwärts, riss uns mit. Wir galoppierten und wurden tiefer und tiefer in dieses seltsame Land hineingezogen – hilflos wie ein blasses Blatt in einem schlammigen Strom.

Am Hofe des Kublai Khan

Sie nahmen uns alles weg! Alles!

Noch ehe wir angaloppiert waren, hatte der Anführer der Soldaten die beiden Ziegenledertaschen genommen und über seinen eigenen Sattel gelegt. Auf seinen Befehl hin hatte ein anderer Soldat mir die Tasche von Echenkorlo weggenommen. Seine tastenden Hände suchten in meinem Del, fanden den kratzenden Bator und zogen ihn am Schwanz ans Sonnenlicht. Der niederträchtige Mann hielt meinen armen Kater verkehrt herum in die Luft und lachte, weil Bator fauchte und schrie.

„Aufhören! Aufhören!“, schrie ich. Aber meine Stimme ging in dem rauen Gelächter der Soldaten um uns herum unter. Irgendwie muss es Bator gelungen sein, seine Klauen in das Handgelenk seines Peinigers zu hauen, denn mit einem wütenden Fluch schleuderte der Mann ihn zu Boden und hob seinen blutenden Arm zum Mund. Mit Tränen in den Augen sah ich, wie der verängstigte Kater, mein treuer Freund, sich durch den Wald aus Pferdebeinen zwängte und aus meinem Blickfeld verschwand. Aber schon war der grässliche Soldat wieder da und wühlte erneut in meinem Del herum. Bayan schrie gellend. Blitzschnell streckte sie mit entblößten Zähnen ihren Kopf vor und biss das Pferd des Soldaten. Sie drehte sich um und trat zu. Ich hörte Knochen krachen. Das große Pferd schrak zurück, aber der Soldat trieb es erbarmungslos wieder vor und rammte Bayans Schulter so fest, dass wir beinahe umgefallen wären. Seine behaarte Hand fand das Amulett mit dem geflügelten Pferd, das tief in meiner Innentasche verborgen war, und mit einem triumphierenden Lachen zog er es hervor.

Aber er hatte keine Zeit, seine goldene Trophäe zu untersuchen, denn der Anführer nahm sie ihm weg, hob die Hand und befahl einen Galopp. Ich sah mich suchend um, ob ich Bator irgendwo entdecken würde, doch ich wurde mitgerissen nach Khanbaliq, der Stadt des Khan. Länger als einen Mond hatte ich mir meinen triumphalen Einzug in diese Stadt ausgemalt. Nun betrat ich sie wie eine Verbrecherin.

Mein Herz war schwer und ich schenkte all den Wundern, die mich unter anderen Umständen begeistert hätten, kaum Beachtung. Ich erinnere mich an die unglaublich vielen Menschen, die unseren Weg säumten. Es waren sogar noch viel mehr als damals in Karakorum. Wir ritten über Märkte voller Verkäufer und Käufer, Tiere und Köche, scharfer Gerüche und lauter Geräusche. Dann kamen die Mauern der großen Stadt, gerade wie der Flug eines Pfeiles erstreckten sie sich weiter, als ich sehen konnte. Begrüßungsrufe galten dem Führer, während die meisten der Soldaten wegbrachen und nur ein halbes Dutzend mich, ihre Gefangene, durch eine Reihe großer, schwer bewachter Tore begleitete.

Endlich kamen wir in die Stadt, das Zentrum des weitläufigen Reiches von Kublai Khan. Hier war alles Lärm, Farbe und Reichtum. Unter einem Dach türmte sich ein

Stapel von Sätteln und Männer hämmerten mit gebeugten Köpfen goldene und silberne Ornamente darauf. Unter einem anderen Dach stapelten sich tausende und abertausende von Bögen und Pfeilen. Schwitzende Männer mit nacktem Oberkörper pumpten an großen Blasebälgen, andere schmiedeten über das heiße Metall gebeugt nadelfeine Spitzen. Jedes Dach hatte eine andere leuchtende Farbe – Rot, Grün, Blau, Gelb – und war poliert, sodass es im Sonnenschein aussah, als sei es nass.

Die Soldaten nickten einander zu und wir ritten durch ein weiteres Tor und kamen – so nahm ich an – in den Palast. Die Szene, die sich mir nun bot, ließ die Tränen in meinen geschwollenen Augen trocknen. Ein gewundener Spazierweg schwebte über dem Gras, in dem es vor wilden Tieren nur so wimmelte. Tiere, die keine Angst vor uns hatten und nicht davonliefen. Weiße Hirsche, Rehe, Damwild, Eichhörnchen und Hermeline. Hinter ihnen erhob sich ein riesiger grüner Hügel, auf dem wie durch Zauberhand Bäume jeder Art wuchsen. Ein großer Tumult entstand auf einem Hang weiter hinten. Meine Augen weiteten sich vor Schrecken, und ich sank in meinem Sattel zusammen, denn monströse, graue, haarlose Tiere, die ich später als Elefanten kennen lernte, trugen ganze Bäume in ihren langen Rüsseln und setzten sie auf Anweisung von dunkelhäutigen Hirten in Löcher.

Am nächsten Tor hielten wir an und ich musste von Bayan absteigen. Ich sah in ihre schwarzen Augen, die meinen Blick ruhig erwiderten – da schlang ich meine Arme um ihren Hals, wusste ich doch nicht, ob ich sie jemals wiedersehen würde. Umgeben von bewaffneten Soldaten marschierte ich in den Palast. Vor mir ging der Anführer der Soldaten. Über seinen Schultern trug er den Lederbeutel, den Echenkorlo mir gegeben hatte, und die beiden Taschen, für die ich diese anstrengende Reise auf mich genommen hatte – um sie hier abzuliefern. Schweigend marschierten wir durch einen Raum nach dem anderen, bis ich nicht mehr wusste, wo wir waren. Zwischen den dicken Armen und den hochgezogenen Schultern, die mich voranschubsten, erhaschte ich immer wieder einen Blick auf wunderschön angemalte Wände – in Gold, Silber und Blau –, alle verziert mit langschwänzigen Vögeln und Feuer speienden Eidechsen.

Wieder blieben wir stehen und die Soldaten zogen sich, gestützt auf die Rücken hübscher Palastdamen, ihre schmutzigen Stiefel aus und tauschten sie gegen weiche Lederpantoffeln ein. Auch ich wechselte meine Filzstiefel gegen weiße Pantoffeln aus. Während wir warteten, schritt der Anführer durch die Tür vor uns. Keiner der Männer sprach, obwohl die Frauen miteinander flüsterten und mich neugierig beäugten.

Als der Anführer zurückkam, riss er sich fluchend die Pantoffeln von den Füßen. Er befahl seinen Soldaten ihre Stiefel wieder anzuziehen. Ich setzte mich sofort auf den Boden und streifte die Pantoffeln von den Füßen. Aber der Anführer zerrte mich mit eisernem Griff hoch.

„Der Khan will mit dir sprechen!“, und schon schob er mich durch die Tür.

Einer Ohnmacht nahe ging ich auf Zehenspitzen den langen, kühlen Gang entlang, dessen blaue Decke so hoch schien wie der Himmel selbst. Steinerne Säulen, so groß wie

Baumstämme und glatt und glänzend wie Wasser, marschierten an meiner Seite. Die Luft stand still, und trotzdem roch ich den süßen Duft von Steppengras. Seltsam, dachte ich. Und noch ehe ich meinen Mut zusammennehmen konnte, hatte ich das Ende des Ganges erreicht. Mit angehaltenem Atem schaute ich um die Ecke. Ich wusste ja nicht, wie der Furcht einflößende Khan aussah oder was er mit mir tun wollte.

Auf der anderen Seite des riesigen Raumes, dessen glänzender Steinfußboden mit dick gewebten, farbigen Shirdiks ausgelegt war, saß ein fetter Mann. Doch er thronte nicht auf dem goldenen Ehrenstuhl, der leer auf der obersten Stufe eines Podestes stand, sondern saß zurückgelehnt und mit lässig geöffneten Beinen auf der untersten Stufe zwischen den beiden Ziegenledertaschen und betrachtete die Siegel. Er war alt, schon viele Male ein Großvater, gekleidet in ein besonders feines, schneeweißes Seidendel. Mir fiel auf, dass seine Füße weder in Filzstiefeln noch in Lederpantoffeln steckten, sondern lose mit dem weichen Pelz eines mir unbekannten Tieres umwickelt waren. Seine nackten Knöchel schauten hervor.

Der Mann bemerkte mich und hob einen Arm. „Tritt näher! Tritt näher!" Auch er sprach die Sprache meines Volkes, und nun war ich mir sicher, dass dies der große Kublai Khan sein musste, denn er war, wie sein Großvater Dschingis vor ihm, in der Steppe geboren. Das Herz schlug mir bis zum Hals. Nervös ging ich auf ihn zu, jeder Schritt wurde von den dicken Shirdiks gedämpft.

Plötzlich sprang ein fauchender Leopard hinter einem großen Tisch hervor und direkt auf mich zu. Ich soll getötet werden, schoss es mir durch den Kopf. Das war eine Falle. Ich sank auf die Knie und bedeckte meinen Kopf mit den Armen. Doch ehe die gefleckte Katze mich in Stücke reißen konnte, wurde sie von einer Kette, die an einem Band um ihren Hals befestigt war, zurückgerissen.

„Ruhig! Es ist ja gut – zumindest im Augenblick." Zitternd sah ich auf. Diese Worte waren an den Leoparden gerichtet, nicht an mich. „Dieses Mädchen wird ihre Ankunft hier erklären und dann werden wir entscheiden, was du fressen sollst." Der Leopard warf sich auf einen Haufen trockenes Gras, das den Geruch der Steppe auffliegen ließ, und fixierte mich mit seinen grünen Augen. „Wir dachten, diese Taschen hier wären verloren gegangen. Wie kommt es, dass du sie hierher gebracht hast?"

Erschrocken begriff ich, dass die letzten Worte an mich gerichtet waren. Zitternd richtete ich mich auf und versuchte eine Antwort herauszubringen, aber ich stand nur völlig sprachlos vor dem mächtigsten Mann auf dieser Welt. Bestimmt hatte er tausende von Menschen wegen weit geringerer Vergehen töten lassen, als zu schweigen, wenn er befahl zu sprechen. Trotzdem konnte ich ihn nur anstarren – der weiße Puder, der sein Gesicht bedeckte, wie bei einer Frau! Der Puder bleichte seine Haut, obwohl seine Wangen wie rosafarbene Tulpen glühten. Ein seidig weicher Schnauzer hing über einem dünnen gekämmten Bart. Unter seiner Kopfbedeckung, die seitlich verrutscht war, schaute dünnes graues Haar hervor, das in Schlingen geflochten war.

Ungeduldig stellte der Khan eine weitere Frage. „Wo ist meine goldene Paiza?"

„Die habe ich vergessen“, murmelte ich.

„Du hast sie gestohlen!“

„Habe ich nicht!“, rief ich laut. Der Leopard knurrte, richtete sich auf und setzte sich auf die Hinterbeine.

Der Khan griff mit beiden Hände je eine der versiegelten Taschen. „Du wurdest erwischt, wie du mit diesen Taschen davongeritten bist – ohne die goldene Paiza!“

„Ich bin nicht davongeritten!“, beharrte ich. „Ich bin über einen Mond lang auf meiner Stute nach Süden geritten, um hierher zu kommen. Ich habe Euren Botschafts-Beutel und die Paiza in einer Pfeilstation vergessen, aber ich habe nichts gestohlen!“

„Wie bist du dann an die königlichen Schätze in diesen Taschen gekommen?“

Das war mein Ausweg. Ich richtete mich auf und antwortete: „Einer Eurer Pfeilreiter rutschte auf einer Schieferplatte aus, brach sich den Arm, und auch sein Pferd war verletzt. Ich wurde an seiner Statt geschickt.“

„Und wer hat dich geschickt?“

„Einer Eurer Soldaten!“, antwortete ich stolz.

„Und er hat dir nicht auch eine goldene Paiza und einen Beutel mit einer Botschaft gegeben?“

„Doch, großer Khan. Aber … aber eine Frau hat versucht, meine Stute zu stehlen, und ich musste kämpfen, um wieder von ihr wegzukommen, damit ich diese wichtigen Taschen zu Euch bringen konnte. Dort habe ich dann die Paiza und die Botschaftstasche vergessen.“

„Eine Stute?“ Der Khan beugte sich vor. „Mein Rittmeister sagte, dass du eine Stute geritten hast – eine weiße Stute, die eins seiner besten Pferde verletzt hat.“

Ich nickte und mein Gesicht brannte. „Das tut mir Leid. Geht es … Geht es meiner Stute gut?“ Die gestammelten Worte wurden zu einem Flüstern. Ängstlich fingerte ich an meinem Del und schloss aus lauter Furcht vor der Antwort des Khan die Augen.

In seiner Stimme schwang der Unwillen eines Herrschers, als er meine Frage mit einer Gegenfrage beantwortete. „Wie kannst du es wagen, ‚meine Stute‘ zu sagen? Hast du nicht als Pfeilreiter gedient?“

Ich öffnete die Augen und sah eine neue Gefahr auf mich zukommen. Ich nickte stumm.

Der Kublai Khan mit seinem gepuderten Gesicht sah verärgert aus. „Pfeilreiter dienen im gesamten Reich, dessen Herrscher ich bin. Und alle Pferde, auf denen sie galoppieren, dienen mir auch. Das bedeutet, ich bin im Besitz der weißen Stute, nicht du!“

„Aber … aber …“, stammelte ich wieder und suchte verzweifelt nach einem guten Argument. „Aber ich bin doch nicht wirklich ein Pfeilreiter, großer Khan, denn das sind doch alles Jungen!“

Da brüllte der Khan: „Ruhe!“, und während seine Augen gefährlich klein wurden, senkte er seine Stimme: „Du musst dich entscheiden: Wenn du diese beiden Taschen aus Khanbaliq fortbringen wolltest, dann bist du eine Diebin und hast dein Leben verwirkt. Hast du sie jedoch nach Khanbaliq gebracht, dann bist du ein Pfeilreiter – ganz gleich ob Mädchen oder nicht – und dann gehört alles, was du besitzt, mir.“

Seine letzten Worte dröhnten in meinen Ohren. Ich hatte sie schon einmal gehört. Auf einmal sah ich wieder die angsterfüllten Gesichter meiner Familie und meiner Verwandten vor mir, als die Soldaten in unser Ail sprengten und gnadenlos Männer und Pferde stahlen. Ich sah wieder genau vor mir, wie die beiden Urgas Bayan würgten – und dann die groben Fesseln um ihre Beine. Ich ballte eine Faust. Dieser Mann mit dem Pudergesicht hatte diese Ungerechtigkeiten zugelassen!

Zitternd murmelte ich zwischen zusammengebissenen Zähnen: „Ihr seid hier der Dieb!"

„Wie?"

„Ihr seid hier der Dieb!", schrie ich so laut, dass der Leopard aufsprang und mit seinem Schwanz peitschte. Wachen traten mit erhobenen Lanzen aus dem Schatten. Der Khan hob eine Hand und sie blieben stehen.

„Ihr habt meinen Onkel und zwei meiner Vettern verschleppt und all unsere besten Pferde gestohlen. Eure Soldaten sind einfach gekommen und haben sich genommen, was sie wollten." Ich schüttelte meine Faust. „Ihr habt meine weiße Stute gestohlen und deshalb habe ich mich als Soldat verkleidet, damit ich bei ihr bleiben konnte. Und Ihr könnt sie nicht haben, denn sie gehört mir!" Ich stampfte mit dem Fuß auf und fiel dabei zu meiner Bestürzung fast hin.

Der Ärger des Khan wich Überraschung. Er betrachtete mich neugierig. „Du benimmst dich eher wie ein wütender Hahn als wie ein verkrüppeltes Mädchen. Hast du gar keine Angst vor mir?"

„Sollte ich denn?", fragte ich zurück und hoffte, dass ich hinter der Keckheit meine zitternden Knie verbergen konnte.

Der Khan presste die Lippen zusammen. „Ja … und nein. Ich bin ein gerechter Mann. Wenn ich eine Stadt einnehmen will, biete ich ihr immer die Möglichkeit, sich zu ergeben. Wenn die Stadt das ablehnt, dann lasse ich einfach nichts und niemanden am Leben." Er zuckte mit den Schultern und drehte gleichgültig seine weichen Handflächen zur Decke. „Wenn deine Geschichte stimmt, dann wirst du genauso gerecht behandelt werden." Auf sein Nicken eilten einige der Wachen aus dem Zimmer.

Der Kublai Khan drehte sich um, öffnete eine der Ziegenledertaschen und erbrach das wächserne Siegel. Er griff mit einer Hand hinein und holte ein kleines Ledersäckchen hervor, aus dem er wiederum ein in Seide gewickeltes Päckchen holte. Vorsichtig wickelte er die Seide ab und zum Vorschein kam … ein Stück Käse. Mir blieb der Mund offen – da hatte ich mein Leben riskiert und auch das meines Pferdes und meines Katers, um einen Sack Käse abzuliefern? Dann öffnete er die andere Tasche. Da waren nun aber sicherlich Gold und Juwelen drin! Doch nach langem Aufbinden und Auspacken hielt der Khan in seinen plumpen Fingern einen Klumpen dunkler Kugeln – die öligen Früchte des Olivenbaumes. Er wog Käse und Oliven in den Händen und betrachtete sie so stolz, als seien sie wirkliche Reichtümer. Mit offensichtlichem Genuss steckte er sich eine Olive in den Mund, biss in den Käse und kaute genießerisch. „Nun", sagte er, nachdem er heruntergeschluckt hatte. „Du bist noch nicht alt genug, um von Gicht geplagt zu werden. Was ist mit deinem Fuß passiert?"

Die Worte sprudelten flüsternd aus mir heraus. „Ein Pferd hat mich erwählt."

Der Khan hörte auf zu kauen. „Was hast du gesagt?“

Mit lauterer Stimme wiederholte ich: „Mir wurde gesagt, dass ein Pferd mich erwählt hat.“ Selbst in diesem Moment fand ich, dass es seltsam war, solche Worte zum Khan zu sagen, doch ich plapperte weiter.

„Erwählt? Wofür?“

„Um auf seinem Rücken zu sitzen und eins mit ihm zu sein; um über das Land zu fliegen und den Wind in meinem Gesicht zu spüren; um mein Blut im Rhythmus seiner galoppierenden Hufe schlagen zu hören und um in meinem Herzen auf seine Worte zu lauschen.“

Der Khan starrte ins Leere – und lächelte. „Einen Hügel hinabzugaloppieren“, sagte er versonnen, „die Saiga zu überraschen und ihr Sprung um Sprung nachzujagen wie dem Wind!“ Er setzte sich und legte die Hände, in denen er immer noch Käse und Oliven hielt, auf seine breiten Oberschenkel.

„Du bringst angenehme Erinnerungen an meine Kindheit in der Steppe wieder. Erinnerungen an das Vergnügen, das mir das Reiten bereitete.“ Er seufzte. „Doch viele, viele Jahre sind vergangen, seitdem ich ein Bein über einen Pferderücken schwingen konnte.“

Mit einem ächzenden Sprung war der Khan wieder auf den Füßen, drehte sich um und machte einen schwankenden Schritt auf den großen Tisch zu, unter dem der Leopard mit geschlossenen Augen ausgestreckt lag, als ob er schliefe. Der Khan schwankte von einer Seite zur anderen wie ein Boot auf dem Wasser. Der große Kublai Khan konnte ebenso wenig in einer geraden Linie laufen wie ich! Er ging zu den beiden großen Bronzekrügen auf dem Tisch und goss sich einen großen Schluck einer Flüssigkeit ein, die aussah wie Ayrag. Er trank, setzte den goldenen Kelch wieder ab, stützte sich schwer auf den Tisch und sprach zu mir.

„Was ich nicht verstehe ist deine dickköpfige Zuneigung zu dieser einen Stute. Wieso riskierst du deinen Kopf für sie?“

„Sie ist meine Freundin und würde dasselbe auch für mich tun.“

Der Kublai Khan schnaubte und schüttelte den Kopf, doch ein Lächeln umspielte seine Lippen.

„Wusstest du, dass ich zehntausend weiße Stuten besitze?“, fragte er.

„Davon habe ich gehört“, sagte ich vorsichtig.

„Würdest du sie gern sehen?“, fragte der Khan spontan, als sei ihm der Gedanke gerade gekommen.

Ich ließ alle Vorsicht fahren. „Und wie gerne!“, sagte ich. Mein Herz schlug schneller. Dort würde ich bestimmt auch mein schnelles Pferd finden.

Als ob er meine Gedanken gelesen hätte, hob der Khan die Hand und sagte: „Warte! Es mag sich noch herausstellen, dass du eine Diebin und Lügnerin bist, aber im Augenblick bist du einer meiner Untertanen, der mir getreulich diese Schätze überbracht hat. Dafür bin ich dir dankbar. Was wünschst du dir am meisten?“

„Ein schnelles Pferd!“ Diese Worte purzelten aus meinem Mund, als hätten sie ein Leben lang darauf gewartet hervorzukommen.

„Ein kühner Wunsch“, befand der Khan, doch er lächelte. „Und wozu brauchst du so ein schnelles Pferd? Haben die

Schafe in eurer Herde zu Hause Flügel?" Er kicherte über seinen eigenen Scherz.

Aber mir war es sehr ernst, meine Chance war gekommen. „Ich brauche ein schnelles Pferd, damit ich das lange Rennen auf dem Festival gewinnen kann, das in Karakorum. Ich muss dieses Rennen gewinnen, damit ich meiner Familie Glück bringen kann. Das ist sehr wichtig!"

„Ja. Glück ist sehr wichtig", sagte der Khan ebenfalls ernst. „Deshalb habe ich so viele weiße Stuten, denn sie bringen mir Glück. Und ihre Milch …", er berührte seine Lippen mit den Fingern, „die ist süßer als der Nektar einer Blume. Aber komm, ich werde sie dir zeigen. Und dann wollen wir sehen, was wir wegen deines schnellen Pferdes tun können."

Das allerbreiteste Grinsen der Welt erschien auf meinen Lippen und wurde immer breiter, sodass ich dachte, ich würde nie wieder aufhören können zu lächeln. Als wir gerade gehen wollten, erschien eine kleine, wunderschön gekleidete Frau. Der Leopard bewegte bei ihrem Eintreten nur ein wenig seinen Schwanz.

„Wo willst du hin?", fragte die Frau, während sie auf uns zukam und uns den Weg versperrte. Sie verschränkte die Arme entschieden vor der Brust und sah den Khan herausfordernd an.

„Nicht jetzt, Chabi, wir wollen nach den Stuten schauen."

„Schon wieder diese weißen Stuten! Du kümmerst dich mehr um deine Tiere als um dein Seelenheil."

Der Khan hob verärgert eine Hand. „Ich wünsche heute nicht mit Hai-yun über mein Seelenheil oder die Götter zu sprechen. Sag ihm, dass ich ihn morgen empfange."

„Du wirst ihn heute empfangen“, sagte die Frau bestimmt. „Er ist hier, um seinen Segen für die morgige Reise nach Shangtu zu spenden. Wollten wir nicht morgen dorthin aufbrechen?“

„Ich hatte gehofft, wir könnten uns davonschleichen, ehe er ankommt“, sagte der Khan und kicherte wie ein kleiner Junge. Er beugte sich vor und küsste die Frau, die Chabi hieß, leicht auf die Wange.

Sie verzog ihre Mundwinkel zu einem Lächeln. „Wie lange wirst du weg sein?“

„Nicht lange, meine Liebe. Wir wollen uns nur die Stuten anschauen, dann sind wir wieder da.“

„Ich will sehen, dass Hai-yun wartet.“

„Ja, meine Liebe, sieh zu, dass er wartet.“ Der Khan wandte sich zum Gehen und ich mit ihm, doch Chabi hielt uns auf.

„Wer ist dieses Mädchen?“, fragte sie.

Der Khan sah mich überrascht an. „So was! Ich weiß nicht einmal ihren Namen! Sie hat eine weite Reise auf sich genommen, um mir getrocknete Oliven und meinen Lieblingskäse vom Stamm der Merkid in der Nähe des Baikalsees zu bringen.“ Dann fragte der Khan: „Wie nennt man dich?“

„Oyuna“, antwortete ich. „Von den Kerait.“

„Kannst du mit Nadel und Faden umgehen?“, fragte Chabi mit herrisch verschränkten Armen.

Ich nickte, denn während der ersten Zeit meines Lebens hatte ich ja kaum etwas anderes getan, als zu nähen.

„Gut!“, sagte sie. „Wenn du zurückkehrst, wirst du mir bei Näharbeiten helfen. Die Hälfte der Näherinnen hier im

Palast ist krank. Wie wir rechtzeitig fertig werden sollen, um morgen nach Shangtu zu reisen, das wissen nur die Sterne!“ Sie drehte sich auf dem Absatz um und schritt geräuschlos aus der großen Halle.

Der Khan sah mich mit einem jungenhaften Lächeln an und legte den Kopf schief. „Ein guter Rat: Ich habe herausgefunden, dass das Leben wesentlich einfacher ist, wenn man tut, was Chabi wünscht! Jetzt komm!“

Um die Weisheit der Welt zu prüfen

Als der Kublai Khan und ich von den zehntausend weißen Stuten zurückkehrten, die grasend über smaragdgrüne Wiesen wanderten wie die blassen Federn der milchigen Löwenzahnpflanze, fragte er, ob ich gerne nach meiner Stute schauen wolle.

„Ja!", antwortete ich und nickte so begeistert, dass das ganze Gefährt wackelte. Der Khan hatte die Wahrheit gesprochen, als er sagte, er könne kein Bein mehr über einen Pferderücken schwingen, und so bewegten wir uns in einer großen golden, blau und rot angemalten Kiste, die auf einen Karren montiert war und von vier schwarzen Pferden gezogen wurde, zum königlichen Stall. Wenn ich durch den Vorhang spähte, sah ich, wie die Leute draußen ihre Arbeit unterbrachen und ehrfurchtsvoll auf ihren Herrscher starrten. Ich muss zugeben, ich saß mit stolz geschwellter Brust neben ihm.

Wir hatten den königlichen Stall gerade erreicht und waren noch nicht aus der hohen Kiste geklettert, da führte bereits ein Junge Bayan an einem Halfter zu uns. Ihr Fell war sauber gebürstet, aus ihrer Mähne und ihrem Schweif waren die Knoten herausgekämmt und ihre Hufe glänzten ölig. Ich fand, dass sie nie schöner ausgesehen hatte. Vor

Freude jubelnd schlang ich die Arme um sie und flüsterte ihr Begrüßungsworte ins Ohr. Sie schnoberte und knabberte spielerisch an meiner Schulter.

„Das ist also die weiße Stute, die dich auf deiner langen Reise getragen hat", sagte der Khan, der um Bayan herumhumpelte. „Sie hat schon einige Winter hinter sich, oder?"

Ich nickte.

„Und ihr einer Hinterlauf – es sieht aus, als ob sie den schont."

Ich nickte wieder. Doch keine Missbilligung auf der ganzen Welt konnte meine Freude über Bayan trüben. In meinen Augen sah sie an diesem Tag noch viel, viel schöner aus als jede der zehntausend Stuten des Khan – sie erschien mir wie eine wertvolle Schnitzerei aus Jade, die ihre Mähne schüttelnd zum Leben erwacht war.

Der Kublai Khan humpelte weiter um Bayan herum und betrachtete sie mit den Augen eines Reiters. „Trotzdem", sagte er, „sie hat einen edlen Kopf, große Augen und einen starken Rücken." Er wandte sich zu mir um. „Ich nehme sie. Und ich bin gerecht. Was willst du für sie haben?"

Seine Worte flogen fast an meinem Ohr vorbei, ehe mir ihre Bedeutung bewusst wurde. Was ich für sie nehmen würde? Ich war so überrascht, dass ich wie betäubt einige Male den Mund öffnete und schloss, ehe ich brüsk erwiderte: „Nichts!" Dann fiel mir ein, mit wem ich sprach, und ich fügte hinzu: „Bei aller Ehrfurcht vor meinem Khan – aber ich könnte mich niemals von ihr trennen."

„Komm schon, mein Kind. Du bist jung, die Stute ist alt. Du brauchst sie nicht mehr. Und dennoch, wer solche Köstlichkeiten für mich gebracht hat, der muss bei mir bleiben."

„Ich kann nicht“, wiederholte ich, trat einen Schritt auf Bayan zu und hielt sie Besitz ergreifend am roten Halfter.

„Ich bin der Khan“, brüllte er. Ich sprang zur Seite. „Mir schlägt man nichts ab!“

Vollkommene Stille senkte sich über den Stall. Hundert Pferdeköpfe wandten sich uns mit gespitzten Ohren zu, und die Stalljungen hielten mitten in ihrer Arbeit inne und wagten kaum mehr zu atmen.

Wieder krabbelte der Mut an meinen Waden hoch und stärkte mir den Rücken. Mit hoch erhobenem Kopf trat ich näher an Bayan heran, streichelte ihren Hals und sah direkt in das gerötete Gesicht des Khan.

„Ihr habt die Macht, mir meine Stute wegzunehmen“, sagte ich nüchtern. „Aber ich werde sie nicht verkaufen. An niemanden.“

„Dann tausche sie“, schlug der Khan vor.

Er schrie jetzt nicht mehr und die Stalljungen setzten ihre Arbeit fort. Der Kublai Khan wedelte mit seiner Ochsenschwanz-Fliegenklatsche und sprach im beschwörenden Tonfall eines Pferdehändlers. „Du hast mir gesagt, dass du ein schnelles Pferd möchtest, Oyuna.“ Mit einer weit ausladenden Armbewegung sagte er einfach: „Such dir eins aus.“

Mir blieb der Atem weg. Diese Unterhaltung kam mir wie ein Traum vor, alles war genau so, wie ich es mir erträumt hatte. Fast alles. Ein entscheidendes Detail war falsch. In meinem Traum ritt ich mit Bayan *und* einem schnellen Pferd nach Hause. Und nun bat der Khan mich, zwischen den beiden zu wählen. Ich konnte mich nicht dazu überwinden, meine geliebte weiße Stute aufzugeben. Ich konnte einfach nicht.

„Bayan …“, fing ich an.

„Wie?“, unterbrach der Khan mich und beugte sich vor. „Sprich lauter!“

„Bayan ist …“ Ich suchte nach Worten. Wie sollte ich ihm unsere enge Bindung erklären? „Meine Mutter hat immer gesagt, eine gute Freundin ist wie ein Spaziergang im Mondlicht. Und so eine Freundin ist Bayan für mich. Sie versteht mich besser als irgendjemand sonst mich je verstanden hat. Und ich verstehe sie. Aus diesem Grund kann ich sie weder verkaufen noch eintauschen.“

Ich erwartete den Wutausbruch des Khan. Seine dunklen Augen funkelten. Doch seine Worte klangen nicht mehr wütend.

„Du hast deinem Pferd einen Namen gegeben?“, fragte er neugierig.

Errötend nickte ich.

„Ich besitze zehntausend weiße Stuten“, sagte der Khan ungläubig, „und nicht eine von ihnen hat einen Namen.“

„Bayan ist … ganz besonders“, murmelte ich. Mein Mut hatte mich wieder verlassen und jetzt war ich plötzlich ganz schüchtern.

„Was ist an dieser alten Stute für dich so Besonderes? Was hat sie getan, um Schönheit zu heißen und nach einer Göttin benannt zu werden?“

Ich hatte schon bemerkt, dass der Kublai Khan einen sehr wachen Geist hatte und offen war für neue Gedanken, ganz gleich wie seltsam sie sich auch anhören mochten. Und so erzählte ich ihm von meiner Reise – ohne etwas auszulassen. Ich erzählte, wie ich Bayan gefunden und wie sie zu mir gesprochen hatte. Der große Herrscher hob nur eine Augenbraue und fragte, ob ich die Stute dazu bringen könne, auch zu ihm zu sprechen. Er schien nicht einmal wütend zu sein, als ich antwortete, dass ich das nicht glaube. Ich erzählte ihm von Echenkorlo und wie sie mir von den zehntausend weißen Stuten berichtet hatte. Ich erzählte ihm von den Gefahren, die wir – Bayan, Bator und ich – überstanden hatten, als wir seine Taschen über das Gebirge, durch die Gobi und durch dieses seltsamste aller Länder, in dem sein Palast stand, gebracht hatten.

Der Khan war ein aufmerksamer Zuhörer und er stellte ernsthafte Fragen. Er schien besonders interessiert an Echenkorlo und unterbrach mich irgendwann, um einen Diener loszuschicken, der ihm einen seiner Ratgeber holen sollte. Wir saßen unterdessen auf einem leuchtend blauen Shirdik, der unter einem großen, schattigen Baum ausgerollt war. Diener brachten Schalen mit Früchten und Käse und Porzellankrüge voller Stutenmilch und stellten sie neben uns. Der Stalljunge blieb in Sichtweite und ließ Bayan von saftigen Gräsern naschen. Als der Diener losgelaufen war, bat mich der Kublai Khan fortzufahren. Ich beendete meine Geschichte rasch und betonte am Schluss noch einmal, wie wichtig es war, dass ich mit einem schnellen Pferd nach Hause ritt, um das Festival-Rennen gewinnen und meiner Familie Glück bringen zu können.

Der große Herrscher dachte einen Moment nach und schickte nach einem anderen Diener. Als hätte er meine letzten Worte – die allerwichtigsten – gar nicht gehört, bat der Khan mich, Bator zu beschreiben, und der Diener zeichnete das Bildnis meines Katers auf Papier. Dann befahl der Khan dem Diener, eine Bekanntmachung vorzubereiten mit der Aufforderung, das kleine getigerte Tier sicher hier abzugeben, und diese überall an der äußeren Stadtmauer auszuhängen. Ich blickte den mächtigsten Mann der Welt mit neuem Respekt und warmer Dankbarkeit an.

Als der Khan und ich in den großen Raum im Palast zurückkehrten, schwirrte die Luft vor fremden Sprachen aus einhundert Ländern. Später erfuhr ich, dass diese Männer große Gelehrte waren, die nach Khanbaliq gekommen waren, um ihre Weisheit mit dem Khan zu teilen. Einige dieser Männer studierten die Sterne, andere die Götter und wieder andere kannten sich aus mit Krankheiten und deren Heilung. Der Kublai Khan bat die Medizinmänner, mein verkrüppeltes Bein zu untersuchen und ihm dann zu sagen, wie das Pferd mich auserwählt hat. Dann musste ich vor all diesen weisen Männern die Geschichte meiner Reise wiederholen. Auch sie interessierten sich am meisten für Echenkorlo. Einer der Schamanen, ein kleiner, dunkelhäutiger Mann aus einem Land, das ihr Tibet nennt, sagte, er habe Echenkorlo gekannt und dass ihr Wissen hoch geachtet war. Er sagte, sie sei eine große Seherin zukünftiger Ereignisse gewesen.

„Kannst du sehen?“, fragte dieser dunkelhäutige Mann mich, trat einen Schritt näher und blickte mir tief in die Augen.

Ich schüttelte den Kopf, aber weder er noch die anderen waren zufrieden. Sie fragten, was Echenkorlo mir beigebracht habe. Ich konnte nur die Namen einiger Kräuter und deren Heilkräfte nennen. Trotzdem ließ ihr Interesse an mir nicht nach. Der Khan reichte ihnen den Lederbeutel, den Echenkorlo mir geschenkt hatte. Mit lauten Ausrufen des Erstaunens berührten sie die Tierfiguren, die in dessen Oberfläche geritzt waren, und untersuchten sorgfältig den Inhalt der Tasche. Einer der weisen Männer zog das goldene Amulett mit dem geflügelten Pferd hervor. Er hielt es hoch und sah mich anklagend an.

„Wo hast du das her?"

„Ich habe es gefunden", antwortete ich wahrheitsgemäß.

„Kannst du in den versengten Schulterblättern eines Schafes lesen?", fragte ein anderer plötzlich.

Ich wand mich. „Nun …", begann ich.

Ein bestimmtes „Nein" wäre besser gewesen. Denn innerhalb weniger Augenblicke hielt ich die versengten Schulterblätter eines Schafes in den Händen, die noch die Wärme des Feuers abstrahlten.

Man forderte mich auf, das Wetter für die morgige Reise nach Shangtu vorauszusagen.

Ich protestierte, doch die Schamanen bestanden darauf und der Kublai Khan bedeutete mir mit einem Nicken, dass auch er es wünschte. Also setzte ich mich auf den Boden, hielt die Knochen auf meinem Schoß, drehte sie hin und her und suchte die Reiselinien. Wie sehr hoffte ich, dass ich eine Antwort finden würde, die diese weisen Männer zufrieden stellte! Ich beugte mich über die Knochen, suchte mit den Augen und fuhr mit den Fingern die Linien nach. Die Risse waren tief und verliefen ziemlich gerade. Die morgige Reise ist bestimmt schnell, dachte ich.

Ich hob den Kopf und sagte so fest ich konnte: „Die Knochen sagen, dass die Reise nach Shangtu schnell gehen wird. Das Wetter kann ich allerdings nicht vorhersagen, denn ich bin nicht ausgebildet als Schamanin."

„Du hörst die Tiere sprechen“, sagte ein Mann im schwarzen Gewand.

„Nur ein Tier“, widersprach ich. „Und auch nicht immer. Ich kann sie immer noch nicht dazu bringen, mit mir zu sprechen.“

Die laute Ankündigung eines Dieners unterbrach unser Gespräch. Als ich aufblickte, sah ich, dass schon fast der ganze Nachmittag vergangen war und die Laternen, die an den langen Wänden brannten, flackernde Schatten warfen. Der Khan hob die Hand und ein schäbig gekleideter Mann mit flachem Gesicht trat ein. Einer der Erdarbeiter, wie ich annahm. Er trug einen gewebten Sack, der sich heftig hin und her bewegte, als habe er ein Eigenleben.

Auf den Befehl des Khan setzte der Mann den Sack ab und band ihn auf. Zur allgemeinen Überraschung sprang ein dunkel gefärbtes Tier aus dem Sack und raste in heilloser Angst über den Fußboden. Es versteckte sich hinter dem großen Tisch. Sofort begann ein lautes Fauchen und Zischen und der Leopard stolzierte steifbeinig um den Tisch. Seine Beute, die sich mit gesträubten Nackenhaaren und wütendem Knurren vorsichtig Schritt für Schritt zurückzog, blieb dennoch kampfbereit.

Ich hatte das mutige Tier sofort wieder erkannt und rief: „Bator!“ Ohne den Leoparden aus dem Blick zu lassen, trat mein kleiner Kater den Rückzug an. Vorsichtig, Schritt für Schritt, bis er sich umdrehen und zielstrebig auf meinen Schoß zusteuern konnte. Er krabbelte auf meine gekreuzten Beine und sein Schwanz peitschte wütend hin und her, während er die vielen Leute im Raum mit seinen grünen Augen musterte.

Als das Geschnatter im Raum wieder anhob, hörte ich den Khan lachen und sah ihn dann anerkennend über Bators Mut lächeln. Ich suchte seinen Blick und dankte ihm – ebenfalls lächelnd.

In dieser Nacht schlief ich in dem weichsten Bett, in dem ich je gelegen hatte. Und mit Bator neben mir und dem Gedanken an Bayan, für die im Stall des Khan gut gesorgt wurde, schlief ich rasch ein. Die Kissen, auf denen ich lag, waren so weich, dass ich mir vorkam wie auf Wolken. Doch nur wenige Atemzüge, nachdem ich die Augen zugemacht hatte, wickelten diese Wolken sich um meinen Körper und hoben mich – wusch – hoch in den dunklen Himmel. Lautlos wie auf Eulenflügeln flogen wir durch die Nacht, über Hügel, die Gobi und über Berge. Den ganzen Weg bis hin zu Echenkorlos Grab.

In der pechschwarzen Nacht ließen die Wolken mich in den Staub fallen, mein Kinn schlug schmerzhaft auf und ich starrte auf die Zeichnung der Blume mit der langen Wurzel, das verzerrte Pferdegesicht und die goldene Paiza, die sie mit ihrer sterbenden Hand in den Schlamm gekratzt hatte.

Mein Leben im Palast

Jedes Jahr im Sommer verließ der Khan mit seiner Familie und seinen Dienern Khanbaliq und die drückende Sommerhitze, um die Monate Juni, Juli und August in Shangtu zu verbringen. Ich hatte diese nördlich gelegene Stadt nie gesehen, aber mir wurde erzählt, dass sie kleiner war als Khanbaliq und dass der Khan seine Tage dort mit Jagen und Feiern zubrachte.

Der morgige Tag war der erste Juni und der Palast hallte wider von eiligen Schritten und lauten Befehlen zum Packen. Dennoch wartete die Reisegesellschaft des Khan noch lange nach Sonnenaufgang in der drückenden Hitze vor den Stadttoren.

Bei diesem jährlichen Umzug seines Hofstaates reiste der Khan in einer riesigen Sänfte, die auf den Rücken einer seiner vier Elefanten geschnallt war. Noch saß der Khan jedoch im Schatten eines großen Baumes und grollte. Die riesigen grauen Tiere wiegten sich gelangweilt, schoben immer wieder mit dem Rüssel Staub zusammen, den sie dann zur Seite warfen. Das Knarren ihrer Gurte ging unter im nervösen Blöken von Ziegen, den Rufen der Frauen, die ihre Kinder zur Eile antrieben, und dem rastlosen Wiehern der noch reiterlosen Pferde, die ungeduldig mit den Hufen stampften. Schließlich kam Marco Polo, einer der Ratgeber des Khan aus einem Land, das über eine Jahresreise entfernt lag, angaloppiert – mit unendlich vielen Neuigkeiten. Er und der Kublai Khan kletterten in die Sänfte und die Prozession der tausend Füße verließ endlich die Stadt.

Der Khan hatte mich gebeten, den Sommer über hier zu bleiben und in seinen königlichen Ställen zu arbeiten. Bei unserem Besuch dort am Tag zuvor war ihm aufgefallen, wie positiv die Pferde auf mich reagierten. Der Khan hatte versprochen, ich könne für gute Arbeit ein schnelles Pferd erhalten. Also begann ich meinen Dienst. Ich zähmte die Jährlinge und ritt die Zweijährigen ein. Bayan brauchte ohnehin eine Pause, und so verbrachte ich die wärmsten Monate des Jahres zufrieden in Gesellschaft meiner weißen Stute und ihrer neuen Stallgenossen.

Auch als der Kublai Khan und seine Familie Anfang September zurückkehrten, blieb ich in seinen Diensten. Schon in den ersten Tagen nach ihrer Heimkehr sandte Chabi einen Diener, um mich in den Palast zu beordern. Den ganzen Sommer über hatte sie sich daran erinnert, dass ich nähen konnte, denn nun breitete sie Gewänder vor mir aus und fragte mich nach meiner Meinung.

Chabi, das wusste ich, war nur eine von mehreren Frauen des Khan, doch genau wie er hatte sie einen wachen Geist und nahm neue Ideen und Anregungen gerne auf. Deshalb und auch wegen der Zärtlichkeit, die er in ihrer Gegenwart zeigte, war ich mir sicher, dass sie seine Lieblingsfrau war. An dem Tag, an dem Chabi mich in die Nähstuben des Palastes beorderte, entwarf sie gerade eine neue Art von Del, eins ohne Ärmel. „Damit ist es für einen

Bogenschützen viel leichter, nach seinem Pfeil zu greifen, glaubst du nicht auch?", fragte sie. Ja, sie probierte immer neue Möglichkeiten aus. Zusammen entwarfen wir verschiedene Kopfbedeckungen, und wir experimentierten beim Weben von Teppichen mit allem – von gebrauchten Bogensehnen bis zu Hundehaar.

Wenn ich nicht bei den Pferden war, saß ich bei den Näherinnen des Palastes, und wir erzählten uns Geschichten und lachten viel. Es tat gut, in diesem fremden Land mit anderen in meiner eigenen Sprache zu reden. Nun nähte ich Glück und Zufriedenheit in das Gewand auf meinem Schoß und wünschte, es möge seinen Träger begleiten wie ein Sonnenstrahl.

Der Khan hatte sein Versprechen mir gegenüber nicht vergessen. Manchmal, wenn ich zwischen dem Stall und dem Nähraum hin- und herging, traf ich ihn. Er nahm sich immer einen Augenblick Zeit, um mich mit Namen zu begrüßen und gelegentlich ein wenig zu necken. Dann standen die beiden hinkenden Seelen des Palastes – die eine jung, die andere alt – beieinander, lehnten an einer Wand und unterhielten sich.

Er empfand es immer noch als einen großartigen Scherz, dass ich mich geweigert hatte, ihm Bayan zu verkaufen. „Wie geht es meiner Stute?", fragte er gelegentlich lachend. „Du weißt schon, die, die ich Bayan nenne. Hast du dich schon entschieden, Oyuna, welches schnelle Pferd du gegen sie eintauschen möchtest?" Und dann antwortete ich immer, dass ich gerade dabei sei, diesen Braunen oder jenen Wallach auszuprobieren, aber noch nicht ganz sicher war, welchen ich nehmen wolle. Vielleicht würde ich mich ja bis morgen entscheiden. Aber bis morgen war es eine sehr, sehr lange Zeit.

Immer öfter ließ ich den goldenen Anhänger, der mir Glück brachte, in Echenkorlos Beutel zurück. Ich muss ihn nicht mehr die ganze Zeit mit mir herumtragen, dachte ich, denn das Glück schien sich auf meinen Schultern niedergelassen zu haben. Ich wusste, dass ich den Klauen des Unheils bei vielen Gelegenheiten nur knapp entronnen war. Ganz besonders knapp in jener Nacht, in der ich neben der Leiche meiner Großmutter geschlafen hatte. Ich war fest entschlossen niemals wieder etwas zu tun, was das Unglück dazu verleiten konnte, sich erneut an meine Fersen zu heften. Außerdem war ich jetzt glücklich. Ich war sogar bereit, wieder zu meiner Familie zurückzukehren.

Aber mit dieser Reise würde ich noch ein Weilchen warten müssen. Ich hatte meine weiße Stute nämlich genau beobachtet, und im Oktober war ich mir sicher: Bayan bekam ein Fohlen.

Das junge Mädchen presste ihre Hände an die Wangen und ihr offener Mund war in einem stillen „Oh" erstarrt. Fasziniert beobachtete sie, wie der erste kleine Huf und dann der zweite, eingepackt in einen glänzenden Beutel, aus der dickbäuchigen Stute hervorkam. Dann folgten ein zartes Maul, ein feiner Kopf, zwei unglaublich lange Beine und schließlich ein kleiner Körper und zwei weitere spinnendünne Beine.

Die knotigen Hände der alten Frau rissen die Haut über dem Gesicht des Fohlens fachmännisch entzwei. Mit einer schnellen Bewegung des Daumens säuberte sie die Nüstern.

Dann stand sie langsam auf und ging leise zurück in ihre Ecke, wo sie sich in die Schatten sinken ließ und das Mädchen an ihre Seite zog.

„Ein feines Stutfüllen!", flüsterte sie.

Das Mädchen neigte ihr lächelndes Gesicht näher zur Großmutter und flüsterte zurück: „Das hast du vorhin schon mal gesagt. Woher wusstest du das?"

Die goldenen Flecken funkelten in den taubengrauen Augen. „Ich war schon bei vielen Geburten dabei", antwortete sie. Eine Wolke verdüsterte das Leuchten in den Augen. „Und auch oft beim Sterben." Ihre knochige Brust hob sich in einem Seufzer. „Ich will meine Geschichte zu Ende erzählen."

Frühjahr 1281

Im Frühling starb Chabi. Der Khan saß tagelang nur am Fenster und starrte hinaus.

Und das Wetter! Es wurde kalt, so unglaublich kalt! Und es regnete derart, dass man meinen konnte, es würde nie wieder aufhören. Die Ernte auf den Feldern begann zu verrotten.

Meine Augen waren rot und geschwollen. Und manchmal kam es mir vor, als würde auch aus ihnen das Wasser ohne Unterlass strömen. Chabi hatte ich geliebt wie eine Mutter, und sie zu verlieren holte alle Erinnerungen an den Verlust meiner wirklichen Mutter wieder hoch. In diesen Tagen schloss ich meine Augen immer nur ganz kurz, denn tagsüber kamen die Tränen und die Dunkelheit meiner geschlossenen Lider rief grauenhafte Erscheinungen hervor.

Wie furchtbar diese Träume waren, die mich quälten! Sobald ich meine Augen schloss, galoppierten grinsende weiße Pferde aus den dunklen Tiefen meiner Seele. Sie kamen mit gebleckten Zähnen direkt auf mich zu, hielten dann jedoch schlitternd an, als seien ihre Beine plötzlich steif gefroren. Ich musste in hilfloser Angst mit ansehen, wie ihre Hufe immer länger wurden und dann in der schwarzen Erde versanken. Ich konnte ihre Hufe jedoch auch unter der Erde noch sehen, wie sie tiefer einsanken, immer länger wurden und sich dann in braune, verknotete Wurzeln verwandelten. Und sobald sich diese Wurzeln verhärteten, wurden die Pferde steif, fielen um und starben.

„Tengri!", schrie ich schluchzend, wenn ich erwachte. „Warum müssen alle sterben?"

Mein einziger Lichtblick in dieser Zeit war Bayan, in deren Bauch neues Leben heranwuchs. Ich wusste zu diesem Zeitpunkt nicht, von welchem Hengst: einem von Genmas vielleicht? Oder dem wilden, gelben Gobihengst? Oder vielleicht sogar einem der königlichen Zuchthengste des Kublai Khan? Wie gesegnet Bayans Fohlen sein würde, wenn es von einem der Hengste des Khans gezeugt worden wäre! Wenn ich nachts alleine in meinem Zimmer saß und Bator schnurrend neben mir lag, zog ich den goldenen Anhänger wieder hervor und betrachtete das Mädchen mit den Blumen auf dem galoppierenden Pferd. Ich nahm ein Tuch zur Hand, polierte das Medaillon wieder und wieder und wünschte mir beim Reiben nichts sehnlicher, als dass Bayan ein gesundes Fohlen gebären und eine leichte Geburt haben sollte.

Doch es schien, als habe Tengri Khanbaliq den Rücken zugewandt, denn das Unglück regnete weiterhin auf uns herab. Jetzt verbreitete sich die Nachricht, dass die weißen Stuten des Khan krank und einige sogar schon an einer geheimnisvollen Krankheit gestorben seien. Der Kublai Khan rief seine Ratgeber zusammen, verließ den Palast aber nicht.

Ich wurde blass bei dieser Nachricht, denn Bayan graste bei diesen Stuten. Und als die Kunde von der Krankheit den Palast erreichte, war es schon zwei Tage her, seitdem ich das letzte Mal nach ihr gesehen hatte. Ich schimpfte mich eine faule Pflegerin, sattelte eilig ein Pferd, das ich mir im Stall auslieh, und ritt hinaus in das Tal. Eine schwache Sonne kämpfte sich den Weg durch die blauschwarzen Wolken am Himmel.

Als ich die ersten Flecken von Weiß auf dem smaragdgrünen Shirdik, der den Hügel und das Tal bedeckte, erblickte, seufzte ich erleichtert, denn sie bewegten sich langsam und ruhig wie immer. Aber als ich näher kam, bemerkte ich, dass einige der Flecken sich nicht bewegten. Im Gegenteil, sie schienen am Gras festzukleben, als sei es Schlamm. Am Anfang des Tales hatten sich Schamanen in langen Gewändern um eine besonders kranke Stute versammelt. Einer der weisen Männer hielt eine Tonschale mit brennendem Weihrauch unter die Nüstern der Stute, während ein anderer ihre Lippen auseinander zog. Er hatte ein kurzes Messer in seiner linken Hand. Ich sah weg, denn ich wusste genau, was er vorhatte: Genmas Reinigungskur.

Ich ritt an den Männern vorbei und suchte nach Bayan, als Worte an mein Ohr drangen, die mir schier den Atem verschlugen.

„Es wäre besser, sie alle zu töten. Jetzt gleich“, sagte einer der Schamanen laut.

„Nein!“, widersprach ein anderer. „Bisher sind nur wenige gestorben. Um des Khans willen – wir müssen ein Heilmittel gegen diese Krankheit finden.“

„Wegen des Khans sterben diese Stuten doch überhaupt!“, rief der erste Schamane jetzt. „Sind eure Zehen noch nicht verfault wie die Früchte des Feldes in diesem furchtbaren Regen? Die Götter bestrafen den Khan, weil er sie verärgert hat. Er befolgt die täglichen Reinigungsrituale nicht, die wir ihm verordnet haben. Seine Chabi ist auch deshalb gestorben. Jetzt sterben die Feldfrüchte und bald sind wir an der Reihe, bald werden wir alle verhungern. Die heiligen weißen Stuten sterben schon. Es ist der Wille der Götter, dass sie sterben, glaubt mir. Und wenn wir den Rest von ihnen töten – am besten gleich –, dann werden die Götter vielleicht den Regen verjagen und uns wieder zulächeln wie früher."

Ich sah, dass die meisten der Schamanen bei diesen erhitzten Worten die Stirn runzelten, obwohl der Mann, der eben gesprochen hatte, fast einen Kopf größer war als sie. „Du kannst die Stuten des Khan nicht ohne seine Erlaubnis töten", warnte einer von ihnen.

„Ich werde seine Genehmigung schon bekommen", schrie der hitzköpfige Mann und eilte mit fliegenden Gewändern in Richtung Stadt davon. Als er sich einige Schritte von der Gruppe entfernt hatte, warf er die Hände in die Luft und rief, ohne jemanden direkt anzusprechen: „Sie werden sowieso alle sterben!"

Ich grub dem rotbraunen Wallach die Fersen in die Seiten und trabte durch das Tal. Wie eine Fahne im Wind wandte ich den Kopf von einer Seite zur anderen auf der Suche nach Bayan. Für gewöhnlich graste sie mit einer Gruppe älterer Stuten im saftigen Gras des Flussufers, also lenkte ich den Wallach zum wirbelnden braunen Wasser. Der Schlamm saugte sich geräuschvoll an seinen Hufen fest.

Ich hatte den Jadeanhänger meiner Mutter um Bayans Hals gebunden, damit ich sie leichter unter den anderen Stuten entdecken konnte – und auch, damit das Fohlen, sollte es kommen, wenn ich nicht in der Nähe war, einfacher aus ihrem Bauch gleiten würde. Vor uns, alarmiert durch unser rasches Näherkommen, schossen dutzende schwangleicher Hälse vom Grasen hoch. Um einen dieser Hälse sah ich den kleinen, blassgrünen Anhänger eines galoppierenden Pferdes hängen.

Noch im Trab glitt ich von dem Rotfuchs und zwängte mich an den weißen Körpern vorbei. Dabei beobachtete ich genau Bayans Gesicht. Den ganzen Winter hindurch hatte in ihren Augen diese innere Zufriedenheit geschimmert. Als ich heute ihrem Blick begegnete, war ich sicher, dass keine Krankheitszeichen darin zu lesen waren, dennoch schien der Glanz zu fehlen, und die Höhlen über ihren Augen waren tiefer. Ich ließ meine Hände über ihre Stirn gleiten, dann über ihren Hals und ihren Rücken. Sie hatte kein Fieber, war auch nicht steif. Wie gewöhnlich beugte sie sich herab und knabberte mit ihren weichen Lippen spielerisch an meiner Schulter.

Ich seufzte erleichtert und blieb den ganzen Tag über, während sie graste, bei ihr – genau wie wir es zu Hause in der Steppe oft getan hatten. Ich versprach ihr, dass ich jeden Tag bei ihr sitzen würde, bis ihr Fohlen kam, was bei dem Leibesumfang jederzeit sein konnte.

Am nächsten Tag saß ich zusammengekauert gegen den Stamm eines großen Baumes gelehnt und der Regen blies und spie mir ins Gesicht. Nicht die kalte Brise jagte mir eine Gänsehaut über den Rücken, sondern der entsetzliche Anblick von noch mehr kranken Stuten, die leblos auf dem grünen Hügel dahingestreckt lagen. Nur ihre Mähnen flatterten noch im Wind. Tränen standen mir in den Augen, als ich beobachtete, wie aufgeregte Fohlen versuchten an den Zitzen ihrer toten Mütter zu trinken, sich dann herumwarfen und klagend im Kreis galoppierten. Ich beobachtete auch die Schamanen, die unaufhaltsam wie das stetig steigende Schlammwasser durch das Tal marschierten, Weihrauch in die Nüstern einer jeden Stute räucherten und ein Messer in jeden blassen Pferdegaumen stießen.

Bayan und die Gruppe älterer Stuten erreichten sie erst am dritten Tag. Ich protestierte laut, aber was richtet schon die Stimme eines Mädchens gegen die versammelte Weisheit vieler Länder aus? Ich konnte angesichts der grausamen Stecherei nur mein Gesicht abwenden, um mich nicht übergeben zu müssen. Als die Schamanen weiterzogen, führte ich Bayan zum Fluss. Ich schöpfte mit der Hand von dem schlammigen Wasser und wusch ihr zumindest das Blut von Hals und Brust.

Am anderen Morgen, als ich wieder hinausritt, um bei Bayan zu sitzen, schien sie sich viel steifer zu bewegen als sonst. Mein Herz schlug mir bis zum Hals. Ich versuchte mir einzureden, dass die Morgenstunden immer noch sehr kalt waren und Bayan mit zunehmendem Alter auch steifer wurde. Aber den ganzen Tag über schrak sie zurück, wenn ich an ihrer Stirnlocke zog, damit sie ein wenig herumlief, um ihre Gliedmaßen aufzuwärmen.

Am Nachmittag war sie krank und stand steifbeinig und elend genau wie die anderen Pferde da. Ich humpelte um sie herum und bat sie, mir zu sagen, was mit ihr los war, bat sie, zu mir zu sprechen und mir zu sagen, was ich tun konnte. Vielleicht, dachte ich schließlich, vielleicht weiß sie es selbst nicht.

Am nächsten Tag stand ich vor Bayan und hielt ihre Nase mit meinen Händen warm, als ich spürte, wie sie dagegen presste, nur federleicht, aber es war eine Bewegung. Fragend schaute ich ihr tief in die schwarzen Augen, und die Schmerzen, die darin lagen, schnürten mir das Herz zusammen – doch dann dieser Blick, der gerade durch mich hindurchging.

Atemlos wartete ich, dass sie zu mir spräche, aber nur dröhnende Leere erfüllte meinen Kopf. Tränen stiegen mir in die Augen.

Dann gelang es Bayan durch eine ungeheure Anstrengung mit einem ihrer Hufe über den schlammigen Boden zu scharren. Die blassen Knollen des Grases und die verzweigten Wurzeln lagen jetzt wie Spinnenbeine im Sonnenlicht. Ob sie hungrig ist?, fragte ich mich verwundert. Beim Durchqueren der Gobi hatte Bayan Pflanzenwurzeln gefressen, um zu überleben. Hier hatte sie genug Futter.

Ich bückte mich, um die entwurzelte Knolle genauer zu betrachten, und erinnerte mich mit Schaudern an meine qualvollen Träume von den steifbeinigen Pferden, deren Beine zu braunen Wurzeln wurden. Diese Träume verfolgten mich, seitdem ich die Nacht mit Echenkorlo in der Berghöhle verbracht hatte.

Zwei weitere Bilder drängten sich mir auf: Das erste war die Erinnerung daran, dass unter den Kräuterbeuteln und Pudern, die ich mit meiner Großmutter beerdigt hatte, ein halbes Dutzend großer Taschen mit braunen Wurzeln gewesen waren. Das zweite Bild war das von der in den Höhlenboden gezeichneten Blume, das ja nicht nur die Blüte und den Stängel zeigte, sondern auch eine Wurzel, eine sehr lange Wurzel. Vielleicht, dachte ich, war die Wurzel an der Zeichnung wichtiger als die Blüte?

Und plötzlich fügten sich die Bilder aneinander wie Perlen auf einer Schnur. Die Wurzel, das steife Pferd, die Paiza – auf einmal war die Botschaft klar: Die Wurzeln in den Taschen sollten zum Khan gebracht werden – für seine kranken Pferde. Hatte Echenkorlo tatsächlich die Krankheit, die die Pferde des Khan befallen hatte, vorausgesehen? War sie auf dem Weg gewesen, um das Heilmittel für die Pferde hierher zu bringen?

Ich wandte mich von Bayan ab, bestieg mein Pferd und galoppierte zum Khan. Unterwegs kreisten meine Gedanken unentwegt um meine Träume. Das Grinsen der weißen Pferde, das war mir nun klar, war in Wirklichkeit Schmerz, der die Gesichter verzerrte – genau wie bei den steifen weißen Stuten in dem grünen Tal. Hatten meine Träume mir die Krankheit der Stuten vorausgesagt? Bedeutete das, dass ich eine Schamanin war? Ich schüttelte den Kopf über diesen absurden Gedanken und galoppierte weiter.

Galoppieren!, dachte ich – galoppieren genau wie das Mädchen auf dem goldenen Anhänger, das die Blumen in der Hand trägt. Ich hätte wetten können, dass es Blumen mit Wurzeln waren. War denn ich, Oyuna, auserwählt, dem Khan die heilenden Wurzeln zur Rettung seiner Pferde zu bringen? Eine Gänsehaut lief mir über den Rücken. Der goldene Anhänger hatte mir immer Glück gebracht, vielleicht sollte er auch den weißen Stuten – und Bayan – Glück bringen?

Glück. Ich zügelte das Pferd in den Schritt, während ich über dieses schwierige Thema nachdachte. Woher sollte ich wissen, ob ich Recht hatte? Zumindest einer der weisesten Ratgeber des Kublai Khan war überzeugt, dass die Pferde sterben sollten. Und ich, schließlich nur ein Mädchen, sollte ihm da widersprechen? Mein gesamtes Leben hindurch, dachte ich, habe ich die deutlichen Zeichen des Unheils missachtet und mich kopfüber in alle möglichen Gefahren gestürzt. Bilder wirbelten in meinem Kopf durcheinander: der tödliche Blitz, die höhnisch grinsende Puppe, das Messer, das das Feuer durchschnitten hatte, Echenkorlos knochige Hand, die sich nach mir ausstreckte … Ich schüttelte den Kopf. Irgendwie hatte ich all das überlebt. Aber meine Mutter war tot, Echenkorlo auch. Wie konnte ich überhaupt daran denken, meine eigenen Wünsche gegen die der Götter zu stellen? Oh, wie konnte ich nur herausfinden, was ich tun sollte?

Und dann tat ich an diesem Nachmittag etwas, das nicht nur mir die Augen öffnete, sondern auch anderen. Ich ritt direkt in den Pavillon der Schamanen, wohl wissend, dass sie alle draußen bei den Stuten waren, und verlangte von einem der Diener frisch gesäuberte Schulterblätter eines Schafes. Ich log ganz dreist, der Khan wünsche, dass ich sie bekommen solle. Und so gab man mir welche aus dem großen Korb voller blutiger Knochen.

Dann ritt ich aus der Stadt hinaus zu einer einsamen Stelle am Fluss. Ich sammelte Holz, entzündete ein Feuer und legte die Schulterblätter in die Flammen. Danach hinkte ich am Ufer hin und her, hin und her und überlegte unentwegt: Soll ich reiten oder nicht? Ich beobachtete, wie die Flammen an den Knochen leckten und wie die in der Hitze gehärteten Risse die Antwort für mich schrieben.

Als das Feuer schließlich niedergebrannt war, zog ich die Knochen mit angehaltenem Atem heraus. Ich drehte sie mehrere Male um, ehe ich im schwindenden Licht die Linien entdeckte, die den Verlauf der Reise vorhersagten. Ich hockte mich auf den Boden und studierte sie mit klopfendem Herzen. Sie begannen ganz dick, zogen sich aber nur einen Finger breit hin, dann hörten sie auf. Die Antwort war klar: Es würde keine Reise geben.

Ich setzte mich zurück auf meine Fersen und seufzte erleichtert. Dann stand ich auf, kickte die warmen Knochen am Ufer entlang und schließlich in den Fluss, wo sie sofort versanken.

Als ob eine große Last von meinen Schultern genommen worden wäre, galoppierte ich zurück zu den weißen Stuten des Khan. Vielleicht ging es Bayan ja wieder besser? Aber die ernüchternde Wirklichkeit war, dass sie wie angewurzelt noch dort stand, wo ich sie verlassen hatte. Ich saß ab und lief zu ihr. Ihr Körper fühlte sich kühl an, als ich ihn berührte. Sie konnte sich nicht bewegen, konnte mir nicht an der Schulter knabbern – ich fühlte, dass sie sich immer weiter von mir entfernte, dass sie starb. Ich warf meine Arme um ihren steifen Hals und schluchzte.

Da bohrte sich wortlos ein schweigender Hilferuf in meinen Kopf: „Hilf uns!"

Als ich in Bayans Augen blickte, wusste ich, dass ich die richtige Antwort gefunden hatte. Ich drehte mich auf meinem verkrüppelten Fuß um, rannte zurück zu dem Stallpferd, kletterte wieder in den Sattel und galoppierte in der Dämmerung zum Palast zurück. Ich wusste, dass der Kublai Khan sich zu dieser Tageszeit mit seinen Ratgebern traf, um die Zeremonien des kommenden Monats zu planen. Keine Wache konnte mich aufhalten, als ich in die große Halle stürzte.

„Ich kenne das Heilmittel für Eure Stuten!“, rief ich. Die Gesichter aus aller Herren Länder wandten sich mir in einer Mischung aus Staunen und Spott zu. Doch der Kublai Khan hob die Hand, damit Ruhe im Raum einkehre, und hörte mir zu.

„Was ist das für ein Heilmittel, Oyuna?“, fragte er so ernsthaft, als wäre ich einer seiner geschätzten Ratgeber.

„Ich … na ja …“, stammelte ich, „ich weiß nicht, wie es heißt, aber ich weiß, wo es zu finden ist.“

Die Männer im Raum stürzten sich auf meine Unsicherheit. „Wie kannst du behaupten, ein Heilmittel zu kennen, das du nicht einmal benennen kannst?“, fragte einer. „Welche Art der Ausbildung gibt dir das Recht, so etwas zum Khan zu sagen?“ Doch ein anderer murmelte: „Ich habe euch gleich gesagt, dass sie mehr weiß, als sie sagt.“ Schließlich hob der Khan wieder seinen Arm und sofort war es still im Raum.

„Wieso sagst du so etwas, mein Kind?“ Seine Stimme klang traurig, aber ich sah einen Funken Hoffnung in seinen Augen aufglimmen. Und ich wagte es nicht ihn zu enttäuschen.

Ich holte tief Atem und erzählte dem Kublai Khan und seinen weisen Männern von der Zeichnung, die ich in Echenkorlos Höhle gefunden hatte. Ich beschrieb die Träume, die mich seitdem quälten, und erklärte, dass die Zeichnung von dem steifen Pferd in der Höhle und die grinsenden Pferde aus meinen Träumen in dieser Welt die weißen Stuten des Khan waren, die von der Krankheit steif und deren Lippen vor Schmerz verzerrt waren. Ich fügte hinzu, dass in meinen Träumen die Hufe der Pferde Wurzeln geschlagen hatten und dass ich Echenkorlo mit vielen Taschen voll ebendieser Wurzeln begraben hatte, die, so nahm ich an, Echenkorlo zum Palast bringen wollte. Schließlich war Echenkorlo eine große Seherin, erinnerte ich die Schamanen. Sie musste diese Krankheit vorausgesehen haben, warum sollte sie sonst diese Botschaft im Höhlenboden hinterlassen haben.

Sobald ich geendet hatte, hub eine lauter Wortwechsel an.

Über all den Lärm fragte der Khan: „Wo ist diese Höhle?“

„Hört nicht auf sie …“, begann einer der Ratgeber, aber ein bloßer Blick des Khan ließ ihn verstummen.

„Wie weit ist es zu dieser Höhle?“, fragte er noch einmal.

„Ich bin mir nicht ganz sicher …“, begann ich, woraufhin die Ratgeber mit den Augen rollten und verächtlich schnaubten. Ich sprach lauter. „Ich weiß, dass die Höhle im Hentei Gebirge liegt, in der Nähe eines Obos, einen Tagesritt südlich von einer Pfeilstation, die von einer sehr dicken Frau namens Genma geleitet wird.“

„Ich kenne diese Pfeilstation“, meldete sich ein junger Soldat, der im Hintergrund Wache stand. Der Khan winkte ihn heran. „Ich war eine Zeit lang Pfeilreiter im Norden“, fuhr der Soldat fort. „Ich glaube, mit Hilfe des Mädchens könnte ich diese Höhle finden.“

Der Khan sah mich durchdringend an. Er musste mir einfach glauben – um Bayans willen. Und so erwiderte ich seinen Blick, ohne auch nur mit der Wimper zu zucken. Schließlich begann er hastig zu sprechen. „Dann finde die

Höhle“, befahl er dem Soldaten. „Nimm dieses Mädchen hier mit – Oyuna heißt sie – und zehn Männer deiner Wahl. Du bist ihr Anführer. Und nehmt fünfzig meiner schnellsten Pferde …“

„Großer Khan“, unterbrach ihn einer seiner Ratgeber. „Mit allem nötigen Respekt vor Eurer Entscheidung, aber sollten wir nicht die Götter befragen? Ein paar Schulterblätter zu versengen dauert nicht lange.“

Ich fühlte einen Klumpen in meinem Magen, denn ich wusste ja, was die Schulterblätter sagen würden. „Ich habe schon …“, begann ich, aber diesmal wurde ich vom Khan unterbrochen. „Ihr beide geht und packt eure Sachen, während wir das Geschick dieser Reise erfragen werden.“

Der junge Soldat lief in die eine Richtung und ich in eine andere.

Bator saß auf meinem Bett, als ich in mein Zimmer kam. Sein Schwanz peitschte aufgeregt hin und her, als wisse er schon, was vor sich ging. Während ich einige Sachen in Echenkorlos Tasche packte, erklärte ich ihm: „Wir reiten zurück zur Höhle, Bator. Heute Nacht noch. Wir werden Bayan und die anderen Pferde retten!“ Ich streichelte dem Kater kurz über seinen Katzenbuckel. „Wenn du irgendetwas tun kannst, Bator – bitte lass sie nicht sterben!“

Als ich in die große Halle zurückkehrte, versammelten sich schon einige Soldaten, alle mit großen Ledertaschen über der Schulter. Die Schamanen beugten sich über eine Schale mit weißen Knochen.

Der Khan sah auf, als ich eintrat. „Pack deine Sachen wieder aus“, sagte er traurig. „es würde kein Glück bringen, diese Reise zu unternehmen.“

Ich schüttelte energisch den Kopf, obgleich ich die ganze Zeit große Furcht im Nacken spürte. Als ich sprach, hallte meine eigene Stimme laut in meinen Ohren. „Ich habe die Schulterblätter auch gelesen, erst heute Nachmittag. Ich weiß, was sie sagen. Aber ich habe auch in die Augen der Pferde geschaut und ich habe ihnen mit meinem Herzen zugehört." Ein Murmeln erhob sich im Raum. Also sprach ich lauter. „Ich weigere mich, das angekündigte Unheil zu akzeptieren." Die Soldaten und Schamanen hielten die Luft an. „Stattdessen werde ich mir mein eigenes Glück holen. Und ich werde zu der Höhle reiten und die heilenden Wurzeln herbringen!"

Der Khan schüttelte den Kopf. „Gut gesprochen, Oyuna. Aber es gab hier schon genug Tote. Das langt."

„Aber es wird keine weiteren geben!", sagte ich beschwörend. „Eure Pferde werden alle sterben, wenn wir nicht wegreiten, um sie zu retten!"

Der Kublai Khan starrte auf die vielen Köpfe voller unvorstellbarer Weisheit vor ihm. Ich glaubte eine Träne in einem Auge funkeln zu sehen, aber das konnte auch Einbildung sein, denn ich stand ziemlich weit entfernt von ihm. „Die Stuten sind das einzige Glück, das mir geblieben ist", sagte er schließlich und sah mich an. „Rette sie, wenn du kannst!"

Ein Beamter reichte dem jungen Soldaten eine goldene Paiza, nickte mir zu, und dann brachen wir auf.

Der heraufdämmernde Morgen färbte die in der Luft tanzenden Stäubchen im Stall sanft rosa. Das langbeinige Stutfohlen saugte geräuschvoll an den prallen Zitzen seiner

Mutter und hörte nur gelegentlich auf, um zu den beiden flüsternden Gestalten in der anderen Ecke des Stalles hinzuschauen, während ihm die Milch über das Kinn lief.

„Und, hast du die Höhle wieder gefunden?", fragte das junge Mädchen eifrig.

„Ja", erwiderte die Großmutter. „Wir sind die ganze Nacht und den ganzen folgenden Tag geritten, haben unsere Pferde an einer Pfeilstation gewechselt und unsere wunden Stellen bandagiert. Später haben wir die Bandagen mit Bandagen umwickelt. In fünf Tagen legten wir eine Strecke zurück, für die Bayan, Bator und ich fast einen Mond lang gebraucht hatten. Und als ob der Himmel über unsere Reise wachte, verlief sie ohne Störung wie der Flug eines Pfeils. Am sechsten Tag erklommen wir die Berge und erreichten die Wiese mit dem Obo. Wir waren so entsetzlich erschöpft, dass uns fast schwindlig war, aber auch unsagbar glücklich! Wir verbeugten uns alle neunmal vor dem Obo, gingen um ihn herum und dankten dem Berggeist, dass er uns hierher geführt hatte. Noch wenige Schritte, und dann waren wir bei der Höhle.

Alle Soldaten des Khan hielten sich vom Eingang der Höhle fern und begannen nervös miteinander zu tuscheln, da sie wussten, dass eine Tote darin lag. Alle Soldaten außer der jungen Wache mit Namen Adja, derjenige, der uns auch hierher geführt hatte. Er ging zuversichtlich an meiner Seite, als ich die Höhle betrat. Ich zeigte ihm Echenkorlos Zeichnungen, die nun durch Tierspuren schon ziemlich verwischt waren. Damals mochte ich den jungen Mann schon", sagte die alte Frau. Sie lächelte ihre Enkelin scheu an und drückte den Arm des Mädchens.

„Wir riefen die anderen Soldaten herein und rissen die Mauer aus Steinen und Zweigen ein, die ich vor dem Grab im Hintergrund der Höhle aufgehäuft hatte. Und schließlich lag meine Großmutter wieder vor mir. Die Männer wandten ihre Gesichter von der Leiche ab, aber ich fand, dass sie sehr friedlich aussah, mit einem sanften Lächeln auf ihrem wächsernen Gesicht. Ich deutete auf die großen Taschen, in denen die braunen Wurzeln waren, und jeder der Soldaten zog eine davon nach draußen.

Als ich alleine bei meiner Großmutter zurückgeblieben war, flüsterte ich: „Ich habe auf mein Herz gehört. Und ich habe mein eigenes Glück aus der Luft gezaubert." Ich tastete nach meinem goldenen Anhänger, den ich noch in die Tasche gesteckt hatte, ehe wir Khanbaliq verließen. Und zum ersten Mal hatte ich das Gefühl, dass ich ihn nicht mehr brauchte. Die Soldaten kamen wieder, um mir beim Errichten der Mauer zu helfen. Mit dem gleichen zufriedenen Lächeln, das auch auf Echenkorlos Lippen leuchtete, steckte ich den Anhänger in die Tasche meiner Großmutter. „Ich brauche ihn nicht mehr", flüsterte ich und legte meine Hand auf ihr abgetragenes Del. „Möge er nun dir Glück bringen."

Flink häuften wir die Steine wieder auf das Grab, kletterten in den Sattel und ritten den Berg hinab."

Die alte Frau hörte auf zu erzählen, als sei ihre Geschichte nun beendet. Doch das junge Mädchen sah sie auffordernd an und reihte eine atemlos gestellte Frage an die andere: „Haben die Wurzeln geholfen? Seid ihr rechtzeitig zurückgekehrt, um die Pferde zu retten? Hast du Bayan helfen können?"

Die alte Frau biss sich auf die Lippe und war dankbar, dass ihre Enkeltochter im dämmrigen Stall nicht die Tränen in ihren Augen glänzen sah. Ihre Stimme klang auf einmal müde, als sie weitererzählte.

Bayans Geschenk

„Fast ohne zu schlafen durchquerten wir die Gobi, erklommen Hügel und durchquerten Täler – schnell wie ein Windhauch. Als wir in einer Pfeilstation waren, sah Adja besorgt in mein blasses Gesicht und befahl mir, zurückzubleiben und mich auszuruhen. Aber ich klammerte mich verbissen an meinen Sattel und weigerte mich abzusteigen. Also band er mir ein Seil um die Hüften und fesselte auch meine Füße in die Steigbügel. Wir donnerten jetzt die alte Karawanenstraße entlang und ich saß unter der Tag für Tag erbarmungslos sengenden Sonne auf meinem Pferd. Ich wusste nicht mehr, welcher Tag war. Ich wusste nicht einmal mehr, ob ich schlief oder ob ich diesen kräftezehrenden Traum wirklich erlebte. Als die Pferdehufe über die Brücke klapperten, die Bayan, Bator und ich vor fast einem Jahr ängstlich betreten hatten, brachten die Wachen des Khan uns direkt zu ihm. Er war bei seiner Herde weißer Stuten. Der Anblick, der sich meinen müden Augen bot, war schlimmer als alles, was mich je in meinen Träumen gequält hatte. Steifbeinige weiße Leichen lagen überall auf den grünen Hügeln. Scharen von Männern mit Ochsen zogen die toten Körper durch das Gras zu einem langen schwarzen Graben, der ebenso schnell gefüllt war wie gegraben. Es sah aus, als habe die Kruste der Erde eine klaffende, offene Wunde, und die Männer arbeiteten daran, Stücke eines weißen Verbandes hineinzustopfen. Ich blickte mich um und sah, dass weniger als die Hälfte der Herde noch dort stand. Wir waren wohl zu spät gekommen. Ich suchte die Weide nach Bayan ab, während die Schamanen sich um uns drängten.

Wir ließen die Taschen hinuntergleiten, eine nach der anderen schlug dumpf auf dem Boden auf, und die Schamanen fielen über sie her, wühlten in den Taschen wie gierige Krähen, redeten in ihren seltsamen Sprachen aufgeregt miteinander und drehten und wendeten die Wurzeln in ihren Händen. Ich sah, dass die Männer die Wurzel erkannten, einige nannten sie sofort Gan-Cao oder Süßholz. Der Kublai Khan stand zwischen den weisen Männern auf einen Diener gestützt und sah so müde und erschöpft aus, wie ich ihn noch nie gesehen hatte. Er sprach mit seinen Ratgebern und fragte nach der Heilkraft der Wurzel. Nach einem kurzen Wortwechsel befahl der Khan das Heilmittel den überlebenden Stuten schnellstens zu verabreichen.

Echenkorlos braune Wurzeln wurden hastig zu Pulver zerrieben und dann in kleinen Mengen in großen hölzernen Schalen unter gekochtes Getreide gemischt. Die meisten Stuten fraßen von der Mischung, und jenen, die zu schwach waren, um sich zu bewegen, wurden die Lippen auseinander gezogen und das heilkräftige Gemisch wurde ihnen eingeflößt. Ein Aufruf war in der Stadt ergangen und schon kamen die ersten Leute und schütteten ihre eigenen kleinen Vorräte an Süßholz in die aufgestellten Körbe. Eine Gruppe von Frauen, die sich mit Kräutern auskannten, erbot sich, die Hügel und die Täler nach weiteren Süßholzpflanzen zu durchstreifen.

Die Behandlung der Stuten war in die Wege geleitet. Ich stolperte an die Seite des Khan. Als er mich sah, zuckte er zusammen und schaute schnell wieder weg. Lautstark gab er seinen Schamanen Anweisungen. Es kam mir wie eine Ewigkeit vor. Ich hatte große Angst vor der Antwort auf meine Frage, doch ich musste es einfach wissen. Ich zog den Khan an seinem seidenen Ärmel und unterbrach ihn: „Bayan?", fragte ich, „ist sie …"

Der Khan richtete seine traurigen dunklen Augen auf mich. „Oyuna, meine Liebe", begann er – da wusste ich es. Ich begann am ganzen Leib zu zittern. Der Khan legte mir seine Hand auf die Schulter. „Wir haben uns solche Mühe gegeben", hörte ich ihn sagen. „Und auch deine Stute hat alles versucht, glaube ich. Sie klammerte sich ans Leben, als wir schon längst dachten, sie müsse sterben."

Da konnte ich meinen Schmerz nicht länger zurückhalten, die Tränen strömten ungehemmt über mein Gesicht und ich sank überwältigt von Trauer zu Boden.

Die lange, mörderische Reise zurück zu der Höhle und die albtraumhafte Rückkehr mit den heilenden Wurzeln – nichts davon war die Anstrengung wert gewesen, denn Bayan war tot. All diese Tage, die ich weg gewesen war, waren vergeudet, denn ich hätte sie an ihrer Seite verbringen sollen.

„Oyuna, Oyuna!" Der große Kublai Khan beugte sich zu mir. „Ich teile deinen Schmerz. Einen Lebensgefährten zu verlieren, ist fast so, als verlöre man das Leben selbst." Seine Stimme klang belegt bei diesen Worten. Dann räusperte er sich, hustete kurz, fuhr sich über die Augen und richtete sich auf. In einem herrschaftlichen Tonfall verkündete er nun: „Ich habe deine Stute auf meinem Land beerdigen lassen. So habe ich es gewünscht. Und hoffte, dass du zustimmen würdest."

Er schwieg und wartete, dass ich seine großzügige Handlung anerkennen würde. Ich hörte gerade lang genug auf zu schluchzen, um ihn anzusehen.

„Möchtest du ihr Grab besuchen?", fragte er.

Ich nickte, schaffte es irgendwie, wieder auf die Füße zu kommen, und stolperte neben dem schwankenden Kublai Khan her. Er führte mich mit der Hand auf meiner Schulter über eine Wiese zu einer Stelle, wo das Ufer mit den langblättrigen Bäumen bewachsen war. Allein durch ihre herabhängenden Zweige schienen diese Bäume um meine tote Stute, meine verlorene Freundin, zu weinen. Wir bahnten uns einen Weg durch die blassgrünen Zweige zu einem frisch aufgeworfenen Hügel schwarzer Erde. Ich starrte mit geschwollenen Augen darauf und die Tränen stiegen wieder in mir hoch.

„Ich weiß auch nicht, warum die Dinge so geschehen, wie sie geschehen", sagte der Khan, „aber ich glaube, sie geschehen nicht ohne Grund. Es gibt Leute, die werden sagen, diese Stute, die wir hier beerdigt haben, habe nie zu dir gesprochen und deine lange Reise an unseren Hof war reiner Zufall." Der Khan humpelte zu dem großen, grauen Baumstamm und lehnte sich dagegen. „Aber du hast ihre Worte gehört, Oyuna, und du musst immer daran glauben. Und ich, der ich auch gelernt habe, mit meinem Herzen zu hören, glaube, dass du aus einem ganz bestimmten Grund hierher an meinen Hof gesandt wurdest: um meinen weißen Stuten zu helfen. Und dafür danke ich dir, Bayan und diesem kleinen getigerten Kater – er hat auch einen Namen, nicht wahr? Wie auch immer, er war eine echte Plage während deiner Abwesenheit und wir mussten ihn in deinem Zimmer einsperren." Der Gedanke an Bators Eskapaden entlockte dem Khan ein Lachen. Dann blickte er mich mit einer Zärtlichkeit an, die mich tief berührte. „In meinem Leben hat es in letzter Zeit sehr viel Schmerz gegeben", sagte er. „Manchmal vermisse ich Chabi so sehr, dass ich mir wünsche, mein Leben ginge rasch zu Ende, damit ich im Jenseits wieder mit ihr vereint sein kann. Aber gerade, wenn ich an den Tod denke, Oyuna, dann geschieht etwas, das mich daran erinnert, dass das Leben nicht nur traurig ist. Und diesmal kommt dieses Geschenk von deiner Stute."

Der Khan blickte über seine Schulter und nickte kurz.

Dann wandte er sich wieder an mich und sagte: „Ich habe dir gesagt, dass Bayan schon halb tot noch ausharrte, nachdem ihre Zeit in dieser Welt schon längst zu Ende schien. Uns kam es vor, als warte sie auf etwas. Ich dachte, sie warte auf dich. Und das mag auch zum Teil stimmen, doch sie wartete auch noch aus einem anderen Grund. Nämlich um dir das hier zu schenken."

Ich hörte ein Rascheln hinter uns, gefolgt von einem schrillen Wiehern, und drehte mich um. Durch die Zweige drängte sich einer der Stalljungen. Und an seiner Seite stolzierte ein langbeiniges Stutfohlen. Ich schaute den Khan erstaunt an.

Er nickte lächelnd. „Das ist Bayans Fohlen. Wir mussten ihr helfen, es dauerte lange, aber wir haben das kleine Wesen gerade noch herausziehen können, bevor das Leben ihren Körper verließ."

Er legte den Kopf schräg und betrachtete den lebhaften kleinen Waisen, der sich gerade zwischen den ausgebreiteten Armen des Stalljungen aufbäumte. „Ich denke, ihr kühnes Auge und die langen Beine deuten auf eine Vaterschaft einer meiner königlichen Hengste hin. Rechtmäßig könnte ich sie also für mich beanspruchen, aber ich schenke sie dir, Oyuna, um dir zu danken. Es war ein glücklicher Tag, an dem du in Khanbaliq eingeritten bist."

Das war bittersüßer Balsam für meine wunde Seele, als ich auf das knochige Fohlen zuging. Ich nahm es in die Arme und fühlte sein schnell schlagendes Herz an meiner Brust. „Ein glücklicher Tag", hatte der Khan gesagt. Doch ich hatte mit Hilfe Bayans gelernt, mein eigenes Glück zu finden.

Das rosa Morgenlicht staubte über die beiden Pferde. Die Stute stand mit gesenktem Kopf über ihrem Fohlen, das zusammengesunken zu ihren Füßen schlief. In der Ecke erhob sich die runzelige Frau.

„Warte, Großmutter!", rief das Mädchen und legte ihre Hand auf den dicken Ärmel. „Du bist doch noch gar nicht fertig."

Mit schräg gelegtem Kopf setzte sich die alte Frau wieder hin. „Was möchtest du noch wissen, mein Kind?"

Das Mädchen fuhr mit den Händen ungeduldig durch die Luft. „Alles! Zum Beispiel … Was ist mit den weißen Stuten des Khan geschehen?", stammelte sie. „Blieben sie am Leben? Und … was hast du getan? Bist du im Palast geblieben? Bist du nach Hause gegangen? Was wurde aus Bayans Fohlen?"

Die alte Frau lächelte geduldig. „Die meisten der Stuten, die noch am Leben waren, blieben es auch. Die zerstoßenen Wurzeln schienen die Krankheit zu verjagen. Und ich, na ja ...", sie schnaufte tief, „ich bin nicht dazu geboren, in der Stadt zu leben. Mein Herz sehnte sich nach der Steppe."

„Ist Adja mit dir gegangen?"

Lächelnd nickte die alte Frau. „Ja, als mein Ehemann. Und ebenso Bayans Fohlen und dank der Großzügigkeit des Khan noch zehn seiner heiligen weißen Stuten, die ich mir selbst aussuchen durfte. Die Schamanen trauten ihren Augen kaum, als ich mit den zehn weißen Stuten und dem allerschönsten Fohlen aus den Toren von Khanbaliq ritt."

Der Blick des Mädchens wurde traurig. „Aber ... Du bist nie das lange Rennen geritten, oder? Das ist traurig."

Mit ihrem knotigen Zeigefinger schlug die alte Frau ihre Enkeltochter neckend auf den Kopf. „Glaubst du denn, es sei kein langes Rennen gewesen von Khanbaliq ins Hentei Gebirge zu reiten und wieder zurück?" Sie schüttelte leise lachend den Kopf. „Doch, ich bin bei dem langen Rennen von Karakorum mitgeritten. Allerdings vier Jahre später, und da war ich mit deiner Mutter schwanger."

Das große Festivalrennen

Adja und ich hatten es nicht weit nach Karakorum, denn wir lebten etwas westlich von der berühmten Stadt bei einem Stamm, den Naiman. Doch jeder ruckelnde Schritt dieser Reise hat sich in mein Gedächtnis gebrannt, denn da deine Mutter mittlerweile in meinem Bauch wuchs, war mir morgens immer übel, wie das oft am Anfang einer Schwangerschaft ist. Ich lag auf dem zusammengefalteten Filz hinten im Karren und gab mir Mühe, nicht zu stöhnen, wenn durch jeden Ruck eine neue Welle der Übelkeit über mich schwemmte. Adja hielt zwar die Zügel der Ochsen, doch ich musste rufen, um sie anzuspornen. Mein Mann saß verbissen und schweigsam auf dem Karren, nachdem er sich vergeblich gegen diese Reise gestemmt hatte.

Am Anfang, als ich meine Schwangerschaft ahnte, hielt ich sie geheim. Das war im Spätsommer und Bayans Fohlen, das ich Baltozi genannt hatte – was so viel wie „stete Freude“ heißt –, war in Hochform. Sie hatte die Schönheit ihrer Mutter geerbt, doch die ausgezeichnete kleine Stute blieb klein und feingliedrig. Deshalb musste ich besondere Sorgfalt darauf verwenden ihre Beine zu stärken. Was bei jedem anderen Pferd ein oder anderthalb Jahre in Anspruch genommen hätte, dauerte bei Baltozi doppelt so lange. Das

Rennen stellte natürlich ein Risiko für ihre Knochen dar – und ein doppeltes Risiko für meine Schwangerschaft –, aber ich träumte wieder, ich träumte von Bayan. Und ich wusste, wir mussten es einfach versuchen. Ich nahm mir fest vor, nach dem Festival Adja davon zu erzählen. Aber durch die Übelkeit konnte ich die Neuigkeit nicht vor ihm verbergen.

Und wie wir uns danach stritten! In all den Jahren, nachdem wir uns im Palast des Khan kennen gelernt und geheiratet hatten, haben wir zusammengelebt als seien wir aus ein und demselben Tuch geschnitten: Wir waren nie verschiedener Meinung. Nun reisten wir als der dritte von vier Karren unseres Ails nach Karakorum und sprachen nicht miteinander. So hielt ich also den warmen Körper meines ständigen Begleiters Bator – der inzwischen ein wenig dicker geworden war und gerne lange Nickerchen machte – an meinen rumorenden Magen gepresst und dachte an unsere letzte Reise nach Karakorum – mit meinem Vater.

Genau wie damals fuhr ich auch jetzt wieder mit einer Mischung aus Hoffnung und Furcht dorthin. Dieses Mal hoffte ich das lange Rennen zu gewinnen – und ich fürchtete mich davor, Vater und Shuura wiederzusehen. Oh, ich wollte sie gerne sehen und ihnen sagen, dass es mir gut ging und ich sehr, sehr glücklich war. Doch ich hatte Angst, dass sie noch böse auf mich waren, weil ich einfach mit den Soldaten davongeritten war und mich nicht ein einziges Mal umgeschaut hatte. Diese Sorgen schlugen mir während der gesamten drei Reisetage noch zusätzlich auf den Magen. Und ich war froh, als wir eines Mittags endlich vor den Stadtmauern von Karakorum hielten. Erst als Adja und ich – immer noch sehr wortkarg – unser Ger aufgebaut,

Baltozi gestriegelt, die Tiere versorgt und uns ein schnelles Mahl aus den Festival-Köstlichkeiten zusammengestellt hatten, bat ich meinen Mann zögernd, mir bei der Suche nach meinem Vater zu helfen. Zu meiner Überraschung stürzte Adja sich mit Feuereifer auf diese Aufgabe. Ich glaube, er hoffte, meine Aufmerksamkeit von dem Rennen abzulenken. Er warf Bator den letzten Brocken Aaruul ins geöffnete Mäulchen, nahm mich am Arm und wir zwängten uns durch die Menge, fragten diesen und jenen nach meinem Ail. Aber es schwimmen viele Fische im Fluss und vor allem kommen sie nicht, wenn man ruft. Das Beste, was wir tun konnten, war allen Kerait-Leuten, die wir trafen, zu erzählen, dass ich, Oyuna, eine weiße Stute beim Festivalrennen reiten würde, und sie zu bitten, das auch meinem Vater weiterzusagen.

Zwischen meinen Übelkeitsanfällen, nach denen ich mich in unser Ger legen musste, bummelten Adja und ich die nächsten beiden Tage händehaltend umher, überwältigt vom farbenprächtigen Aufruhr und fröhlichen Lärm des Festivals. In der Nacht vor dem langen Rennen legte ich das neue Del heraus, das ich extra dafür aufgespart hatte. Mein Mann versuchte ein letztes Mal, mich davon abzuhalten in den Sattel zu steigen.

„Oyuna“, sagte er eindringlich und zog mich an sich. „Du bist das Feuer meines Herzens. Wie könnte ich ohne dich leben? Und fühl doch …“ Er legte seine Hand auf meinen noch ganz flachen Bauch – doch meine Brüste, die er dabei streifte, schwollen schon an. „Unser Kind wächst in dir heran. Riskiere nicht euer beider Leben in einem bedeutungslosen Rennen.“

„Es ist nicht bedeutungslos“, widersprach ich wohl zum hundertsten Mal in diesem Mond.

„Aber der Khan selbst hat …“

„Ich weiß, mein Liebster“, sagte ich schon wieder sanfter und legte meine Hand auf die ledrige Haut seiner Wange. „Der Kublai Khan selbst hat bei unserem Abschied gesagt, dass das Rennen, das ich – das wir beide – zum Höhlengrab meiner Großmutter geritten sind, ihm mehr Glück gebracht hat, als ich jemals hoffen könne, bei dem langen Festivalrennen zu erlangen. Ich verstehe das. Aber bei dem Rennen morgen geht es nicht mehr darum, Glück zu gewinnen, sondern darum, den Kreis zu schließen.“ Adja schlang seine Arme um mich und lachte leise. „Schon wieder Träume?“

Ich gab ihm einen Rippenstoß. „Lach ja nicht über meine Träume. Wir haben die Stuten des Khan dank meiner Träume gerettet.“

„Ich weiß ja, ich weiß!“, sagte er und strich mir über die Haare. „Erzähle mir von diesem Kreis.“

Ich richtete mich auf und starrte ins Kochfeuer. „Das letzte Mal, als ich in Karakorum war, habe ich Bayan gefunden. Ich habe ein schnelles Pferd gesucht, denn damals schon war ich entschlossen, eines Tages das lange Rennen zu gewinnen. Und dann habe ich Bayan ausgesucht – oder sie mich.“ Ich schüttelte den Kopf, denn es war nie recht klar gewesen, wer von uns beiden diese Entscheidung getroffen hatte. „Als ich ihr verletztes Bein bemerkte und sah, wie viele Winter sie schon auf dem Buckel hatte, wusste ich, dass sie mich nie bei dem langen Rennen tragen würde. Aber sieh doch …“, ich sah Adja tief in die Augen, „Bayan hat damals schon geplant, dass ich eines Tages das lange

Rennen gewinnen soll. Wir mussten eben nur erst einige andere Dinge erledigen. Und jetzt bin ich wieder in Karakorum – der Kreis ist geschlossen – und ich habe Bayans Fohlen bei mir. Baltozi ist haargenau so, wie Bayan in ihrer Jugend war."

Adja sah skeptisch aus. Ich sprach schnell weiter. „In meinen Träumen sehe ich Bayan, als sie jung war …"

„Und woher weißt du, dass es Bayan ist?", unterbrach mich Adja.

Ich legte meine Finger an meine Lippen. „Ich weiß es eben", antwortete ich. „Ich sehe Bayan – schlank und weiß und stark – über die Steppe galoppieren und die anderen Pferde in einer wilden Jagd anführen. Und dann sehe ich sie immer wieder bei dem Festivalrennen – ich bin mir sogar ziemlich sicher, dass es in Karakorum ist –, ein Junge sitzt auf ihrem Rücken. Die beiden preschen über die Ziellinie. Sie haben gewonnen!" Ich lächelte verträumt, doch dann sah ich den Zweifel in Adjas Augen. „Ich habe keine Ahnung, wann das alles stattgefunden hat", sagte ich verteidigend. „Aber ich weiß genau, dass es Bayan ist, die ich sehe, und ich weiß, dass ich mein Siegerpferd für Karakorum gefunden habe. Bayan musste mich auf dieser langen Reise tragen, als ich glaubte, vom Unheil verfolgt zu sein. Und dann, ehe sie starb, schenkte sie mir ihr Fohlen, damit ich das Rennen gewinnen kann, an dem unsere Herzen hängen."

„Und deshalb sind wir hier", sagte Adja.

„Und deshalb sind wir hier", wiederholte ich, „um zu Ende zu bringen, was einst begann. Um den Kreis zu schließen." Ich umfasste meine Knie und starrte wieder ins Feuer.

Ein Scheit glühte auf, nahm für einen Augenblick die Gestalt eines galoppierenden Pferdes an, das seinen Hals in den Wind streckt, und zerfiel dann zu weißer Asche. Ich lächelte wieder. Zuversicht stählte meinen Entschluss. Und als ich in dieser Nacht neben Adja lag, schlief ich tief und fest.

Schon lange vor Sonnenaufgang war ich wach. Bators grüne Augen glühten mich im dämmrigen Licht an. Auch er wusste, was für ein Tag das war, denn er fing nicht an, hungrig zu jaulen wie sonst, sondern sauste mit angelegten Ohren wild durch das Ger. Mit einem lauten Miauen entwischte er durch den Türvorhang. Die Aufregung verstärkte meine Übelkeit, und ich musste mich sehr zusammennehmen, um nicht zu brechen, während ich mein nagelneues Del anzog, das die tiefrote Farbe von Pfingstrosen hatte. Adja stand gähnend auf, als ich mir gerade die Haare zu zwei kurzen Zöpfen flocht. Ohne auch nur eine Schale Tee zu trinken, stolperten wir aus dem Ger, um Baltozi zu satteln.

Die junge weiße Stute sah uns kommen und hob bebend vor Aufregung den Kopf zu einer wiehernden Begrüßung. Sie wusste es auch. Ich wurde immer nervöser und die Zuversicht der vergangenen Nacht zerfiel wie die weiße Asche. Als ich Baltozi das Gebiss ins Maul steckte, wurde mir schwindelig, ich zitterte vor Aufregung und ich hatte Angst – alles abwechselnd. Ich machte mich gerade an den Sattelschnallen zu schaffen, als Adja seine große Hand auf meine legte. Ich sah in sein lächelndes Gesicht, obwohl ich spürte, wie schwer es ihm fiel, seine Besorgnis nicht zu zeigen.

„Du wirst das schon machen!“, sagte er heiser. „Ihr beide!“

„Wir drei!“, korrigierte ich ihn lächelnd und legte meine Hand auf meinen Bauch.

Adjas Lächeln floh. „Bitte sei vorsichtig!“, murmelte er.

„Das werde ich!“, versprach ich.

Adja ging zu Baltozis Kopf, machte sich an ihrem Zaumzeug zu schaffen und strich dann über ihre lange Mähne. Aus den Augenwinkeln sah ich, dass er etwas aus seiner Tasche zog und dann mit dem Striegeln fortfuhr.

Ich steckte das Ende des zweiten Gurtes sorgfältig weg und ließ die Steigbügel wieder herunter. „Was tust du da?“, fragte ich. Adja antwortete nicht, sondern trat mit gesenktem Kopf zur Seite. Als ich nachsah, fand ich eine strahlend blaue Seidenquaste unter Baltozis Kehle baumeln. Auf dem goldenen Verschluss war die kleine Figur eines Pferdes, das seine Beine in einem schnellen Galopp streckte.

„Ich weiß, ich weiß“, sagte Adja, „du findest dein eigenes Glück, aber ich dachte mir, ich kaufe uns zusätzlich noch ein bisschen Extra-Glück!“ Er beugte sich grinsend zu mir und küsste mich auf die Wange. „Fertig?“, fragte er.

Ich unterdrückte die wieder stärker werdende Übelkeit und zwang mich mit dem gleichen Grinsen zu antworten: „Fertig!“

Er verschränkte seine Hände vor meinem Knie, ich stieg hinein und schwang mein Bein mühelos über Baltozis Rücken. Das vertraute Gefühl des Sattels – ich hatte bestimmt schon tausend Tage in dem hölzernen Sitz verbracht – beruhigte meine Nerven sofort. Adja ging neben meinem Steigbügel, und so machten wir uns gemeinsam auf den Weg zur Startlinie, die außerhalb von Karakorums nördlicher Stadtmauer lag.

Im kupferroten Licht des Sonnenaufgangs sah ich eine Menge anderer Reiter, die in die gleiche Richtung gingen. Die Tiere wieherten einander aufgeregt zu. Die Reiter hingegen saßen zum größten Teil mit grimmigem Gesicht auf den schwingenden Rücken ihrer Pferde. Eine kühle Brise wehte über die Steppe, blies in die Mähnen der Pferde und durch ihre dicken Schweife. Launenhaft steigerte die Brise sich zu einer Sturmbö, die den Pferden höhnisch über die Nasen fuhr. Als seien sie miteinander verbunden, atmeten die Pferde die Herausforderung des Windes ein und unbändige Kraft zuckte unter jedem Fell. Ein starker Herdeninstinkt ergriff die Tiere, und die Reiter versuchten vergebens sie zurückzuhalten. Schulter an Schulter galoppierten die Pferde los und schwemmten in einer großen Flut an die Startlinie. Die Reiter sahen einander verunsichert an, aber etwas, das stärker war als Leder, Eisen und kümmerliche menschliche Arme, hatte die Kontrolle übernommen.

Wir ergaben uns in das Unvermeidliche und beugten uns tief über die Hälse unserer Reittiere, als das Feld schneller wurde. Der Mann an der Startlinie ließ mit offenem Mund das Seil fallen und hastete aus dem Weg – gerade noch rechtzeitig, denn schon schossen die ersten Pferde über die Linie.

Ich gab Baltozi die Zügel hin, juchzte laut und ließ mich von ihrer Erregung anstecken. All die Jahre des Trainings und Wartens, des Sorgens und Zweifelns wurden unter Baltozis stampfenden Hufen zermahlen. Wir waren hier! Ich juchzte wieder. Dann schüttelte ich den Kopf frei, setzte mich tief in den Sattel und konzentrierte mich auf die Pferdegruppe vor mir.

Wir jagten auf die erste Markierung der langen, gewundenen Rennstrecke zu: einer flatternden weißen Fahne, die in einem Steinhaufen festgesteckt war. Aber ehe wir diese Markierung umreiten konnten, mussten wir ein besonders heimtückisches Bachbett durchqueren mit steilen Ufern aus rutschigem Schiefer. Ich beobachtete, wie ein Pferd nach dem anderen in die Schlucht eintauchte – doch ich sah nur wenige, die auf der anderen Seite wieder herauskletterten. Das tiefe Bachbett jagte mir Angst ein, aber ich hatte gelernt, Baltozis Instinkten zu vertrauen – genau wie ich mich auf ihre Mutter verlassen hatte. Und als wir zum Rand des Bachbettes kamen, setzte ich mich noch tiefer in den Sattel, schloss die Augen und überließ ihr die Zügel. Ich hörte einen lauten Schrei und ein erschrockenes Wiehern, als das Pferd neben uns und sein Reiter sich auf dem rutschigen Schotter unfreiwillig trennten. Die Steine, die das gestürzte Pferd aufspritzte, prasselten an mein Knie. Aber ein paar Herzschläge später kletterte Baltozi auf der anderen Seite des Ufers wieder hoch und wir waren soweit unverletzt. Dieses erste Hindernis hatte schon einen Teil der Wettkämpfer gefordert. Und obgleich einige der Pferde reiterlos weitergaloppierten, war die Menge bestimmt um einige Dutzend reduziert. Nachdem wir die Flagge umritten hatten, führte die Strecke in gerader Linie auf einen seichten Teich zu, dessen Oberfläche in der Ferne golden das Licht reflektierte. Ein mutiges, sicher laufendes Pferd konnte hier aufholen, indem es vorsichtig am schlammigen Ufer entlanglief. Und genau dort lagen ich und ungefähr zwanzig andere Reiter Kopf an Kopf. Das Gerangel um die besten Positionen wurde härter, als die Reiter einander traten und schubsten. Einige Pferde wurden ins Wasser gedrängt und im knöcheltiefen Schlamm gebremst. Der Huf eines Pferdes saugte sich in dem Schlamm so fest, dass es schlitterte, kopfüber hinfiel und seinen Reiter abwarf, der mit einem lauten Platscher aufkam. Ich hielt mich genau hinter der Hauptgruppe und versuchte die schlammbespritzte Baltozi einigermaßen geschickt am pockennarbigen Ufer entlangzulenken.

Die Mitte der Strecke führte durch eine ziemlich flache Gegend der Steppe. Aber man konnte nie sicher sein, nicht irgendwo in einen Murmeltierbau zu treten, wobei sich das Pferd unweigerlich ein Bein brechen würde. Ich war mir so sicher, dass wir dazu bestimmt waren, dieses Rennen zu laufen, dass ich gar nicht auf den Boden vor mir achtete. Ich konzentrierte mich darauf, Baltozi zu noch größerer Geschwindigkeit anzutreiben. Jetzt überholten wir andere Pferde.

Ein einsamer, struppiger Baum, der fast am Fuße der Berge wuchs, war unsere nächste Markierung. Baltozi und ich galoppierten nun an fünfter Position. Die Mehrheit des Feldes hatten wir weit hinter uns gelassen. Das Pferd direkt vor uns war ein mächtiger Kastanienbrauner mit einem so ausgreifenden Galopp, dass er den Boden zu fressen schien. Ich beobachtete, wie sein Rumpf sich hob und senkte, und plante meine Strategie. So ein großes Pferd, dachte ich mir, kann die Wende um den Baum sicherlich nicht besonders eng nehmen. Und als der Braune und sein Reiter einen weiten Bogen galoppierten, ritt ich mit Baltozi ganz innen, und wir peitschten so dicht am Baum vorüber, dass ich den Kopf einziehen musste, um nicht von den Ästen vom Pferd gefegt zu werden. Ich hörte, wie der Reiter des Kastanienbraunen wütend aufschrie, als wir uns an ihm vorüberdrängten, aber ich drückte Baltozi die Fersen in die Flanken und wir brausten davon.

Es folgte ein langer Galopp bis zum nächsten Hindernis: einem weiteren tiefen Flussbett. Ich setzte mich mit Baltozi hinter die drei, die das Feld nun anführten. Meine Stute galoppierte flüssig unter mir dahin. Natürlich war ihr Hals dunkel vor Schweiß, und schmutziger Schaum lief unter dem Sattel hervor, doch ich wusste, das bedeutete lediglich, dass sie in guter Verfassung war. Als das Flussbett deutlicher zu erkennen war, fasste ich die Zügel wieder fester und lenkte Baltozi von den anderen weg.

Weißt du, ich war am Tag zuvor die Strecke mit meiner Stute abgelaufen, um mir einzuprägen, wo die Hufe hintreten würden. Ich kannte jede Stelle, wo heimtückische Steine mir gefährlich werden konnten, und jedes von Gras bedeckte Schlammloch. Und ich kannte eine Stelle, wo die steilen Ufer des Flussbettes so eng zusammenrückten, dass ein Pferd den Fluss mit einem einzigen Sprung überqueren konnte. Es war ein Risiko, aber ich hoffte, dass wir schneller wären, wenn wir die Schlucht überspringen würden, als wenn wir abbremsen mussten, um ins Flussbett hinabzusteigen und dann wieder hinauszuklettern.

Ich verbannte die Vorstellung von splitternden Knochen aus meinem Kopf und lenkte Baltozi zu der Stelle, die ich mit drei hellen Steinen markiert hatte. Bei jedem ausgreifenden Schritt drängte ich sie nicht nachzulassen. Als hätte sie meine Gedanken gelesen, spitzte Baltozi an den gefährlichen Steinen die Ohren, versammelte sich gerade im richtigen Augenblick, zog ihre Vorderbeine an und sprang ab. Einen Herzschlag lang flogen wir und meine Freude und mein Glück über meine Stute schwebten über uns. In dem Augenblick, in dem ihre Vorderhufe wieder aufsetzten, blickte ich zur Seite. Die anderen waren noch in der Mitte des Flussbettes. Ich schloss meine Finger fester um die linken Zügel und feuerte Baltozi an. Sie spielte mit den Ohren und rannte schneller. Als wir zu der letzten Markierung kamen, einem kleinen Hügel mit einer weiteren weißen Fahne, lagen Baltozi und ich an der Spitze. Ich lächelte und riskierte einen Blick über die Schulter. Zwei der Pferde waren nur wenige Pferdelängen hinter uns, doch das dritte war erschöpft und fiel rasch zurück. Ich beugte mich vor, um Baltozi den Aufstieg zu erleichtern. Sie sprang hoch, spannte ihre Muskeln und sprang wieder. So leichtfüßig wie eine Gazelle sprang sie vorwärts, und im nächsten Augenblick – wie es schien – waren wir oben auf dem Hügel und sausten auf der anderen Seite wieder hinunter. Unser Auftauchen löste ein schwaches, weit entferntes Jubeln aus. Ich blickte auf und sah gegen das Sonnenlicht blinzelnd Karakorum wieder.

Wir hatten nur noch diesen letzten Abschnitt vor uns, doch der war, mehr als jeder andere Teil der Rennstrecke, die wirkliche Herausforderung dieses langen Rennens. Mit der höher steigenden Sonne war auch die Erschöpfung der Rennteilnehmer immer größer geworden. Nur das Pferd, das wirklich alles gab, nur das Pferd, das sich von seinen mittlerweile schweren Hufen nicht an den Boden fesseln ließ, sondern noch Mut in seinem Herzen fand, konnte dieses Rennen gewinnen. In diesem letzten Abschnitt kam es nicht mehr allein darauf an schnell, sondern auch beherzt zu sein. Ich beugte mich über Baltozis weißen Hals und rief in ihren keuchenden Atem: „Du schaffst es! Das ist dein Rennen!“

Und ich schwöre, dass in diesem Augenblick das schrille Wiehern einer Stute mir geantwortet hat. Es war Bayan, es war ihre Stimme, die Stimme, die ich niemals vergessen würde. Tränen traten mir in die Augen – ich behauptete später natürlich, der Wind, der auf meine Wangen peitschte, hätte sie ausgelöst, doch der Knoten in meiner Kehle strafte mich Lügen. Halb blind auf ein dahinfliegendes Pferd gekauert, klammerte ich mich nur noch an der Mähne fest, ließ die Zügel los und hoffte, dass wir die Ziellinie überqueren würden ohne jemanden aus der wartenden Menge niederzureiten.

Wir rasten auf die Menge zu – oder war es umgekehrt? Plötzlich waren wir von Menschen umringt. Ich versuchte Baltozi zum Stehen zu bringen. Fremde Hände griffen nach den Zügeln. Auf einmal war ich ganz kraftlos und fiel mehr oder weniger aus dem Sattel. Ich schlang meine Arme um Baltozis schweißnassen Hals. Adja war jetzt an meiner Seite, nahm mir die Zügel aus der Hand und stützte meinen geschwächten Körper mit seinen starken Armen, während er mein Gesicht mit Küssen bedeckte. Die Männer in der Menge johlten und die Frauen klatschten laut. Dann ging ein Lachen durch die Zuschauer, als ich mich aus den Armen meines Ehemannes losriss, um Baltozi noch einmal zu umarmen. Und wie ihre Mutter es so oft getan hatte, beugte sie ihren Kopf und knabberte zärtlich an meiner Schulter.

„Oyuna?", fragte da eine Männerstimme durch den Lärm der Menge. „Oyuna, bist das wirklich du?"

Mein Vater! Ich drehte mich um und stürzte mich in seine ausgestreckten Arme – all meine Fragen und Sorgen waren vom Winde verweht.

Als ich ihn ansah, lag so viel Stolz in seinen Augen, dass der Klumpen wieder in meiner Kehle hochstieg und neue Tränen in meinen Augen brannten.

„Das ist meine Tochter!", schrie er überglücklich in die Menge. „Und sie hat gewonnen!"

„Das ist das Ende, das ich hören wollte!" Das Mädchen sah lächelnd und stolz auf das wunderschöne Fohlen, das gerade versuchte auf seinen wackeligen Beinen zu stehen. „Wird mein Fohlen auch schnell sein?"

„Sie ist die Urenkelin von Baltozi und die Ururenkelin von Bayan. Sie sollte wohl rennen können. Doch da gibt es noch mehr als Schnelligkeit."

„Was meinst du damit?"

Die alte Frau schüttelte fast unmerklich den Kopf. Das Mädchen fragte direkt: „Großmutter, bist du eine Schamanin?"

Die taubengrauen mit Gold gesprenkelten Augen blickten sie an und ein sanftes Lächeln erhellte das papierene Gesicht. „Ich beobachte und ich höre zu, Enkeltochter. Aber tut das nicht jeder?"

Dann nahm die alte Frau das weiche Kinn des jungen Mädchens in ihre schwieligen Hände und drehte das runde Gesicht zu sich. Ein braunes Auge erwiderte den Blick schüchtern, das andere rollte zur Seite.

„Ich weiß, andere hänseln dich, weil du anders bist als sie. Glaub mir, niemand versteht deinen Schmerz darüber besser als ich. Aber lass dir nicht von ihren Worten das Mal des Unheils aufdrücken."

Tränen stiegen in die braunen Augen und das Kinn zitterte.

„Weißt du, weshalb deine Mutter mich gebeten hat, hierher zu kommen?"

Das junge Mädchen nickte. „Ich muss mein eigenes Glück finden", flüsterte sie.

„Ja, meine Liebe." Die knotigen Hände ließen das Kinn los und pressten nun den Kopf gegen eine tröstende Schulter. Zärtlich strich die alte Frau über das schwarze Haar ihrer Enkeltochter. „Ich will für dich wiederholen, was meine Großmutter Echenkorlo zu mir gesagt hat: ‚Höre mit deinem Herzen, anstatt mit deinen Ohren. Und folge immer, immer deinem eigenen Weg!'"

Plötzlich kicherte das Mädchen. Sie zog den Kopf ein, und als sie sich umdrehte, sah sie, dass das neugierige Fohlen sie mit seinen langen Barthaaren kitzelte. Sie küsste es auf die kleinen Nüstern und legte ihre Wange an das weiche Fell. Das Fohlen knabberte zärtlich an ihr.

Plötzlich atmete das Mädchen erschrocken aus.

„Was ist los, Enkeltochter?", fragte die alte Frau ruhig.

Das Mädchen schaute ehrfurchtsvoll in das nickende Gesicht ihrer Großmutter. „Sie, das Stutfohlen, ich meine – sie hat gesagt, sie sei bereit."

Glossar

Aaruul ein harter gelblicher Käse, der aus der Milch von Kamelen, Kühen, Ziegen und Schafen hergestellt wird

Ail eine Gruppe von Hirten, die mit ihren Familien zusammen umherziehen und lagern

Almas der grässliche Schneemensch der Mongolen, eine Sagengestalt, die halb Tier, halb Mensch ist

Arban eine militärische Einheit

Arslan Löwe

Ayrag fermentierte Stutenmilch

Boal ein Getränk aus Honig

Del ein dickes, mantelartiges Kleidungsstück mit einem hochgeschlagenen Kragen; ein traditionelles mongolisches Kleidungsstück

Enzian kann verwendet werden, um Schwellungen zu lindern

Gänsesäger eine ca. 70 cm große Ente; die Männchen haben einen schwarzen Rücken, eine weiße Unterseite und einen roten Schnabel – die Weibchen haben einen grauen Rücken

Gan-Cao der chinesische Name für Süßholz

Ger ein rundes Zelt, das aus verschiedenen Schichten Filz besteht, die über einen Weidenrahmen gespannt werden. Es wird auch Jurte genannt.

Gobi Wüstensteppe – eine trockene Beckenlandschaft in Zentralasien; der Untergrund besteht weitgehend aus Hangschutt, Flussgeröll, Löss und Flugsand; die Vegetation ist spärlich.

Goldener Nagel Polarstern

Itugen Erdgöttin

Khanbaliq Stadt des Khan; so hieß das heutige Peking unter mongolischer Herrschaft.

Khuruud harter, in der Sonne getrockneter Quark

Koke Mongke Tengri die oberste Gottheit der Mongolen, bedeutet wörtlich: „Ewiger blauer Himmel“

Kublai Khan auch: Khubilai/Kubilai: 1215–1294 mongolischer Großkhan, der die mongolische Herrschaft auf ganz China und Hinterindien ausdehnte. Als *Shih Tsu* war er ab 1280 Kaiser von China. Er ist der Enkel von Dschingis Khan.

Kulan ein wilder Esel

Lama ein buddhistischer Mönch, der zölibatär in einem Kloster lebt

Mong mutig

Morinkhour ein zweisaitiges violinartiges Instrument, das einen Pferdekopf anstelle eines Wirbelbretts hat. Es wird mit einem Bogen aus Rosshaar gespielt.

Murmeltier Das Steppenmurmeltier kommt in den Steppen Südrusslands, Kasachstans und Zentraleuropas vor.

Obo ein Schrein

Paiza Freipass; eine Tafel aus Holz, Kupfer oder Gold mit einer Inschrift, die ihrem Träger freies Geleit sichert

Saiga eine Antilope (Saiga Tartarica)

Sain bainu? Wie geht es dir?

Shangtu das heutige Xanady

Sieben Riesen Sternbild des Großen Bären

Shirdik die wollene Bodenmatte eines *Ger*

Tarag ein dünner Jogurt

Tengri siehe unter *Koke Mongke Tengri*

Trappe ein großer Vogel, der einem Truthahn ähnelt

Urga eine lange Stange mit einer Lederschlinge am Ende, die zum Einfangen von Pferden benutzt wird

Usan Wasser

Ziesel ein kleines Höhlen bauendes Nagetier aus der Familie der Eichhörnchen